新大宋十八皇朝

三 大顯神通

許慕羲 著

目錄

大宋十八皇朝

目錄

第五十一回　閻羅包老

狄青獲勝之後，深恐儂智高為人狡猾，就此潛逃，便難擒拿，所以決不休息，揮軍亟進。果然不出狄青所料，宋兵追至邕州，智高已縱火焚城，夤夜遁去。宋兵進了邕州，撲滅餘火，查覓智高，竟無蹤跡。

適有一具屍體，身穿龍衣，眾將都目為智高，說他已死，擬即上聞。狄青連連搖頭道：「安知非詐？我寧失智高，不敢欺君冒功。」遂據實具奏。

仁宗接得捷報，喜慰非凡，謂龐籍道：「狄青果能一戰成功，卿可謂有知人之明了。」乃詔余靖經制廣西，追捕智高，召狄青、孫沔還朝。擢青為樞密使；沔為樞密副使，南征將士，均各賞賚有差。

智高母阿儂及弟智光，侄繼宗，逃至特磨道，為余靖追獲，解京伏法。獨智高竄死大理，由余靖索取屍身，函首入獻。

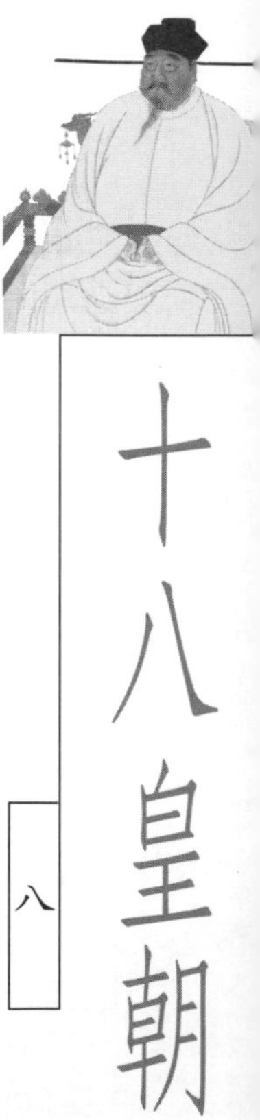

南方既平，仁宗又下詔改元，號稱至和。適值張貴妃一病不起，竟爾逝世，仁宗悲悼逾恆，輟朝七日，且禁京城舉樂一月，追冊為皇后，治喪皇儀殿，賜謚溫成。知制誥王洙，迎合意旨，陰與內侍石全斌結連，欲令孫沔讀冊，宰相護葬。

其時龐籍罷相，陳執中繼任。執中奉命惟謹，孫沔入朝抗言道：「陛下欲令臣沔讀冊，何敢不遵！但臣職任樞密副使，非讀冊官。不讀冊，是謂逆旨；臣若讀冊，是謂越職，須陛下將臣免職，方才可告無罪。」

仁宗默然不答，次日竟罷沔職，徙知杭州；且令參政劉沆充溫成皇后園陵監護使，葬畢敘功，擢同平章事。

未幾，陳執中以臺諫交章論列遂致免職，仁宗擇相未定，恰值學士王素，因事入見。

仁宗問道：「卿為故相王旦之子，與朕為世舊，非他人可比。朕欲擇相，卿以為誰可當此重任？」

王素奏道：「但教宦官宮妾不知姓名者，便可入選。」

仁宗道：「據卿所言，只有富弼一人可以充選。」

王素頓首拜賀道：「臣慶陛下得人矣。」

仁宗又問文彥博如何？王素道：「亦宰相才。」乃下詔召二人入朝，並授同平章事。詔下之日，士大夫額手稱慶！

過了至和二年，又改年號為嘉祐，仁宗御大慶殿受賀。忽然眩暈欲仆，亟命群臣草草行禮，退回宮中，自此數日不朝，內外憂疑，群情洶懼！幸賴文、富二相，以祈禱為名，值宿殿廬，方能鎮靖無事。

文彥博於問疾之時，乘間請立儲君，仁宗總是含糊答應。過了一月，才得痊癒，御延和殿召見百官。

文、富二相始敢退歸私第。知諫院范鎮，請建儲位，罷免諫職。學士歐陽修、侍御史趙汴、知制誥吳奎，上疏力請，亦不見允。殿中侍御史包拯，又上章極諫，竟把他出知開封府。

這包拯，字希仁，及安徽合肥人，初舉進士，授建昌縣知縣。因父母年老，辭不赴任。直至雙親逝世，廬墓終喪，方才出仕。初知天長縣，即以善折獄著聞；後拜御史，加按察使，又歷三司戶部判官，出為京東轉運使，復入為天章閣待制，更知諫院，除龍圖閣直學士，兼殿中侍御史。生性剛正不阿，權貴豪戚，宦官近幸，皆為斂手。既知開封府，大開正門，任人訴冤。無論何種案件，皆令兩造上堂，辨白是非，如有枉屈，必

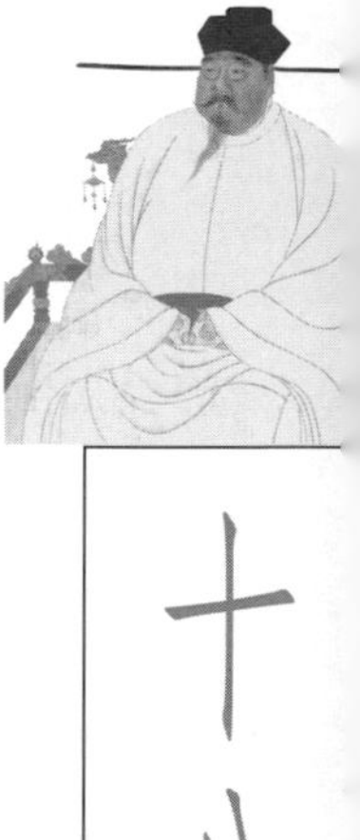

盡力察訪，務得真情而後已。鋤強扶弱，伸冤理枉；不避權貴，矜恤孤寡；一介不取，鐵面無私。

童稚婦女，皆知其名，或呼名為「包待制」，或呼作「包龍圖」。京師為之語道：「關節不到，有閻羅包老。」後人因此一語，便說包公能日斷陽間，夜斷陰間，死後且為閻羅天子。《包公案》一書，就是從此附會而成的。

其實包公善能斷獄，乃是真的。那些無稽之談，卻不足憑信。後人有詩一首，詠包公之善於折獄，倒還說得不錯，錄在下面；諸位看就知包公的為人了。

其詩道：

理枉全仗是廉明，豈有神仙異術存；
剛正如公能有幾，果然一笑比河清。

讀了這首詩，可知包公完全是個剛正不阿的人，並非攻乎異端之輩。後人說神說鬼，未免厚誣包公了。

那包拯做了兩年開封府，仁宗仍舊召他入朝，授為御史中丞。包拯受職以後，仍然是正色立朝，絕不阿附。才過了幾日，他又伏闕上請立儲君，以端國本。仁宗不悅道：「卿又來說此事了。朕且問卿，何人可立？」

包拯叩首奏道：「臣之本意，不過為宗廟萬世計。陛下今問臣何人可立，是疑臣請立儲君，抱有邀福之意了。臣年將七十，且無子嗣，還有什麼後福可邀。但是耿耿孤忠，難安緘默，願陛下察之。」

仁宗聽了，很為動容，方和聲諭道：「卿之忠心，朕已知之；建儲一事，總當舉行，待朕妥議便了。」

那包拯本有一子，名喚包繶，娶妻崔氏，曾為建州通判，壯年去世。崔氏無子，守節不嫁。因此包拯面奏仁宗，說道沒有子嗣。但包拯有個媵妾，懷孕被出，在母家生下一男，為崔氏所知，暗中贍養，母子俱得生全。嘉祐六年，包拯為樞密副使，過了一年，患病將死，崔氏始將此事告知包拯，乃命取回媵子，繼承宗祧，命名曰綖。

包拯臨歿，留遺囑道：「後人倘得出仕為官，當謹守清白家風。如或犯贓，生不得放歸本家，死不得安葬祖塋。不從吾志，非我子孫。」言畢而逝。有詔追贈禮部尚書，賜謚孝肅。

惟立儲一事，也在嘉祐六、七年間方才定奪。原來，仁宗生有三子，長名昉，次名

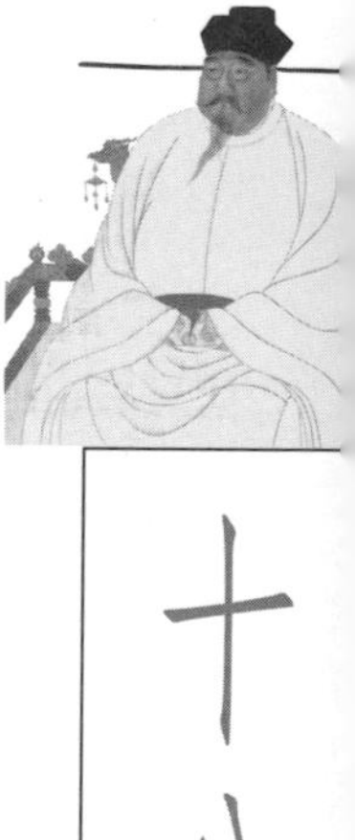

昕，三名曦。皆生而不育，仁宗日夕望子，無奈育麟乏兆，終成虛願。自張貴妃歿後，仁宗追思故劍，又召回前時的楊美人。

楊美人原是劉太后的親戚，色藝雙全，重新入宮，晉位婕妤，迭進修媛修儀諸名號，也是夢熊無期，徒擅寵幸。仁宗因後宮無出，又採選良家女子十人，一一召幸，宮中號稱「十閤」。

這十閤都歡喜恃寵爭權，各有各的門路，內中尤以黃美人、劉美人兩個更為驕縱攬權，賄賂公行，中外側目。當嘉祐四年秋間，月食幾盡，御史中丞韓絳，奏稱十閤恃寵，不足育麟，反傷陰教，應請嚴加裁抑。仁宗覽奏，暗加察訪，得了實據，遂將十閤盡行遣去，並放出宮女一二百人。

至嘉祐六七年間，文彥博年老致仕，富弼亦丁母憂，乃用韓琦同平章事、宋庠、田況為樞密使，張升為副使。韓琦入相，首以建儲為請。仁宗道：「後宮現已有孕，且待分娩後，再議罷。」不料到了產期，又復生女。韓琦乃呈進《漢書・孔光傳》道：「漢成帝無子，曾立猶子為嗣。彼乃中材之主，尚能擇人付託，何況英明如陛下呢。」

仁宗仍是遲疑不決。會知諫院司馬光，知江州呂誨，連章固請。司馬光奏中且言儲位不定，必有小人從中作梗，欲俟臨時倉猝之際，援立親厚的人。古時有定策閣老，門生天子之名，都是從此而來的，豈不可危！仁宗見了此奏，果然感悟，命將本章交中書會議。

首相韓琦，次日帶了本章進見，正要論奏，仁宗遽然說道：「朕久有立儲之意，卿看哪個可立呢？」

韓琦答道：「此事非臣等所敢私議，還請決自宸衷。」

仁宗道：「宮中嘗養二子，年小的不甚聰明，就是大的罷。」

韓琦即便請名，仁宗道：「名為宗實。」

韓琦道：「既然如此，陛下不用再疑，就此定奪才好。」

此時宗實生父濮王，身故未久，正在藩邸守制，遂下詔起復，令知宗正寺。宗實天性至孝，歡喜讀書不好嬉遊，衣服儉樸，與儒素之家無異。當下得詔，再三辭謝。仁宗又問韓琦。

韓琦道：「陛下為宗社計，擇賢而立。今固辭不受，正是器識遠大。足見陛下賞鑒不虛，請令終喪視事便了。」

次年宗實服滿，韓琦又入奏道：「宗正一詔，已見明文，中外臣民，盡知陛下擇嗣，不如即日正名為是。」仁宗點頭答應。韓琦退回中書，即令王圭草詔，王圭道：

「此事關係宗社，非當面受命，不敢遽草。」次日早朝，親自入宮請示。

仁宗道：「朕意已決，你可速去辦來。」王圭再拜稱賀，乃退回草制，立宗實為皇子，賜名曙。

宗實又稱疾固辭，司馬光入奏道：「謙讓固是美德，但父召無諾，君命召不辭駕而行，這是臣子大義，請陛下舉義相繩，皇子自不敢有違了。」

仁宗召判大宗寺安國公從古往傳意旨，宗實尚不肯受，記室周孟陽，私問宗實，究是何意？宗實道：「非敢邀福，實欲避禍。」

孟陽道：「今皇上屢次傳詔，固辭不受。倘中官等別有所奉，轉啟嫌疑，還能安然無患麼？」

宗實始悟，即與從古等相偕入宮。臨行的時候，向家人說道：「謹守蕪舍，待上有嫡嗣，我便歸來了。」進宮之後，每日一朝，有時或入侍禁中；過了一月，受封為巨鹿郡公。大事方定，仁宗已一病不起，嘉祐八年三月初旬，駕崩於福寧殿，遺詔皇子曙即皇帝位，皇后曹氏為皇太后，仁宗在位共計四十二年，壽五十四歲。

仁宗既崩，皇后曹氏深防有變，即命將宮門各匙收在身旁，待至黎明，命召皇子入宮，並傳集韓琦、歐陽修等，共議皇子即位事宜。皇子哭靈已畢，遽欲退出。曹后道：

「大行皇帝遺詔，令皇子嗣位。皇子應承先志，不得有違。」

皇子變色道：「曙不敢為。」韓琦忙掖留道：「承先繼志，始可謂孝，聖母言不得有違。」皇子曙乃遵命嗣位，御東楹，見百官，是為英宗皇帝，尊皇后曹氏為皇太后，大赦天下。

英宗欲行古禮，諒陰三年，命韓琦攝冢宰。大臣等多不為然，這才罷了。不到一月，英宗忽得暴疾，喜怒無常，病臥於床，不能理事；只得援前朝故事，請太后垂簾聽政。太后深通書史，遇事援引處斷，頗為適宜。外事卻可放心，倒是宮廷裡面很為不和。只因英宗患病，性情暴躁，舉動改常，左右內侍稍有不和，非打即罵，因此怨聲載道。

內都知任守忠，本是奸猾之人，前時仁宗無子，他原想立個昏弱的人做了皇帝，就可以於中攬權。後來立了英宗，已是滿肚皮的氣憤無可發洩，今見各人皆懷怨望，他就聯絡左右使令之人，在兩宮之前，肆行離間起來。在太后跟前，說皇帝怎樣不孝，到底不是親生之子，總沒有真心對待太后的；在英宗面前，只說太后怎樣不慈，陛下這樣病著，她連正眼也不瞧一瞧，仍是尋歡作樂，好在不是她親生養育的，陛下倘有不測，她又可以再承繼一個了。諸如此類的言語朝夕進讒，兩宮之間如何能和睦呢？初時還不

過各存意見，後來竟成了仇隙。

外面得了這個風聲，人心憂懼，中外不和。知諫院呂誨，亟上疏兩宮，指陳大義，詞旨懇切，多言人所難言。兩宮嫌隙已深，哪裡挽回得來。

一日，韓琦、歐陽修奏事簾前，太后嗚咽流涕，具言英宗改變常度。

韓琦道：「這是聖躬不豫，故失常態；病癒以後，必不至此。」

歐陽修接著說道：「太后事先帝數十年，賢德之名，四海共聞，溫成得寵之時，太后尚能容忍。如今母子相關，難道反不能容忍麼？」

太后聽了，氣方略平。歐陽修又道：「先帝在位日久，德澤在人，所以一日晏駕，天下奉載嗣君，無敢異議。今太后雖然賢明，究竟是個婦人。臣等五六人皆是措大書生，若非先帝遺命，誰肯服從呢？」

太后沉吟不語，韓琦即朗聲道：「臣等在外，皇躬若失調護，太后不得辭責。」

太后聽了這話，瞿然道：「這話是從哪裡來，我心裡更為此事愁得很哩。」

韓琦、歐陽修皆頓首道：「太后仁慈，臣等素所欽仰，所望是能夠全始全終。」言畢而退。

這一番言論，左右內侍聽了，莫不瞠目咋舌，方才不敢肆其陰謀。

過了些時，英宗漸癒，韓琦進宮獨見。英宗略問數語，便道：「太后待朕，未免寡恩。」

韓琦對道：「古來聖帝明王，也屬不少，因何獨稱舜為大孝，難道此外的都是不孝麼？不過親慈子孝，乃是常道，未足稱揚。若父母不慈，子仍盡孝，乃可名傳千古。臣恐陛下事親尚有未至，天下豈有不是的父母麼？」英宗聞言，為之改容。

英宗身體既癒，命侍臣在邇英閣講讀。翰林侍講學士劉敞，進讀《史記》，至堯授舜天下事，拱手講解道：「舜起自側陋，堯乃禪授大位，天下歸心，萬民悅服。這不是舜另有他術，只因他孝親友弟，德播遐邇，所以謳歌朝覲，不召自來了。」

英宗大為感悟道：「朕明白了。」遂進宮問太后安，且呈：「病中昏亂無狀，得罪慈躬，伏望矜宥。」

太后也欣慰道：「病時小過，不得為罪，此後能善自調護，不致違和，我已喜慰得很了，還有什麼計較；況皇兒四歲入宮，我朝夕撫養，正為今日，難道反有異心麼？」

英宗泣拜道：「聖母大恩，昊天罔極。兒若有忤慈命，是無以為人，還能治國麼？」

太后亦流淚扶起英宗道：「國事有大臣輔弼，待皇兒冊后以後，我亟應歸政了。」

英宗道：「母后多一日訓政，兒得多一日受教，請母后勿遽撤簾。」

太后道：「我自有主張。」從此，母子之間，嫌隙盡釋，和好如初。

英宗即位之後，因為患病，尚未冊后；此時病癒，遂冊妃高氏為皇后。后乃故侍中高瓊曾孫女，母曹氏，為太后胞姊。幼育宮中，及長出宮，為英宗妃，封京兆郡君。至是冊為皇后，與太后不啻母女，自然十分親愛了。

到了第二年，英宗身體復元。韓琦欲令太后還政，不便奏請，乃於入朝奏事的時候，取了幾本奏章，請英宗裁決。英宗批後，韓琦復奏太后道：「皇上載決政事，悉合機宜。」太后一一覆閱，亦每事稱善。

韓琦頓首道：「皇上親斷萬機，又有太后訓政，此後宮廷規劃，應無不善。臣年力已衰，不堪重任，願即乞休，辛祈賜允。」

太后道：「朝廷大事，全仗相公，如何可去。我當退居深宮，不再與聞政事了。」

韓琦道：「前朝太后，賢如鄧馬，尚且貪戀權勢。今太后如此盛德謙沖，真可壓倒千古了，但不知於何日撤簾？」

太后道：「我並不要干預政權，說撤就撤，何用定日。」言罷即起。

韓琦抗聲道：「太后已有旨撤簾，鑾儀司何不遵行。」當下走過鑾儀司，將簾撤下，太后匆匆入內，御屏後猶見衣角，內外都驚為異事！

英宗親政，加韓琦為右僕射，每日御前後殿，親理政事。上太后宮殿名為慈壽宮，所有太后出入儀衛，如章獻太后故事。知諫院司馬光，見諸事就緒，只有內侍任守忠還沒有除去，便上疏極言任守忠離間兩宮，致釀大禍，請將守忠斬首市曹，以申國法。英宗見奏，也很以為然。

次日韓琦至中書處忽出空白敕書一道，自己先行署名簽字，復請兩參政一同署名簽字。此時參政是歐陽修、趙概。歐陽修接敕，並不多言，遂即署訖。趙概還在遲疑，歐陽修道：「韓公必有道理，不妨照簽。」趙概方才署名，韓琦即坐政事堂，將任守忠傳來，立於堂下，當面喝道：「你知罪麼？本該斬首。皇上天恩浩蕩，姑從寬典，發往蘄州安置，你可從速啟行。」任守忠在下面，只是叩頭，哪裡敢說一句話。韓琦遂把敕書取出，填了守忠的名字，立命押解起程。眾人才明白韓琦用空白敕書，是因為任守忠勢力浩大，倘若露了風聲，不但有人前來救情，恐有甚變故，所以用迅雷不及掩耳的手段辦理此事。守忠既去，又追究餘黨史昭錫等十餘人，一概充發出去。中外人心為之大快。

英宗親政之後，首先下詔，命廷臣會議追尊本生父濮王典禮。群臣奉詔，很覺為難，沒人敢開口議論。獨知諫院司馬光，援史評駁，說是漢宣帝為孝昭後，終不追尊衛太子史皇孫。光武上繼元帝，亦沒有追尊巨鹿南頓君，這是萬世一定的道理，不可以移易的。於是翰林學士王圭等，就照著司馬光話說，略加增改，議奏上去。

中書處嫌他們議得不甚詳細，究竟濮王應該怎樣稱呼用名不用名，發下再議。王圭等又奏稱濮王為仁宗之兄，宣稱為皇伯父而不名。歐陽修以為議得不妥，援據《喪服大記》，撰成《為後》或《問上下》二篇，大旨說是身為人後，應為父母降服，三年為期；惟不設父母原稱，這就是服可降，名不可設的意思。若本生父改稱皇伯，歷考前代，均無典據，即如漢宣帝及光武帝，亦皆稱父為皇考，未嘗稱皇伯，至進封大國，尤於禮不合，請下尚書省集三省御史台議。太后也下手詔，說執政處事寡斷，徒起紛（呶奴）。英宗只得將此事擱起，等考得確實典故再說。

轉眼便是一年，這一年裡面，御史呂誨、范純仁、呂大防，先後上疏固爭，都說王圭等所議不錯，請即照准。一連上了七道奏章，總是不見批答，又因為尊崇本生的話，乃是韓琦發起，又上疏參他專權導諛，請免職治罪；又參歐陽修首倡雅議，媚君邀寵，請與附會不正的曾公亮、趙概一同貶謫。

英宗只是置之不理，後來還是太后見群臣們永遠堅持下去，不是個道理，便下一道手詔道：

吾聞群臣議請皇帝崇封濮安懿王，至今未見施行。吾載閱前史，乃知自有故事。濮安懿王，譙國夫人王氏，襄國夫人韓氏、仙游縣君任氏，可令皇帝稱親。濮安懿王稱皇，王氏、韓氏、任氏並稱后，特此手諭，其各欽遵。

中書處奉到手詔，呈於英宗。英宗又下詔辭讓一番，然後定議稱濮王為親，在墳園立廟，封濮王次子宗樸為濮國公；濮王名字，臣民均須敬避。一場聚訟才算了結。

當下呂誨等一班御史，因朝廷不用他們的條陳，一齊繳還誥敕，回家待罪。英宗令人送還他們，呂誨等又復固辭，且言與輔臣勢難兩立。英宗又轉問韓琦、歐陽修如何可處置？兩人同聲奏道：「御史等以為勢難兩立。陛下如以臣等為有罪，當留御史，黜退臣等。」

英宗默然不答，到了次日，下詔徙呂誨知蘄州，范純仁通判安州，呂大防知休寧縣。司馬光等上疏乞留呂誨等，不報，又請與俱貶，亦不准。侍讀呂公著上言陛下即位

二年，屢黜言官，何以風示天下。英宗不從，呂公著因乞外調，遂出知蔡州。一番大爭論，從此罷休。

治平三年十一月，英宗病又復發，韓琦入內問候，請早立太子，以安眾心。英宗點頭。韓琦取過筆硯，英宗勉強寫了「立大大王為皇太子」八個字，便將筆放下。韓琦道：「一定是潁王了，還要請陛下寫明。」

英宗又批了「潁王頊」三個字，就倒在枕上。韓琦傳學士承旨張方子到福寧殿，草擬立太子制書。此時英宗病已甚重，制書草就，只能親筆寫了個「頊」字，發將出去，到了來年正月，遂崩於福寧殿。太子頊即皇帝位，是為神宗，尊皇太后為太皇太后，皇后為皇太后，立向氏為皇后。

這時乃是宋朝人才最盛之際。一班君子，如韓富文、趙范呂等人相繼用事。神宗初即位時，又授吳奎參知政事，司馬光為翰林學士，都是一時之彥。

但是從來說的「物極必反，消長盈虛，互為乘除。」乃是一定的道理。那神宗銳意圖治，雖然人才濟濟。他還以為未足，忽然想起王安石來，立刻傳諭執政，召他即日來京陛見。等了許久，總不見來，神宗問輔臣道：「朕在藩邸久聞王安石的名字，先帝也曾屢次辟召他，總托病不來。朕疑他是個狂妄之人，現在又不肯應召，究竟是真有病麼？」

曾公亮道：「王安石有宰相之才，必不至於欺罔朝廷。」

吳奎進言道：「臣從前在外任時，曾與安石同事，其人護非自用，所為又多迂闊，不近人情，萬一重用，必安紊亂朝綱。」

神宗如何肯聽，又下詔旨，命王安石知江寧府。當詔書下去的時候，群臣都料定王安石一定不肯屈就，這道詔書又是白下的。哪裡知道，竟有出入意料之事呢。

第五十二回　安石變法

王安石乃臨川人氏，號介甫。少年時好讀書，善作文，曾鞏常拿他的文稿，與歐陽修觀看，大加賞識。從此他到處延譽，因得進士及第，授淮南判官。舊例判官秩滿，可以獻文求試館職。安石獨不求試，遂調知鄞縣，尋通判舒州。文彥博任中書時，力為薦舉，乃召試館職，安石不至。

歐陽修又薦為諫官，安石復以祖母年高為辭，修乃勖以祿養，在仁宗末年，薦為度支判官，安石又復辭讓，且懇求外補，因令知常州，改就提點江東刑獄。為他屢次辭官，人都說他恬退為懷，賢士大夫都想望丰采，恨不一見。朝廷也想與以美官，惟恐他不肯屈就。

後來改官同修起居注，他又竭力固辭。仁宗派閤門吏，將敕書送至其家，仍不肯接。閤門吏跟著安石，向他道喜，安石反避到茅廁裡去了。閤門吏只得將敕書放於案上

而回，安石又令人追上送還，往返了八九次，方才收下。沒有多時，又升知制誥，安石卻立刻謝恩，不再推辭。

直至仁宗崩駕，安石也回家裡居。英宗朝雖然沒有做官，卻無時不想獵取高官。見鄉里韓、呂兩族都做著朝廷顯官，便竭力去韓絳、韓維、呂公著結交，三人到京供職，便盡力替安石譽揚。

神宗在潁邸時，韓維充當記室，每逢講解經義，至獨具見解的地方，必向神宗說道：「此是故人王安石的新詮，並非維所發明。」因此，神宗記憶在心內，一意要用他。雖有蘇洵作《辨奸論》，說安石不近人情，是個大奸慝。又有呂誨劾他「大奸似忠，大詐似信；外示樸野，中藏奸巧；驕蹇慢上，陰賊害物。誠恐陛下悅其辯才，久而倚畀，亂由是生。臣究安石，本無遠略，惟務改作，立異於人，文言飾非，罔上欺下。誤天下蒼生，必斯人也。」

雖然說得十分透澈，無知神宗總不相信，又下詔令安石知江寧府。眾人還道安石總要推辭，哪裡知道安石居然受了詔命，竟往江寧赴任。此事出人意料，大家以為奇怪！

安石到了江寧，不上半年。有人詆毀韓琦，說他執政三朝，權力太大。神宗也因韓琦遇事專擅，心內不悅！曾公亮乘機力薦安石可以大用，立刻補授翰林學士。韓琦因內外傾軋，屢乞罷免，遂罷為鎮安武軍節度使兼判相州。

陛辭的時候，神宗問道：「卿去之後，誰可主持國事？」

韓琦答道：「聖衷當必有人。」

神宗道：「王安石如何？」

韓琦道：「安石為翰林學士，綽然有餘；若以處輔相之任，惟恐器量不足。」神宗不答。

韓琦告辭而去。那王安石奉了翰林學士的詔命，有意遲延，經過了七個月，方才入京報到。神宗聞得王安石已來，立刻召見。

到了熙寧改元，即令王安石越次入對。神宗問他治道何先？安石答稱先在擇術。

神宗道：「唐太宗何如？」

安石道：「陛下當上法堯舜，何必念及唐太宗。堯舜治天下，至簡不煩，至易不難，後世君臣未能明曉治法，便說他高不可及；堯亦人，舜亦人，有什麼奇異難學呢？」

神宗道：「卿可謂責難於君了，但朕自顧眇躬，恐不足副卿之望，還要卿盡心輔

朕，共圖至治。」

安石道：「陛下如聽臣言，臣豈敢不盡死力。」言畢而退。

一日侍講經筵，群臣皆已退出。神宗獨留安石，命他坐下，安石謝恩入坐。神宗道：「朕閱漢唐歷史，漢昭烈必得諸葛亮，唐太宗必得魏徵，然後可以有為。亮、徵二人，不是天下奇才麼？」

安石抵掌道：「陛下誠能為堯、舜，自然有皋、夔、稷、契；誠能為高宗，自然有傅說。天下甚大，何材沒有？獨恐陛下主意不堅，就是有皋、夔、稷、契、傅說等人，也不免為小人所排擠，那就不得不遠去了。」

神宗道：「小人何代沒有，就道堯、舜之時，也不能無四凶。」

安石道：「那就在乎人主能辨別賢奸了，倘若堯、舜不誅四凶，皋、夔、稷、契能夠盡心竭力的辦事麼？」

這一席話，說得神宗很是入耳。安石退出之後，尚嘉嘆不止，從此，一心一意要任用安石。不久，便令王安石參知政事。

安石既入中樞，自然要施展手段了，常常說：「周禮有泉府之官，原是要調濟貧困，變通天下之財的。後世惟桑弘羊、劉晏能知其意，可惜不能竟其功。現在若要理財，非修泉府之法，以收利權不可。」神宗也深以為然！

安石還恐有人破壞，又逼進一步說：「人才非但難得，而且難知。譬如現在派十個人理財，只要內中有一二個不對的，就被外人作為話柄，全盤破壞了。只要看堯與群臣，擇一人治水，尚且不能不敗事。何況使用不止一人，豈能個個都好呢？只要皇上看著利多害少，拿定主意，不為眾論搖惑，那就可以收效了。」

神宗道：「這個自然，如果主意不定，還能辦事麼？」

安石得了這話，便告退出外，放心大膽的批了條規，奏請創設制置三司條例，掌經劃邦計，變通舊制，調劑權利，並舉知樞密院事陳升之，協同辦事。神宗即命安石升之總領制置三司條例司，許其自置掾屬。安石遂引用呂惠卿、曾布、章惇、蘇轍等分掌事務。

呂惠卿曾為真州推官，秩滿入京，與安石談論經義，意多相合。安石常說他是大儒，學先王之道能夠實用的，只有惠卿一人；遂授為條例司檢詳文字，事無大小，必與商酌；所有章奏，亦一概由他撰批。惠卿便和章惇、曾布聯為一黨，互相標榜，狼狽為奸。於是悉心商酌，定與許多新法，乃是農田、水利、青苗、均輸、保甲、免役、市易、保馬、方田，種種搜括的方法無不施行。

安石素與劉恕是至好，又要叫他到條例司來辦事。劉恕道：「我聽你口口聲聲要致君堯、舜，自比皋、夔。現在所行的政策，卻是非利不開口。皋、夔當年是這樣麼？我向來不敢存做皋、夔的奢望，所以錢穀一道沒有學過。承蒙好意，實不敢領，還是去另請高明罷。」

安石碰了這個釘子，從此就與劉恕絕交，自去進行新法。

但是這農田水利，乃是調查賦稅傜役，恐有畸輕畸重和荒廢隱匿的，卻非派人四出察訪不可。那些老成之士，都不贊成變法。安石索性不去請教他們，便奏派了劉彝、謝材、侯升獻、程顥、盧秉、王汝翼、曾伉、王廣廉八個人，分行各路。那些小人，就藉此迎合意旨。搜剔騷擾的辦了幾年工夫，雖然查出荒田三十六萬一千一百七十餘頃有餘，那民間已是受累不堪了。

這還是新法裡面最好的，至於均輸一法，尤其可笑！條例司說是各省貢獻物品，每年皆有定例，豐年不能多，荒年不能少，路遠的未免吃虧，路近的太覺便宜，徒令一班富商大賈，操奇計贏，於中取利。即如江、浙、荊、淮等路，出產最多，凡應貢獻之物，大可由官先備資本，在適中地方，設立局所，賤的時候買下，貴的時候賣出。好在京城倉庫某時應辦某物，總可預先得信，比民間消息自然靈通，從此貨價漲落，由官主持，還怕國用不足麼？

神宗聽信此言，簡發、薛向為發運使，專管均輸平均的事；領內庫錢六百萬緡，上供米三百萬石，先從江、浙、荊、淮路辦起。薛向到任後，又奏稱責任繁重，請得設置屬官，補吏役概仿衙署體制。神宗一一准奏。

此時蘇軾正做開封府推官，遂上疏道：「開辦之初，首先設官置吏，未免鋪張過甚。簿書廩祿耗費既多，日後勢必取償於贏利，層層剝削官賣之價的，必比民間更貴。誰肯過問，買進之時亦必如是。臣恐所領六百萬官本，永無收回之日。縱有稍獲利益，徵商之額所失必多，所得已不償所失矣。」

此外如劉琦、錢額等，皆上疏極諫。神宗此時已為王安石所迷，如何肯聽，反把諫阻的幾個人，一概貶謫遠方。最可笑的是登州地方的一件謀殺案，在此略敘一番，也可見得王安石的奇僻怪張了。

登州鄉下有個女子，小名阿雲，很有幾分姿色，每日對鏡理妝，自以為天仙化人。不過如是，總要嫁個美貌郎君方才如意。無如那時自由平等的風氣未開，婚姻都是專制，父母擅自作主，替她定了一門親事。阿雲暗中打聽，得知未婚夫乃是鄰村的田舍郎，心中好不氣悶，再加同行姐姐一齊替她可惜，都說阿雲妹嫁得這個丈夫，好似一朵

鮮花插在牛糞堆裡了。又有與她不和的人都嘲笑她，說她的丈夫像廟裡的土地公公，將來就要做土地婆婆了，阿雲聽了，幾乎氣得沒有尋死。

正在無可發洩的時候，恰巧男家已竟擇日迎娶。阿雲暗想：與其嫁了這個蠢牛一般的人，一生不得稱心，不如死了倒還乾淨；與其我一個人死，不如大家同死。想了一會兒決定主意，便磨了一把快刀，乘著黑夜無人，獨自一個躡足潛行。走到鄰村，正值十月內糧食登場的時候，她的未婚夫睡在草棚裡面看守禾稼。阿雲推門進去，舉刀便砍，誰知男的還沒睡著，見一把明晃晃的刀劈頭砍下，連忙用手一擋，巧巧的碰在刀口上，五個指頭，齊齊砍下，鮮血淋漓。阿雲再想砍時，已無氣力，男的也跳起身來，狂喊救命，驚動鄰人，走將攏來，把阿雲拿住送將官裡去。

這時，知登州的乃是許遵，聽說事關人命，不敢怠慢，立刻坐堂問訊。阿雲到堂，毫不懼怯，從從容容，一字不加隱瞞，從頭至尾說了一遍，說罷，伏地大哭。許遵見阿雲一個嬌滴滴的女子，被逼至此，未免動了可憐之心，就有意要開脫她，便引了一條例，說是因犯殺傷而自首的，得免所因之罪，請從末減。錄了全案招供報進京去，奉旨交司馬光、王安石議奏。

安石說許遵議得不錯，應該照辦。司馬光憤然道：「婦謀殺夫，尚可末減麼？」

安石道：「婦既自首，應從末減。」

司馬光道：「這例引得錯了，當日定例之意，原是指因為別樣罪致殺傷的，如果自首了，可以將別樣罪減輕。現在此案，豈可以謀與殺分做兩事。因他到案直供，就不辦罪麼？」

兩人相持不下，當即同請神宗判斷。

神宗正在信用安石，自然左袒安石，要從末減。文彥博、富弼等，一齊諫阻，均不聽從，且將謀殺已傷，按問自首一條，增入律中，得減罪二等，發交刑部，垂為國法。侍御史兼判刑部官劉述，封還詔旨，駁奏不已。

安石大憤，暗唆王克臣參劾劉述。劉述索性連合劉琦、錢顗上了一本，說安石妄改祖宗成法，致害天下大公。這種人豈可久在政府，紊亂綱紀，請早罷免，以慰天下。安石大怒，遂奏請仁宗，貶劉琦監處州鹽酒務，錢顗監益州鹽稅，並將劉述拘禁獄中。司馬光、范純仁上書力爭，才將劉述貶為江州通判。就此一事，已可見王安石的堅僻怪張和他締結神宗的魔力了。

安石在朝，每事皆占勝利，自然意氣揚揚，十分高興，當下又要推行他的青苗法了。那青苗法原不是安石起首的。因為陝西邊境，戍兵最多，轉運使李彥，惟恐糧儲不

繼，令百姓有願用官錢的，可以趁春夏方種青苗之時自行計算，將來可以收若干糧食，可以借若干錢。等到秋冬收成後，即以糧食加利還官。辦了幾年，居然很有功效，倉廒存米不少。

安石知道了，便要仿照而行，就要諸路常平、廣惠的錢谷做本錢，百姓有願預借的，按二分起息，每年隨夏秋租稅，一同完納，且不必拘定還米穀。有願還錢的，亦聽其便；遇有荒年，且可展長期限，俟至熟年再還。照他說來，自然動聽，神宗哪有不准之理！安石即請朝廷酌量諸路錢穀多寡，分別遣官提舉，每州選通判幕職官一員，專管收放，仍先河北、京東、淮北三路入手，等試辦有了頭緒，再行推廣。神宗見了此奏，立刻批准，先發內帑緡錢一百萬，從河北辦起。行不到一年，百姓已經叫苦連天。

這時韓琦正任河北安撫使，百姓知道他是公正無私的好官，都到轅門上來遞呈，請免借青苗。韓琦遂即轉奏道：「臣奉到詔旨詳細推求，朝廷所以行青苗，原欲惠民不使兼併乘急，以邀倍息，公家本無所利其人。今觀所列條約，無論鄉村內居戶，借錢一千納還一千三百，豈非官家放債與富戶盤剝有何分別？與詔旨初意大相背謬。又章程上雖有不許強制抑勒之語，但不抑勒，上戶必不願借；下戶雖然願借，又恐無力償還，勢必著落保人賠償，以致騷擾不休。臣伏見陛下，躬行節儉，以化天下，國家經常收入已足敷用，何必使興利之臣紛紛四出，以致遠邇之疑。乞罷諸路提舉官，仍依常平舊法而行。」

神宗見了韓琦的奏章，頗為感悟，遂將原疏藏於袖內，出御便殿，召輔臣入議道：「韓琦真是忠臣！身雖在外，不忘王室。朕初時以謂青苗乃是利民的，不料如此害民，且住於城市之民安有青苗？乃亦強令借給，如何可行？」

安石聽了，氣憤憤的出班奏道：「只要從民所欲，雖城市何害。」

神宗即將原疏付於觀看，安石略一瞧看，勃然說道：「漢朝的桑弘羊，籠絡天下貨財奉人主私用，始可謂興利之臣。今陛下修周公遺法，抑兼併，賑貧弱，如何是言利呢？」

神宗心內終以韓琦之說為是，沉吟不語。

安石趨出，神宗面諭輔臣道：「青苗法既不便行，不如飭令罷免。」

曾公亮道：「待臣詳加訪問，果不可行，罷免為是。」神宗點頭。公亮退出。安石即上章，稱病不朝。

神宗命司馬光草詔答韓琦，內有士大夫沸騰，黎民騷動之語。安石上章自辯，神宗

又撰辭婉謝，且命呂惠卿勸令任事，安石只是稱病不出。神宗對趙抃道：「青苗法多害少利才批罷免，並非與安石有嫌，他如何不肯任事？」

趙抃道：「新法多安石創行，待他銷假，再與妥議罷免未遲。」

韓絳道：「聖如仲尼，賢如子產，初入為政，尚且謗議紛興，何況安石。陛下如果決行新法，非留安石不可。安石若留，臣料民間亦必先謗後誦呢。」

這一席話，又將神宗罷行青苗之意完全打消，遂即敦促安石入朝。

安石方才銷假視事，當面奏稱：「中外大臣從官臺諫，沒有一人懂得先王之道，所以嘵嘵不休。陛下千萬拿定主張，不可搖惑。」神宗深以為然，令他即日到司辦事。

安石更加肆無忌憚，把韓琦的原奏交於曾布，令他逐句加了批駁，刻於石上，印刷一萬張，頒示天下。韓琦再疏辯白，朝廷置之不理。韓琦因此辭去安撫使，止領大名府事。安石硬行批准。從此正人君子，如司馬光、范鎮、孫覺、呂公著、呂公弼、趙抃、宋敏求、蘇頌、李大臨、程顥、張戩、李常、林旦、薛昌朝、范育數十百人，有言青苗不便的，有參劾安石的，盡皆貶官去位。

安石待他們去了，便薦舉私人同黨來補缺，甚而至於內官太監，經筵侍讀，都加以防備。崇政殿說書一官，雖是閒曹，卻與神宗每日見面。安石深恐有人藉著講學談論外事，因此令呂惠卿兼了此職。惠卿丁憂，又改派了曾布。至於內監一方面，安石明知神宗不放心，必定派人私出察訪。他又暗中結納內副都知張若水、押班藍元振。果然事有湊巧，神宗偏偏派他兩人往河北去察訪。兩人回來，竭力說青苗法有利無害，民情不勝歡悅，都爭先恐後的領取青苗錢，官差從無強派之事，因此神宗十分相信。大臣們有說青苗不便的，神宗便拿兩個內侍的話來搪塞他們，所以朝中無人敢言新法不好的了。

那王安石更加肆無忌憚，連太祖親手制定，歷代奉為金科玉律的更戍法，都要廢棄起來了。

第五十三回　東坡居士

王安石逐去了正人君子，滿朝都佈置了他的羽黨，自然可以任意而為，更加狂妄，竟將太祖所定的更戍法，也改為保甲法、免役法；又更定科舉法，專用經義策論考試，廢去詩賦，令士子於詩、書、易、《周禮》、《箚記》及《論語》、《孟子》，專治一經。考試分為四場，頭場考專經，二場兼經大義，共十篇；三場論一篇；四場策問三道；禮部試加兩篇；殿試專考策，限千字以上。考中者，分類五等：第一、第二等，均賜進士及第；第三等賜進士出身；第四等賜同進士出身；第五等賜同學究出身。

次年蘇軾放了主考，因為安石常勸神宗，獨斷專任，他便出了個策題，是「晉武平吳，獨斷而勝；苻堅伐晉，獨斷而亡。齊桓專任管仲而霸，燕噲專任之子而敗，事同功異。」命考生各抒意見。

安石知道，不覺大怒，暗令御史謝景蘊誣奏蘇軾，從前丁憂回西蜀時，沿途乘舟載

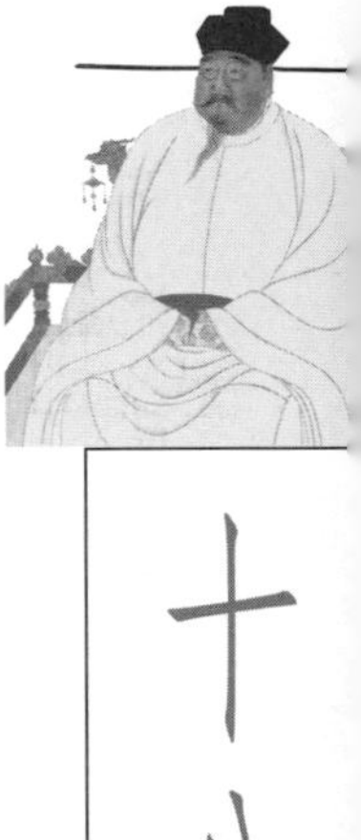

貨，商販牟利。詔旨經過各處地方捕拿篙工舟子訊問，毫無影響。蘇軾自請外調，乃命通判杭州。

到了熙寧七年，天氣亢旱。從去年七月，至今四月不雨。神宗不勝憂慮！召見宰相，欲將不好的法度，盡行停辦。

安石道：「水旱偏災，乃是常有的事，只要略修人事便了。」

神宗蹙然道：「朕正恐人事未修，所以如此。今取免行錢太重，人情嗟怨，自近臣以及后族，無不說是弊政，看來不如罷免為是。」

參政馮京亦應聲道：「臣亦聞有怨聲。」

安石憤然道：「士大夫不得逞志，所以訾議新法。馮京獨聞怨言，便是與若輩交通往來，否則臣怎麼沒有聞知呢？」

神宗默然。安石、馮京，各各挾恨而退。

未幾，神宗即下詔求直言。詔中痛責自己，語甚沉痛，相傳為翰林學士韓維手筆。這道詔書傳出去，有個福州人鄭俠，本為安石所提拔，新由廣州司法參軍任滿入京，升為監安上門，先去面見安石，力陳新法不便。安石不理。現在見了求言詔書，便把沿途所見百姓困苦情形，畫成十二幅《流民圖》，連同一道請罷新政的奏章呈上去。豈知閤門上早已得了消息，不肯遞進，退了回來。鄭俠無法，只得假說有緊急秘密軍情，發馬遞送到銀台司，轉達御前。

神宗拆開觀看，見是十二幅《流民圖》，另外有個夾片，上面寫道：

去年大蝗，秋冬亢旱，麥苗焦槁，五種不入，群情懼死。方春斬伐，竭澤而漁，草木魚鱉，亦莫生遂。災患之來，莫之或禦。願陛下開倉廩，賑貧乏，取有司掊克不道之政，一切罷去，冀下召和氣，上應天心，延萬姓垂死之命。今臺諫充位，左右輔弼，又皆貪猥近利，使夫抱道懷識之士，皆不欲與之官。陛下以爵祿名器，駕馭天下忠賢，而使人如此，甚非宗廟社稷之福也。

竊聞南征北伐者，以其勝捷之勢，山川之形為圖來獻，料無一人以天下之民，質妻鬻子，斬桑壞舍，遑遑不給之狀上聞者，臣謹以逐日所見，繪成一圖，但經眼目，已可涕泣，而況有甚於此者乎？如陛下行臣之言，十日不雨，即乞斬臣宣德門外，以正欺君之罪。

神宗聞畢，已覺惻然，又打開圖來看時，畫的都是東北一帶正遇荒年，再加上追呼

緊急，一班百姓在風沙困頓之中，扶老攜幼，奔走號哭。有的一身瘡瘍，面黃肌瘦；有的身上衣服，七零八落；甚至裹些蘆席稻草；有的在那裡掘草根樹皮，當飯充饑；有的帶著腳鐐手銬，還有幾個差役，惡狠狠的趕著亂打；有的拆下自己住屋的木石材料來賣了償還官帳。鄭俠的畫法，本來傳神維肖，直將那些流民呼天不應的神情，繪得活現紙上，就是鐵石人看了，也要流淚，何況神宗原是愛民的皇帝，當下翻來覆去，把畫圖看了又看，不住的短嘆長吁。看完了，將圖捲好，收在袖內，帶進宮去，這一夜哪裡還闔得上眼！

次日黎明，特頒諭旨，命開封府酌收免行錢，三司察市易、司農發常平倉，三衛裁減熙河兵額，諸州體恤民難，青苗免役，權息追比，方田保甲，並行罷免。這詔一下，百姓盡皆歡呼相慶，那上天卻也奇怪，頃刻間興雲布霧，雷聲隆隆，電光閃閃，大雨傾盆而下，農田一齊霑足。宰相等都進朝叩賀，神宗便把鄭俠的《流民圖》取出與觀，並責問他們為什麼不早來奏報。群臣沒有話說，只是免冠叩頭。

王安石又施出老法子來，連章求去。一班狐群狗黨知道神宗忽然有這番舉動，都是鄭俠弄出來的，莫不咬牙切齒，把他痛罵。

曾布想了一會道：「我們在背後罵他，有甚用處。他擅發報馬，應該有罪，何不藉此處治他，以洩憤恨呢？」眾人同聲稱是。

安石忙下札子，將鄭俠拿交御史治罪。一面由呂惠卿、鄧綰進宮，向神宗說道：「陛下廢寢忘餐，宵旰勤勞，創行新法，何等艱難，如今聽了一個狂妄無知的人將前功盡行廢棄，豈不可惜麼？」說著，都向著神宗哭泣起來。

神宗見二人哭得可憐，心中不忍，忙安慰他們道：「這新法是朕排除異論，竭力施行，好容易才有這個樣子，豈肯廢止。朕不過暫時緩行罷了。你們既有愛國之心，可趕緊辦去，第一叫王安石不要求去才好。」

呂惠卿道：「陛下仍行新法，安石自然不去。」說罷，告辭而出。

從此，非但新法仍舊舉行，呂惠卿和王安石又想出一法，名為「手實法」，比免役錢更加騷擾百倍。幾百物件，都由宮中定了價錢，然後令人民將家中所有的田地房產，資財貨物，以及牲口等項，都照價計算，自去報官。若是生財物件，比自用物件加五倍計算，有敢隱匿的，許人告發，以三分之一充賞。

報告的款式都由宮中印好，只要去領來填寫。一縣之中，挨門逐戶，都報齊了，然後由縣官按照價值，定列高下，分為五等，通盤計算，把這一縣應繳的役錢，按數攤派。這樣一來，就可以使百姓無可躲閃了。奏入，奉旨照行。從此非但尺椽寸土都搜刮

乾淨，便是一隻雞，一隻狗，也不敢隱瞞。

試想那些小民還能存活麼？呂惠卿的條陳，本來說災荒五分以上的地方，不在其列。那荊湖按察使蒲宗孟上言道：「這種良法，何必等到豐年方才施行。請旨飭下有司，不問豐凶，即日照行。」因此，民更不聊生了。可憐四海騷擾到這個樣子，宮禁內外，莫不知道，只瞞著神宗一人。

這日，神宗到太皇太后宮中問安，太皇太后乘間說道：「祖宗法度，不宜輕改。從前先帝在日，我有聞必告，先帝無不察行。今亦當效法先帝，以免禍亂。」

神宗道：「現在並無他事。」

太皇太后道：「免役、青苗諸法，民間很感痛苦，何不罷除。」

神宗道：「這是利民，並非苦民。」

太皇太后道：「恐未必然，我聞各種新法，作自王安石。安石雖有才學，但違民行政，終致民怨。如果愛惜安石，不如暫令外調，較可保全。」

神宗道：「群臣中惟安石一人能任國事，不應令去。」

太皇太后還思駁斥，忽有一人入言道：「太皇太后的慈訓，確是至言。皇上不可不思。」

神宗視之，乃是胞弟昌王顥，不禁怒道：「是朕敗壞國事麼？他日待汝自為可好？」

昌王不禁涕泣道：「國事不妨共議，顥並不敢有異心，何至猜嫌若此。」

太皇太后亦為不歡，神宗自去。過了幾日，神宗又復入謁。

太皇太后流涕道：「安石必亂天下，奈何？」

神宗方道：「且俟擇人代相，把他外調便了。」

安石自鄭俠上疏，已求去位，現在得了這個風聲，求退益力。神宗乃令薦賢自代，安石薦了兩個人，一個是韓絳，一個是呂惠卿。神宗遂令安石出知江寧府，命韓絳同平章事，呂惠卿參知政事。韓、呂兩人都是安石一黨，自然謹守安石的成法，絕不改變。時人號韓絳為傳法沙門，呂惠卿為護法善神。兩人聽了，非但不惱，反覺得意。

鄭俠見國事日非，輔臣益壞，更加激動忠憤，取唐朝宰相數人，分為兩編，彙呈進去。如魏徵、姚崇、宋璟，稱為正人君子；李林甫、盧杞等，稱為邪曲小人；又以馮京比君子，呂惠卿比小人。

那呂惠卿得了消息，如何不氣，遂參劾鄭俠，訕謗朝廷，以大不敬論。御史張璪，也迎合呂惠卿，刻奏馮京與鄭俠交通有跡。鄭俠因此獲罪，罷謫英州；馮京亦罷參

政，出知亳州。安石弟安國，任秘閣校理，素與安石意見不合，亦斥呂惠卿為佞人，也坐與鄭俠交結，放歸田里。

呂惠卿本是個狡猾小人，與韓絳在中書處，互相嫉妒，時常因事爭執，又因自己已為輔臣，地位穩固，惟恐安石再來，處處想謀害安石，凡可以杜絕他來路的法兒，莫不做到。卻巧蜀人李士寧，自言能知人休咎，且與安石有舊交，竟要藉此興獄。幸賴韓絳暗裡維護安石，從中阻撓，將士寧杖流永州，連坐頗眾。韓絳恐呂惠卿先發制人，連忙密請神宗再用安石。

神宗亦復記念安石，即召他入朝。安石奉詔倍道前進，七日入京，晉見神宗。神宗見面，便問一年來卿有何著？安石忙將注釋的《詩經》、《書經》、《周禮》，呈上奏道：「臣奉命設經義局，督同呂惠卿及臣子王雱，加緊撰述，現在先成了三部，請陛下御覽。」

神宗略看了一看，下詔頒佈天下學宮，名為「三經新義」，以後士子應試，都要以此為主，不許再有雜說；又獎敘著述之功，加安石左僕射，呂惠卿給事中，王雱龍圖閣直學士。王雱因是現任首相之子，不得不假意推辭，奏章上去，呂惠卿在旁勸神宗批准。

原來王雱為人，陰險刻薄，比安石更甚。卻很有才氣，十幾歲上，已是著書立說，動筆萬言。因見父親所用的都是少年新進，屢次想出來做官。安石因為是自己的兒子，不便推薦，想把名氣弄大，由神宗召用。王雱急於出仕，如何耐得，求著父親，說是經筵一職，與政治無關，可以做得。安石便薦為崇政殿說書，後來又兼了經義局修撰，好容易修成了書，滿擬可以青雲直上，豈知又為惠卿所阻。安石父子，直氣得一佛出世，二佛涅槃，把個呂惠卿恨如切骨，沒有一刻不圖報復。恰巧御史蔡承禧，參劾惠卿，欺君玩法，立黨行奸。惠卿居家等候消息。王雱趁此機會，暗唆中丞鄧綰，再上一本，把惠卿擠倒。

那鄧綰因為安石罷職的時候，曾經附和惠卿，深恐安石懷恨，正要找件事情見好於他。遂即想出一個貪贓枉法的大題目上了一本，說惠卿之弟，強借秀州華亭富民錢五百萬緡，與知華亭縣張若濟，買田均分。這本一上，立刻拿交刑部審訊，一時卻找不出什麼真實證據，先將惠卿出知陳州。三司使章惇，也由鄧綰劾他與惠卿同惡相濟，出知潮州。那華亭縣張若濟與惠卿之弟押在監獄。

過了一年，王雱深恐日久生變，瞞著安石，及門客呂嘉問、練亨甫商了一計，將這案件夾雜在安石劃過行的別樣公事內，送到刑獄裡去。安石還困在鼓裡，衙門中的書

吏，有和惠卿聯絡的，忙寫信知照惠卿。惠卿捏著這個錯處，如何還肯放過？上書直達朝廷，說安石一件事如此，其餘可知，請治以矯命罔上之罪。

次日早朝，神宗將這道奏疏遞與觀看，安石力陳冤枉，退朝回家，心內總有些疑惑。便叫王雱前來細問，王雱不能隱瞞，才將實情吐出。安石不免埋怨他一番，並說我一世的名譽，為你喪盡了。王雱盛年負氣，性子甚是躁急，受了安石的埋怨，這一氣如何禁受得住！因此終日鬱悶，不久生了背疽，醫治不癒而死。從此，神宗也覺得安石行為不甚正當，恩眷漸衰。

還有個不識起倒的鄧綰，深恐安石去了自己沒有靠山。上言安石功高，朝廷應該錄用他的兒子女婿，並賜第京師。神宗就將這奏章，交於安石觀看。安石一時下不來臺，只得奏道：「鄧綰身為風憲大臣，反替宰相乞求恩典，未免有傷國體，請陛下重治其罪，以肅官箴。」神宗遂將鄧綰貶知虢州。

安石經此一事，心內愈覺不安，又因悲痛兒子，舉動改常，連疏求去。神宗亦即准奏，以使相判江寧府，尋改集禧觀使。

安石到了江寧，往往寫「福建子」三字。「福建子」乃是指呂惠卿的，有時且直言惠卿誤我。惠卿再訐告安石，並附呈安石私書，有「無令上知」、「無令齊年知」等語。神宗察知「齊年」二字，乃指馮京而言。京與安石同年，故稱齊年。神宗遂以馮京為賢，召知樞密院事。又因安石女夫吳充，素來中立，不附安石，擢同平章事，王圭亦由參政同升。吳充請召司馬光、呂公著、韓維，又薦孫覺、李常、程顥，神宗依奏召用，獨知湖州蘇軾，為中丞李定、御史舒亶所劾，有詔逮蘇軾入都，下付台獄。

那蘇軾因何得罪呢？原來他自杭徙徐，由徐徙湖，平居無事，常常藉著吟詩，諷刺朝政。

嘗《詠青苗》道：贏得兒童語音好，一年強半在城中。

《詠課吏》道：讀書萬卷不讀律，致君堯舜終無術。

《詠水利》道：東海若知明主意，應教斥鹵變桑田。

《詠鹽禁》道：豈是聞韶解忘味，邇來三月食無鹽。

這數首詩傳誦一時，李定、舒亶遂藉端進讒，坐他誹謗不敬之罪，意欲置之死地。

太皇太后適在病中，神宗入內問安。太皇太后道：「蘇軾兄弟初入制科，仁宗皇帝常欣慰道：『我為子孫得兩宰相。』今聞軾因賦下獄，莫非有人中傷他麼？且文人詠詩，乃是恆情，若必毛舉細故，羅織成罪，亦非人君慎獄憐才之意，理應熟察為是。」

神宗連連答應。吳充也替蘇軾力辯。同修起居注王安禮，亦諫道：「自古以來，寬仁大度的君主，不以言語罪人。軾具有文才，自以為爵祿可以立致。今碌碌如此，不無怨望，所以托為諷詠，自寫牢騷。一旦逮獄加罪，恐後世謂陛下不能容才。」

神宗道：「朕原不欲深譴，當為卿貸其罪名。但軾已激成眾怒，恐卿為之辯白，他人反欲害卿。卿勿漏言，朕即有後命。」

同平章事王珪，聞神宗有赦軾之意，又舉軾《詠檜》詩，有「根到九泉無曲處，世間惟有蟄龍知」二語，說他確有不臣之心，非嚴譴不足示懲。

神宗道：「軾自詠檜，何預朕事。卿等勿吹毛求疵。」舒亶又奏稱駙馬都尉王詵輩，與軾交通聲氣，居然朋比。還有司馬光、張方平、范鎮、陳襄、劉摯等，託名老成正士，實與軾同一舉動，隱想聯絡，均非嚴辦不可。神宗不從，但謫蘇軾為黃州團練副使，本州安置。軾弟轍與王詵，皆連坐落職。張方平、司馬光、范鎮等二十二人，俱罰銅。

蘇軾出獄赴黃州，豪曠不異昔日，常手執竹杖，足踏芒鞋，與田父野老優遊山水之間，且就東坡築室居住，自稱東坡居士。每有宴會，談筆不倦，時或醉墨淋漓，隨吟隨書。人有所乞，絕無吝嗇。雖供侍的營妓，索題索書，亦無不應，因此文名益盛。

神宗以軾多才，擬再起用，終為王珪等所阻。一日視朝，語王珪、蔡確道：「國史關係，極為重大，應召蘇軾入京，令他纂修，方見潤色。」

王珪奏道：「軾有重罪，不宜再召。」

神宗道：「既不召軾，且用曾鞏。」乃命曾鞏為史館修撰。曾鞏進太祖總論，神宗尚不愜意，遂手詔移蘇軾汝州，詔中有「蘇軾黜居思咎，歲月滋深，人才實難，不忍終棄」等語。蘇軾受詔後，上書自陳：「貧士饑寒，惟有薄田數畝；坐落常州，乞恩准徙常，賜臣餘年。實出天恩。」神宗立即報可，蘇軾乃至常州居住。

元豐二年，太皇太后忽然生病，神宗連忙召醫診治，親自入侍，衣不解帶的至匝旬之久，尚未見癒。

第五十四回　司馬相公

太皇太后曹氏忽然患病，神宗連忙召醫官診治，並親自入侍，衣不解帶的匝旬之久，終未見瘉。未幾，遂即升遐有司援劉太后故事，擬定尊謚，為「慈聖光獻」四字。神宗孝思純篤，服侍太皇太后，曲意承歡始終無間。太皇太后待神宗亦極慈愛，聞退朝略晚，即親至屏展間，守候盼望，有時或持膳餉帝。因此上慈下孝，中外同欽。

故例外家男子，不得入謁。太皇太后之弟曹佾，任同中書門下平章事。神宗常白太皇太后，請使入見。太皇太后道：「我朝宗法，何敢有違！且我弟得躋貴顯，已屬逾分。國家政事，不可令其干涉，亦不准令其入宮。」

神宗敬謹受命而出。至太皇太后抱恙，復由神宗申請，乃得引佾入見。談未數語，神宗先起退出，意欲使佾可以略述言情。誰知太皇太后已對佾說道：「此非汝久留之處，應隨帝同出。」這兩句言語，不但使曹佾伸舌，連神宗也為竦然。

太皇太后既崩，神宗哀慕逾恆，幾至毀瘠。一慈一孝，可以並傳千古了。

元豐三年，神宗擬改定官制飭中書置局修定。至元豐五年，方才制定，改中書門下平章事為左右僕射，參知政事為門下中書郎，尚書左右丞。此時吳充已歿，遂以王珪為尚書左僕射兼門下侍郎，蔡確為尚書右僕射兼中書侍郎，章惇為門下侍郎，張璪為中書侍郎，蒲宗孟為尚書左丞，王安禮為尚書右丞。

當初定儀，原是仿照唐之六典，事無大小，皆由中書取旨，門下審覆，尚書承行，三省分班，奏事並歸中書。定議之後，將要施行。蔡確明知王珪糊塗可欺，便對他說道：「你做了多年首相，還怕中書令不屬你麼？」王珪也深以為然。

蔡確又去密奏神宗，說是三省長官位分既高，不必另外置令，只要派左右僕射，分兼兩省侍郎就可以了。神宗便照他的主張，分派下來，他自己雖是次相，大權卻在他的掌握之中。王珪雖是首相，卻沒有權柄，只得拱手聽他號令，直至此時，方才知道上了蔡確的當，悔已無及！

那蒲宗孟原是個外官，並無學識，為了力行新法，善於迎合意旨，現在居然執政。這天神宗臨朝，談起人才難得的話來，蒲宗孟不待說畢，便越班奏道：「人才哪裡沒有？可惜都為司馬光邪說教壞了。」

神宗聞言，很為詫異，對他面上望了半晌，方才說道：「你不以司馬光為然麼？現在不用說別的事，單就辭樞密使一事而言，朕在位這些年數，只見他一個人，要是換了別的人，趕也趕不掉的。」

宗孟聽了，又羞又懼，幾乎無地自容。

不久御史參宗孟荒淫酒色，蓋造房屋，僭逾制度，免職而去。那司馬光雖然沒有在朝，卻成就了千秋事業。是什麼事業呢？原來英宗在位的時候，即命司馬光設局編纂《資治通鑑》，上自周威烈王起，下及五代止。共分三百五十四卷，現已經告成，進呈御覽，神宗極為稱許，升授資政殿學士，便存了令他入內執政之意。

哪知，次年正月，神宗忽然病重，群臣共請神宗早立太子，又請太后高氏暫同聽政。神宗遂下詔，立延安郡王傭為皇太子，賜名煦。太子年才十歲，太后垂簾，一同聽政，暗中叫內侍梁惟簡，在家中做了一件三尺長的小黃袍帶進宮來，恐倉猝之間，手忙腳亂，來不及預備。果然到了三月內，神宗便晏了駕，年三十有八。總計神宗在位，改元二次，共十八年。

太子煦即皇帝位，尊皇太后高氏為太皇太后，皇后向氏為皇太后，生母德妃朱氏為皇太妃，是為哲宗皇帝。追尊大行皇帝廟號曰神宗。葬永裕陵，晉封叔顥為揚王，頵為

荊王；弟佶為遂寧郡王，佖為大寧郡王，俁為咸寧郡王，似為普寧郡王。

尚書左僕射王珪是岐國公；潞國公文彥博為司徒；王安石為司空，餘官一律加秩，並賜致仕各官，帶服銀帛有差。太皇太后訓政，首先傳旨，遣散修京城役夫，止造軍器，及禁庭工技，戒中外無苛斂，寬民間保甲馬，人民大悅！這幾道詔旨下來，都從禁中發出，王珪等並未預聞，及中旨已經傳出，方才得知。

過不了幾天，又下一道詔書道：

先皇帝臨御十有八年，建立政事，以澤天下。而有司奉行失當，幾於煩擾，或苟且文具，不能布宣實惠，其申諭中外，協心奉令，以稱先帝惠愛元元之意。

這詔書一下，都中御士大夫已知太皇太后之意，欲改繁為簡，易苛從寬了。蔡確深恐與己地位不保，要設法迎合太皇太后。

因為高遵裕是太皇太后叔父，為了西征失律，待罪家居，便面請太皇太后，開復遵裕原宮。太皇太后聽了，不覺淒然道：「靈武一役，先帝中夜得報，環榻周行，徹旦不寐，因此驚悸，遂致大故，追原禍始實自遵裕一人。先帝骨肉未寒，我豈敢專徇私恩，不顧公義麼？」

蔡確碰了個釘子，嚇得汗流浹背的退了出來，才知道太皇太后不是好惹的。

太皇太后又詔罷京城邏卒，及免行錄，廢浚河司，蠲免逋賦，驛召司馬光、呂公著入朝。

司馬光居洛十五年，田夫野老，莫不尊敬，都稱他為司馬相公。即婦人女子，也都知大名，神宗升遐，原要入臨，因避嫌猜，不敢徑行。適程在洛，勸他入京，司馬光遂啟程東進，方近都門，守門衛士都歡呼道：「司馬相公來了。」當下一人傳十，十人傳百，居民住戶盡皆出外觀看，沿街塞巷，都聚滿了人。

司馬光坐在馬上，為百姓攔住，不能速行，只得按轡徐進。那些百姓都亂喊道：「司馬相公這回來京，請留相天子，活我百姓，千萬不可回洛了。」

司馬光見百姓們一唱一和，反覺疑懼起來，暗想：「我原怕招人忌妒，所以不敢前來，如今人民這樣情形，豈不更令忌者有所藉口。萬一他們進起讒言來，說我買囑百姓，意圖入相，如何是好？」當下向幾個年老百姓安慰了一番，徑向先帝靈前哭臨過了，即從間道歸去。

太皇太后聞得司馬相公入都，正要詢問要政，誰知待久不至，即令內侍梁惟簡，

馳騎追問。司馬光請大開言路，詔榜朝堂。惟簡覆命，蔡確等已知其事，先創六議入奏：大旨說是陰有所懷，犯非其分，或扇搖重機，或迎合舊令，上則僥倖希進，下則眩惑流俗，有一相犯，立罰無赦。太皇太后見了此議，又令人持往司馬光觀看。司馬光憤然道：「這不是求言，乃是拒諫。為人臣的，只好杜口不言；一經啟齒，就要犯這六件事情了。」遂具疏列論，太皇太后即改詔頒行。果然不多幾時，應詔陳言的，竟有一千多人。

太皇太后又下詔，令司馬光知陳州，並起程顥為宗正寺寺丞。程顥受詔，正要起身，忽然患病而亡。程顥與弟程頤，受學周門，以道自樂，平時極有涵養功夫，不動聲色，既卒，士大夫無論識與不識，莫不哀悼。文彥博採取眾論，題其墓曰：「明道先生」。

司馬光受了詔命，往陳州赴任，經過闕下，正值王珪病歿，輔臣以次遞升，適空一缺，太皇太后即留司馬光在朝輔政，命為門下侍郎，即日到政事堂辦事。天下人民莫不歡欣鼓舞，都說這一來好了，司馬相公入朝，王安石新法的困苦可以除去了。

蔡確等聽了，便用個大的題目來壓制道：「司馬光難道不讀書麼？聖人說的三年無改於父之道。現在新君即位，還沒有改元，就可以改變先帝的成法麼？」

司馬光不覺笑道：「說這話的，才是真沒有讀過書的。試問當初聖人說這兩句話，可是指天子說的麼？天子以宗社為重，能夠保守宗社，億萬年不墜，方可莫孝。先帝所行的政治合宜，雖傳之百世，也應遵守。若是王安石、呂惠卿所創的新法，害國病民，應當從速改變，如救焚拯溺一般，才是道理。況且太皇太后以母改子，並不是以子改父，有什麼不可以呢？」眾人無可辯駁，只得默然。

太皇太后又召呂公著為侍，讀公著自揚州進京擢為尚書左丞，京東轉運使吳居厚，繼鮮于侁後任，大興鹽獄，暴斂橫征，民不堪命，為言官所劾，貶謫黃州，仍用鮮于侁為轉運使。司馬光對同列道：「子駿甚賢，不應復令居外，但朝廷欲救京東弊困，非子駿不可，他實是一路福星，安得如子駿者一百人散佈天下呢？」

子駿乃鮮于侁表字，侁到任之後，即奏罷萊蕪、利國兩冶，及海鹽依河北通商，人民大悅！有口皆碑。從此，司馬光、呂公著同心輔政，革除新法，罷保甲，罷保馬，罷方田，罷市易，貶前市易提舉呂嘉問三秩，知淮陽軍。呂黨皆連坐貶謫，且謫州恕出知隨州。

次年改為元祐元年，右司諫王覿，右諫議大夫孫覺，侍御史劉摯，左司諫蘇轍，御史王巖叟、朱光庭、上官均皆連章參劾蔡確、章惇、韓縝、張璪朋邪害正。章至數十

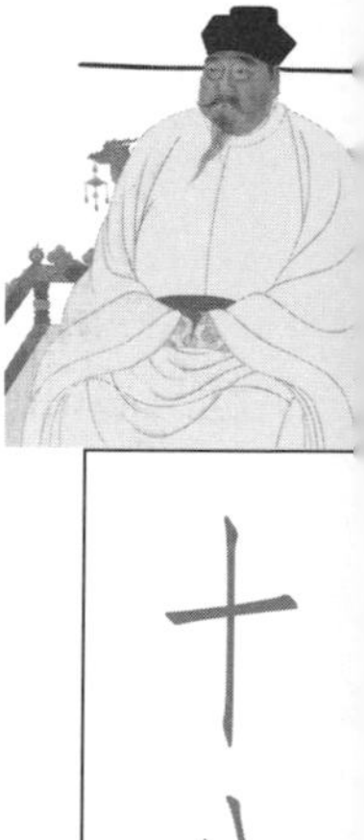

上，乃免蔡確相位，出知陳州。擢司馬光為尚書左僕射兼門下侍郎；呂公著為門下侍郎；李清臣、呂大防為尚書左右丞；李常為戶部尚書；范純仁同知樞密院事。司馬光已經得疾，因青苗免役諸法，尚未盡除，西夏議亦未決，不覺詔道：「諸害未除，死不瞑目。」遂致書於呂公著道：「光以身付醫，以家事付愚子，以國事付公。」公著為白於上。

太皇太后降詔，免光朝覲，許乘肩輿，三日一入省。司馬光辭不敢當，且道：「不見天子，如何視事。」乃改詔，令光子康扶掖入對。這事情傳至遼邦，遼主即囑咐守邊兵將道：「中國相司馬光，你們遇事須要格外小心，切不可生出事來。」這就可以想見當日的聲望了。

次年，青苗免役諸法，一概罷免。司馬光又想起文彥博來，便入奏道：「文彥博，宿德元老，年雖衰邁，精神矍鑠，仍可起用。」

太皇太后便有用他為相之意，有人說：「彥博年老，宰相事繁，惟恐照顧不到。」因改為平章軍國重事，六日一朝，一月兩至經筵，班在宰相之上。

呂惠卿見正人滿朝，自知無容足之地，乞求閒散。蘇軾、王覿又連章參劾，乃發往建州安置。一時之間，將所有小人驅逐殆盡，一切政事，盡復舊觀。惟罷免役法時，司馬光請復差役法。會蘇軾已入為中書舍人，獨請行熙寧初給田募役法，且條陳五利。監察御史王巖叟，說是五利難信，且有十弊。群臣又各是其是，議論紛紓。

蘇軾本與司馬光交好，便去見他道：「公欲改免役為差役，軾恐兩害相均，未見一利。」

光道：「請言害處。」

軾答道：「免役的害處，是掊斂民財，十室九空，斂從上聚，下必患錢荒，這害已經驗過了。差役的害處，是百姓常受役於官，無暇農事，貪吏猾胥，隨時徵比，因緣為奸，豈非異法同病麼？」

司馬光道：「依君高見，應當如何辦法？」

蘇軾道：「法有相內，事乃易成，事能漸進，民乃不驚。三代之時，兵農合一。秦始皇乃分作兩途；唐初又變府兵為長征卒，農出粟養兵，兵出力衛農，天下稱便，雖聖人復起，不能變易。今免役法，頗與此相類，公欲罷去免役，仍復差役，正如罷長征，復民兵，恐民情反多痛苦了。」

司馬光終不以為是，蘇軾退出。

次日，司馬光至政事堂議政，蘇軾又入言此事。司馬光不覺怒形於色。蘇軾從容說

道：「昔韓魏公刺陝西義勇，公為諫官，再三勸阻。韓公不樂，公亦不顧。軾常聞公自述前情，今日反不許軾盡言麼？」

司馬光起謝道：「容待妥商。」

范純仁也向光說道：「差役一事，不應速行，否則反恐病民，願公虛心受言，所有謀議，不必盡自己出；若事必專斷，邪人曲士反得乘間迎合了。」

光有難色。范純仁道：「這是使人不能盡言了。純仁若徒知媚公，不顧大局，何不少年之時，迎合王安石，早圖富貴呢？」光乃令役人悉用現數為額，衙門用坊場河渡錢，均用雇募。

先是司馬光決改差役法，以五日為限，僚屬都嫌期限太促。獨知開封府蔡京，如約面覆。司馬光大喜道：「使人盡奉法如君，天下尚有何事不可辦？」待蔡京退後，光遂信為可行，所以堅持到底。

其實蔡京是個大奸巨猾，專事迎合意旨，初見蔡確得勢，就附蔡確。後見司馬光入相，就附司馬光。這種反覆小人，最能貽誤國事。司馬光是個忠厚長者，哪裡知道他暗中的機巧呢？

此時王安石宦居金陵，聽得朝廷改革新法，毫不介意，乃聞罷免役法，不禁失聲道：「竟一變至此麼？」停了良久，又道：「此法終不可罷，君實輩也太胡鬧。」未幾病歿。

太皇太后因是先朝大臣，追贈太傅，後人都稱他為王荊公，因安石於元豐五年曾封荊國公，所以沿稱至今。

司馬光、呂公著又共薦程顥之弟程頤，有旨召為秘書郎。及入對，改授崇政殿說書，且命修定學制，於是詔舉經明行修之士，立十科舉士之法。哪十科呢？一、行義純固，可作師表。二、節操方正，可備獻納。三、智勇過人，可備將相。四、公正聰明，可備監司。五、經術精通，可備講讀。六、學問賅博，可備顧問。七、文章曲麗，可備著述。八、善聽獄訟，盡公得實。九、善治財賦，公私俱便。十、練習法令，能斷清讞。這十科條例，皆由司馬光擬定，請旨頒行。

司馬光因言聽計從，愈加激發忠忱，事無大小，必親自裁決，竟因政體過勞，日益清瘦，同僚以諸葛亮食少事煩為勸。光慨然道：「死生由命，一息尚存，怎敢稍懈。」因此老病癒甚，不能起床，彌留時，尚囈語不絕，細聽所言，皆是國事。及卒，年六十八，遺折遞入，太皇太后失聲痛哭！哲宗也悲傷不已！贈太師，封溫國公。

設奠之日，兩宮車駕親來賜祭。京師百姓要祭司馬相公，為之罷市；連挑蔥賣菜的，都到靈前來哭兩聲，磕個頭；還有些沒錢的人，情願脫下衣服，典質了買陌紙錢來焚化。

靈柩回陝州夏縣時，有詔予諡文正，賜碑曰：「忠清粹德」。命戶部侍郎趙瞻，內侍省押班馮宗道護送而行。沿路送的人，不知其數。還有些執著香跪拜號哭的，真是如喪考妣一般。

到了安葬以後，都中和四方人民，尚畫像祭祀，飲食必祝，可見他的德澤及民至遠且深了。後人有詩詠他道：

到底安邦恃老成，甫經著手即清平；
如何天不延公壽，坐使良材一旦傾。

司馬光歿後，呂公著為首相，一切用人，仍依司馬光之意。進呂大防為中書侍郎，劉摯為尚書右丞，蘇軾為翰林學士。

蘇軾自奉召入都，不過十個月，三遷清要，尋兼侍讀，每人值經筵，必反覆講解，期沃君心一夕，值宿禁中，有旨召見便殿。太皇太后與他談了幾句政務，便問道：「卿前年為何官？」

軾對道：「常州團練副使。」

太皇太后又道：「今為何官？」

軾道：「待罪翰林學士。」

太皇太后道：「為何忽升此缺？」

軾答道：「皆太皇太后及皇帝陛下隆恩。」

太皇太后道：「並不為此。」

蘇軾又道：「莫非有大臣論薦麼？」

太皇太后又復搖首。蘇軾驚愕道：「臣雖無狀，不敢由他途希進。」

太皇太后道：「這乃是皇帝遺意，皇帝每讀卿文，必稱為奇才！奇才！不過未及用卿，即便升遐了。」蘇軾聽罷，不禁感激涕零，哭至失聲。太皇太后亦為泣下。哲宗見他們對哭，也忍不住嗚咽起來。

那些左右內侍，也不禁下淚，反覺得宮廷岑寂，良夜淒清。太皇太后見此情景，覺得不雅，遂停淚道：「這不是臨朝時候，卿可不必拘禮，且在旁坐下，我當詢問一切。」

第五十五回　新舊黨爭

太皇太后對蘇軾道：「卿且在旁坐下，我當詢問一切。」說著，命內侍移過錦凳，令軾旁坐，蘇軾謝恩坐下。

太皇太后垂詢了一番要政，蘇軾隨問隨答，頗合慈意，特賜茶一盞。蘇軾恩飲畢。太皇太后對左右內侍道：「可撤御前金蓮炬，送學士歸院。」說罷，自攜了哲宗入宮。

蘇軾恭送了聖駕，又向虛座前申謝，跪拜禮畢，方由兩個內侍捧了金蓮炬，導送歸院。真個是曠典隆恩，千古稀逢，這遭際也光榮極了。

蘇軾感恩圖報，常常藉著言語文章規諷時政。衛尉丞畢仲遊寓書戒軾道：「君官非御史，職非臺諫，乃好論人短長，危身觸諱；恐抱石救溺，非徒無益，反致禍患。」軾不能從。

時程頤侍講經筵，毅然自重，嘗道：「天下治亂係宰相，居德成就責經筵」，因此入殿進講，貌端色莊。蘇軾說他不近人情，屢加抗侮。

當司馬光病歿適，朝廷有慶賀禮，事畢，眾官皆欲往弔，獨程頤以為不可。人問他何以不可往弔？程頤引《魯論》，子於是日哭則不歌為言，有人說：「哭乃不歌，未嘗說歌即不哭，如何不可往弔？」

蘇軾在旁冷笑道：「大概是枉死城中的叔孫通新制的禮，所以如此。」程頤聽了此言，很有芥蒂。

蘇軾發策試館職，問題有云：「今欲師仁宗之忠厚，懼百官有司不稱其職，而或至於偷；欲法仁宗之勵精，恐監司守令不識其意，而流入刻。」

右司諫賈易，左正言朱先庭，乃程頤門人，遂藉題生事，劾軾訕先謗帝。軾因乞外調。侍御史呂陶上劉臺諫當秉至公，不應假藉事權，圖報私隙。左司諫王覿，亦奏稱蘇軾所擬策題，不過略失輕重，關係言小，必吹毛求疵，釀成門戶，恐黨派一分，朝無寧日，這是國家大患，不可不防。

范純仁復言蘇軾無罪。太皇太后臨朝諭道：「詳覽蘇軾文意，是指今日的百官有司、監司守令，並非譏諷祖宗，不得為罪。」軾罪任事如故。

適值哲宗病瘡疹，不能視朝。程頤入問呂公著道：「上不御殿，太皇太后不當獨坐；且主上有道，宰相豈不知道麼？」

次日，公著入朝，即問帝疾，太皇太后答稱無妨，廷臣因此嫉程頤多言，御史宗丞胡宗愈、給事中顧臨，連章劾奏程頤，不應令值經筵。諫議大夫孔文仲，劾程頤奸下險巧，素無鄉行，經筵陳說，僭橫忘分，偏謁貴臣，勾通臺諫，睚眥報怨，沽直營私，應放還田里，以示典型。道罷程頤出管西京國子監。從此朝臣各分黨派，互相傾軋。程頤以下，有賈易、朱光庭等，號為洛黨；蘇軾以下，有呂陶等，號稱蜀黨；又有劉摯、梁燾、王岩、劉安世等，另樹一幟，謂之朔黨；其實都非奸邪，只因意氣不合，致成嫌怨。

哪知熙豐舊臣，正恨諸賢入骨，要想乘瑕蹈隙，藉圖報復，這三黨還不知道；日事排擠，真是授人以柄，使之自刺了。

到得元祐七年，哲宗年已十七，太皇太后留意立后，選了世家女子百餘人入宮，細細考察她們的品行性情，以及言語動作，只有馬軍都侯虞孟元的孫女，年紀才十六歲，才貌雙全，性格也溫柔莊重。太皇太后與太后都愛重她。又請了保姆，教導宮中禮節儀範，遂由太皇太后宣諭宰執道，現有孟氏女能執婦道，可以正位中宮，一面命學士草

制，一面派各官署議定古時六體。

七年四月，議定復奏。乃派呂大防兼六禮使，韓忠彥充奉迎使；蘇頌、王巖叟充發冊使；蘇轍、趙宗景充告期使；高密郡、王宗晟充納成使；王存、劉奉世充納吉使；梁燾、鄭雍充納采問名使。哲宗升座文德殿，冊為皇后。

禮成，太皇太后對哲宗道：「得賢內助，所繫非細。汝宜刑於啟化，媲美古人，方不負我的厚望。」及帝高后退出，太皇太后忽嘆息道：「此人賢淑，可無他虞，但恐福薄，他日國家有事，不免首先受禍。」

果然哲宗少年好色，以孟后色不勝德，心懷不足。恰巧侍御中有個劉氏女，生得纖穠合度，修短適宜，面若芙蓉，腰如揚柳，豔比夷嬙，姿勝環燕，哲宗遂封為婕妤，十分寵幸。這且不在話下。

單說朝中輔臣，自呂公著歿後，由呂大防、范純仁執政。

那范純仁忽因司諫吳安詩等，劾他黨於蔡確，力求外調，出知潁州。尚書右僕射一缺，空了下來，向未補授。太皇太后特擢蘇頌為尚書右僕射兼中書侍郎，蘇轍為門下侍郎，范百祿為中書侍郎，梁燾、鄭雍為尚書左右丞，韓忠彥知樞密院事，劉奉世簽書樞密院事。又因遼使入賀，問及蘇軾，召入為兵部尚書兼官侍讀。

原來蘇軾做翰林學士的時候，每遇遼使往來，應派為招待員，其時遼亦趨重詩文，使臣多是文學之選，每與蘇軾談笑唱和，軾無不立應，遼使甚為驚服！

會遼有五字屬對，未得對句，遂商諸副介請蘇軾照對。蘇軾便問是何對句？副介答稱是「三光日月星」五個字。蘇軾應聲道：「四詩風、雅、頌，不是天然的對句麼？你不要說我對的，只說自己想著的便了。」副介如言還告遼使，方才嘆讚。

蘇軾又出見遼使道：「『四德元亨利』不是也可以對麼？」遼使要起座對辯。蘇軾道：「你疑我忘記一個字麼？你可知兩朝乃兄弟之國，你雖是外臣，仁宗廟諱，亦應知道。」

遼使聞言，亦為心服！

嗣又令醫官對道：「六脈寸關尺。」

遼使更加敬服，遂對蘇軾道：「學士前對，究欠一字，須另構一語才好。」言時，恰值雷雨大作，蘇軾即答道：「一陣風雷雨，以眼前即景屬對如何？」

遼使道：「敢不拜服。」遂歡宴而散。

到得哲宗大婚，遼使不冗蘇軾，甚覺怏怏，因此召軾內用，尋又遷禮部尚書兼端明侍讀二學士。

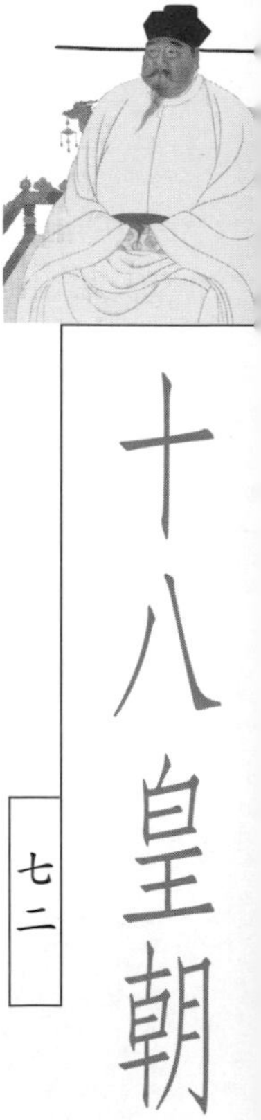

元祐八年，太皇太后患病，不能聽政。時范純仁又召入為尚書右僕射兼中書郎，遂與呂大防入宮問安。太皇太后對二人說道：「我病恐不能好了。」

二人同聲說道：「慈壽無疆，必不至有意外事的。」

太皇太后道：「我已六十二歲，死亦不失為正命，所慮的是官家年少，容易為人搖惑，還望卿等用心保護。」

呂大防、范純仁齊聲道：「臣等敢不遵命。」

太皇太后又謂純仁道：「卿父仲淹，可謂忠臣。在明肅垂簾時，惟勸明肅盡母道；至明肅上賓，惟勸仁宗盡子道。卿當效法先人，母忝所生。」純仁涕泣受命。

太皇太后又道：「我受神宗顧托，聽政九年。這九年中，卿等試思，曾加恩高氏麼？我為公忘私，遺有一子一女，今病且死，尚不得相見。」言訖涔涔下淚。又喘息了好一會，復囑大防、純仁道：「日後官家不信卿等之言，卿等亦宜早退。」說到這裡，又回顧左右道：「今日正值秋社，可備社飯與二相公吃。」

呂、范二人不敢卻賜，等左右將飯備好，暫出辭外，草草吃畢，入寢門拜重謝過了。

太皇太后流淚道：「二相公於明年社飯時，恐要記念老身了。」呂、范二人勸慰了幾句，遂即退出。

過了數日，太皇太后竟崩，共計訓政九年，朝政清明，中外安寧。遼主常戒群臣道：「南朝盡復仁宗舊政，老成正士盡皆起用，國勢又要昌盛，汝等不可生事啟釁。」是以元祐九年，絕無邊患。西夏來歸永樂所俘，乞還侵地。

太皇太后為安民計，詔還米脂、葭蘆、浮屠、安疆四寨。夏人謹修職貢，不復侵邊。太皇太后之侄，元繪、元紀，終元祐之世，僅遷一官，還是哲宗再三請求，方蒙允許，為自古女主垂簾所僅見，四方皆稱為女中堯、舜。禮官擬上尊號，為宣仁聖烈皇后。

自十月起，哲宗才親理政事。太皇太后新故，中外不知道皇上是何如主，都有倉皇觀望之意。朝廷大臣不過循例辦事，沒人敢多開口。

翰林學士范祖禹，深恐小人乘機嘗試，便上了一道奏疏道：「陛下初次親政，乃是緊要之時，國家盛衰，社稷安危，生民休戚，君子小人的消長，天命人心的去就，都在此時分別，豈不可懼！太皇太后大功大德，雖然布於天下，然而前次驅逐的小人，怨毒已深，全仗陛下有以壓伏才不敢乘隙而起。若輩此時，必心存報復，難保不設法來離間陛下，全仗陛下防微杜漸，遇有邪說奸言，加以重懲，始可使之知難而退。」

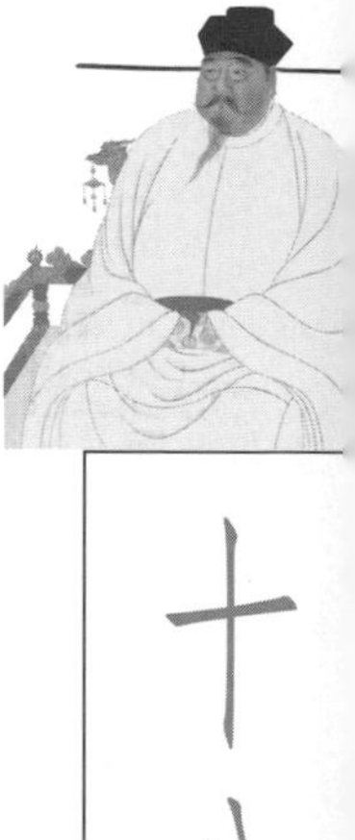

奏疏上去，竟如石沉大海，絕無聲響，反而下詔起用太監劉瑗等十人，進內廷給事。這十個太監，都因不安本分，卻為宣仁太后所罷黜。范禹祖又上疏諫阻，哲宗只是置之不理，於是這些亂政的小人，卻一齊起來了。

當時呂大防奉派了山陵使，前去督工勘地，方才出京，他的弟子楊畏，就背叛了大防，竟上疏道：「神宗改定法制，為的是永垂萬世。陛下身為人子，豈可不講求繼述。」

哲宗聽了，很覺入耳，便召問楊畏：「先朝舊臣，有哪幾個可用？」

楊畏進舉章惇、安燾、呂惠卿、鄧潤甫、李清臣等，各加褒美；且言神宗建立新政與王安石創行新法，實是明良使交濟，足致富強。今安石已歿，惟有章惇才學與安石相似，請即召為宰執，先朝德政，不難恢復。

哲宗深以為然，即刻下詔，開復章惇、呂惠卿原官。又用李清臣為中書侍郎。鄧潤甫首請哲宗，效法武王繼述文王之志，以治天下。哲宗深為嘉許！於是此言繼志，彼言述事。范祖禹、范純仁、蘇軾、蘇轍等，皆次第貶謫；召曾布回京，用為翰林承旨。曾布請將先帝定的新法，一一修復，又請改元以順天心人意。哲宗便命從四月起，改元紹聖，天下臣民這才曉得哲宗意思所在。

此章惇已為首相，第一件即議復免役法，令各官會議。各持一說，久而不決。蔡京方奉召為戶部尚書，謁見章惇。談起此事，蔡京笑道：「照這樣游移不決，還能辨事麼？只要照熙寧舊章而行就是了，還有什麼可議的呢？」

章惇恍然大悟，於是復免役法、免行錢、保甲法、罷十課舉士法，令進士專習經義，除王氏字說禁令。黃履、張商英、上官均、來之邵等，乘勢修怨，都說司馬光妄變成制，叛道悖理。哲宗命廷臣會議，章惇、蔡京，請將司馬光、呂公著掘棺戮屍。適知大理府許將，內用為尚書左丞。

哲宗問及戮屍事，許將從容道：「此非盛德之君所為，請陛下三思。」哲宗乃追奪司馬光、呂光著官爵贈謚，仆所立碑。其餘呂大防、劉摯、蘇轍等，一概貶官，並分司南京。章惇心還不足，又鉤致文彥博等三十餘人罪狀，請旨一齊遠貶嶺表。

李清臣乃進言道：「要改先帝成法，雖不能無罪，但諸人皆累朝元老。若從惇言，恐大駭物聽，應請從寬為是。」哲宗點首稱然，乃頒詔除司馬光以下，悉置勿問。

原來，李清臣並非袒護元祐諸賢，他當初首先發起紹述，原指望為相。誰知事成八九，首相的位置忽被章惇奪去，心實不甘，因此遇事與惇反對。章惇又薦用呂惠卿，有詔令惠卿知大名府。

監察御史常安民上言：「北都重鎮，惠卿不足勝任。試思惠卿出王安石薦引，後竟

背了安石，待友如此，事君可知，今已頒詔命，惠卿必過闕請對，臣料他入見陛下，必泣述先帝，希望留京了。」

哲宗聞言，還是半信半疑，乃惠卿到京，果然請對，果然述先朝事，涕流交頤。哲宗正色不答，惠卿只得辭退赴任。章惇得知此事，隱恨安民。

恰巧安民又劾論蔡京、張商英接連數本，末了一本，且斥章惇專權植黨，乞收回主柄，抑制權奸。章惇挾嫌愈深，密遣親信，對安民說道：「君本以文學聞名，奈何好談人短；能稍事安靜，當以高位相報。」

安民正色斥道：「汝乃為當道做說客麼？煩汝傳語，安民只知忠君，不知媚相。」這一來，章惇氣憤已極，立嗾御史董敦逸，彈劾安民與蘇軾兄弟，素作黨服；安民乃謫滁州監酒稅。

章惇、蔡京乃鑽營宮掖，恃劉婕妤為護符，且追溯范祖禹當初諫乳媼事，指為暗斥婕妤，坐誣謗罪，且牽及劉安世。哲宗只要得婕妤的歡心，無論何事，都可行得，遂謫范祖禹昭州別駕，安置賀州。劉安世新州別駕，安置英州。劉婕妤從此愈加得勢，遂鬧出一大冤獄，連皇后都廢掉了。

原來，劉婕妤恃寵而驕，每每的輕視孟后，不循禮法。孟后性情和順，從不與她爭論短長。那些中宮內侍，冷眼旁觀，見劉婕妤無禮已甚，大家心為不平。

這年正月，孟后率領妃嬪，朝景靈宮。三宮六院，隨從的人很是不少。行禮之後，皇后就坐，諸嬪御皆侍立於旁。劉婕妤心裡很不願意，料著皇后不能奈何她，便獨自一人，輕移蓮步，走向簾下去看花。中宮侍女陳迎兒，口齒伶俐，遂抗聲道：「簾下何人，皇后寶駕在此，難道不知麼？」

劉婕妤非但不肯過來，反而豎起柳眉，要與迎兒爭論，後見站立兩旁的宮娥內侍，一個個都怒眉橫目，大定懷著不平之意，方才不敢開口。迎兒再要呵斥，孟后以目示意，只得罷了。孟后回宮，妃嬪等隨後回歸。劉婕妤已懷著一腔怒意，只是無從發洩，暫時忍耐。

到了冬至令節，又隨了孟后去朝謁太后。孟后率妃嬪至隆惇宮，太后尚未御殿，大眾在殿右等候暫行就坐。向例皇后坐椅，朱漆金飾，妃嬪不得相同，此次當然照例。眾人皆已入坐，惟劉婕妤立定了不願意坐。內侍郝隨，明白婕妤之意，便取了一張與皇后相同的坐椅來，與她坐下，哪知剛才入座，忽然有人傳呼道：「皇太后御殿了。」

孟后與妃嬪等盡皆起立，婕妤也只得立將起來，等了片刻，仍不見太后出外，后、妃等又陸續坐下，劉婕妤也坐將下去，不意坐了個空，一時收縮不住，竟仰天跌了一

跤。侍從連忙扶起，已跌得玉山傾倒，雲鬢蓬鬆。嬪御們莫不竊笑！

劉婕妤經這一來，真是驚憤交集，氣滿胸膛，欲要發作，又在太后宮內，倘若鬧將出去，自己不得便宜，只是強自忍耐，等過後了再設別法，以報此仇。當下含著眼淚，叫侍女替她整理衣服，代刷鬢雲。

剛才完畢，太后已經臨殿，御座受朝。孟后帶了妃嬪，行過了禮。太后也無甚問答，隨即退出。劉婕妤氣憤憤的回宮，坐在那裡哭泣。太監郝隨勸道：「娘娘也不煩著為了這事生氣，自己保重身子要緊；倘能生下個太子，這中宮的坐位，怕不是娘娘的麼？」

劉婕妤恨恨的道：「有她無我，有我無她，總要與她拼個上下，方才出得這口怨氣。」

正在說著，恰巧哲宗進來。劉婕妤也不去接駕，直至哲宗走近前來，方才慢慢的立起。

哲宗見她玉容寂寞，兩眼含淚，不禁問道：「今日是冬至令節，朝見太后，敢是太后有什麼責斥麼？」

婕妤道：「太后有訓，理所當從，怎敢懷怨。」

哲宗道：「此外便有何人敢來惹卿？」

婕妤乘勢跪下，帶哭帶說道：「妾被人家欺侮死了。」

哲宗道：「有朕在此，誰敢侮卿，卿且起來，與朕說明，自有辦法。」婕妤只是啼哭，一語不發。

哲宗焦急起來，便問郝隨究為何事？郝隨即跪陳大略，卻一直咬定是皇后的主意。哲宗道：「皇后循謹，必不至此。」

婕妤接口道：「都是妾的不是，望陛下攆妾出宮。」說著，枕在哲宗膝上，一味嬌啼。

哲宗最寵愛的是劉婕妤，今見她哭得如此模樣，心內不勝憐惜！只得軟語溫存，好言解勸，費了無數言語，方把劉婕妤勸住了哭，起來陪侍哲宗。哲宗又命取酒餚來，與婕妤對飲消愁。飲到了酒酣耳熱，已是夜漏沉沉，方才歸寢。

從此劉婕妤一心一意要謀害皇后，日與太監郝隨商議計策，要想下手。

第五十六回　皇后修行

劉婕妤怨恨孟后，要想把皇后除掉，一則報怨，二則可奪中宮的位置，日夜與太監郝隨和幾個心腹內侍計議，只是沒法下手，只得且等機會。

過了些時，孟后之女福慶公主，偶得奇疾，醫官診治，絕無效驗。孟后有個姊姊精通醫理，從前孟后生產患病也是這位姊姊治好的，因此，時常出入禁中，絕無避忌。近來為了宮內人多口雜，恐犯嫌疑，所以長久沒有進宮。孟后因公主病重，也顧不得這些事情了，便去召她進宮，代公主治病。哪知請了前來，服藥下去，也如湯沃石，毫無起色。

孟后之姊焦急起來，遂出宮去打聽有何名醫，好請來替甥女醫治。有人對她說：「京城裡新來了一個道士，善能畫符治病，大有起死回生的妙術，一經他手沒有不好的。」

她正在窮極無法之際，也不計及利害，便去向道士求了一張符，又問明了使用的方法，帶進宮來，向孟后說道。

孟后不待言畢，即大驚道：「這事如何使得？姊姊出入宮中連禁例也不知麼？宮裡最忌的是巫蠱咒詛。從古以來，因此被誣的，不知凡幾，哪能像民間這樣的隨意畫符念詛呢？倘若被人知道，進起讒言來，如何得了，快快把它收藏起來才好。」

她姊姊也醒悟過來，忙道：「收藏起來也不妥當，既有這樣重要關係，我拿進宮時，已有許多人瞧見，現在，左右服侍的宮女、太監也都知道，萬一傳說出去，反倒弄假成真了；況且我聞得近來宮廷裡面和你不對的人極多，正想尋事捉弄你。倘若收藏起來，豈不是無私有弊麼？不如索性在皇上面前陳說明白，倘有罪責，是我拿進來的，由我出面承當便了。」孟后也深以此言為然。

恰巧次日，哲宗駕臨中宮，孟后便將原委稟明，哲宗卻毫不介意道：「這也是人之常情，她無非愛惜甥女，求其速癒，所以如此。」

孟后聽了，忙命內侍取過符來，當面焚毀，總以為心跡已明，可以無事了。誰料宮中已謠諑繁興，說是皇后善用厭魅的方術。偏又遇著孟后的身體不舒服，孟后的養母德宜夫人燕氏，要替女兒祈禱。便約了三藐庵女尼法端，在庵內誦經拜懺，替孟后祈福消災，早生太子。法事還沒有完畢，早為劉婕妤所知，便令人去和章惇計議，叫他奏明哲宗，只說孟后懷有異心，用妖人咒詛。

章惇本與劉婕妤聯絡一氣，又經婕妤許他正位中宮以後，保管累世富貴。章惇又因深恨宣仁皇后，也要除去孟后，宮中沒了見證，就可以誣衊宣仁，以報前仇，所以聽了這話，正中下懷，便一力擔承此事，並囑婕妤在內暗助。

當日晚上，哲宗進宮，便由太監郝隨奏稱中宮施行厭魅，防有內變。哲宗尚不甚相信，到了次日早朝，章惇又奏說皇后在三藐庵做法事，心中不禁犯疑，即命皇城司，至庵內捕逮宦官宮妾三十餘人，命內押班梁從政，與皇城司蘇珪審訊。梁、蘇二人，內受劉婕妤的囑託，外面又有章惇指使，竟致濫用非刑，盡情榜掠。孟后馭下，素來寬厚，宦官宮妾感念其恩，甚至斷肢折體，也不肯妄扳孟后。蘇、梁二人，偏要他們誣供。

這些人也就反唇相譏，罵個痛快。梁、蘇二人大怒！竟令割舌，到了結果，仍是沒有口供，只得由梁、蘇二人捏造口供，覆奏上去。

哲宗詔令御史董敦逸，覆鞫罪囚。敦逸奉旨提訊，見罪人登庭，都是奄奄欲絕，不能發聲，此時觸目生悲，倒覺握筆難下。郝隨怕他翻案，亟去見敦逸道：「你可知此案

來歷麼？恐怕救不成他們，連自己的性命也保不了。我勸你還是為自己子孫家族打算打算吧。」

敦逸經此一嚇，畏禍及身，只得昧了良心，照著原讞，覆奏上去。哲宗遂下詔廢孟后，令出居瑤華宮，號為華陽教主，玉清靜妙仙師，法名冲真。

其時為紹聖三年，孟冬之月，天忽轉暑，陰翳四塞，雷雹交下。董敦逸自覺不安，又上書自稱奉詔錄囚，倉猝覆命，恐致有誤，得罪天下後世，請復派良吏，再核真偽，然後定讞。

哲宗覽畢道：「敦逸反覆無常，朕實不解。」次日臨朝，諭輔臣道：「董敦逸無狀，不可更居言路。」

曾布道：「陛下因宮禁重案，由近習推治，恐難憑信，故命敦逸復訊。今忽貶錄問官，如何取信中外？」

哲宗乃止，嗣亦自悔道：「章惇誤我，壞我名節，因此中宮虛位，一時不聞繼立。」劉婕妤以為孟后既廢，自己總可冊立為后，眼巴巴的盼望多時，只博得晉封一階，升為賢妃。

賊臣章惇又以羅織元祐黨人為事，把呂大防、劉摯、蘇轍、梁燾、范純仁，都充廢嶺南；韓維等三十人，一概貶官。
大防年紀已老，受不起辛苦，押釋到信豐，便已死了。劉摯、梁燾，均至配所，憂勞成疾而亡。惟范純仁整裝就道，怡然啟行，僚友說他好名。范純仁道：「我年將七十，兩目失明，難道甘心遠竄麼？不過愛君本心，有懷未盡，若欲避好名之嫌，反恐背叛朝廷，轉致罪戾了。」既至貶所，怡然自樂，所以還得保全。
章惇又說程頤與司馬光同惡相濟，發往涪州，交地方官看管。蔡京等竭立附和，甚至說梁燾、劉摯有意謀反，非夷滅九族不可。哲宗道：「元祐黨人，何至如此？」蔡京道：「他們並非沒有這心，不過沒有露出形跡來就是了。」本因梁燾、劉摯已歿，反將兩人之子貶管嶺南。
章惇還恐元祐黨人有一天翻過身來必要報復，便無日無夜的與蔡京、郝隨等一班奸人商量永絕根株之策。索性一不做，二不休，連宣仁皇后也打下來才好。但是，這樣大的題目，總要捏造些憑據出來，遂令郝隨到宮內去放謠言，說哲宗幼年時候，太皇太后屢次要加以危害；後來元祐年間又與司馬光謀廢立，現有當日太皇太后面前的親信太監，曾經目睹，可作為憑證。
章惇即啟奏哲宗說：「當日宣仁皇后面前的太監，現存的只有陳衍、張士良二

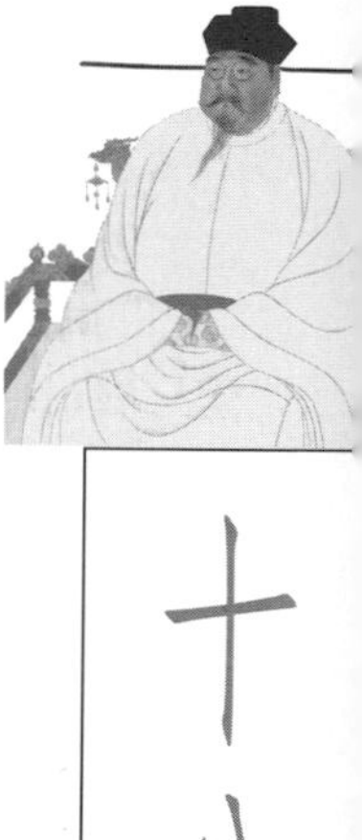

人。陳衍因犯了罪，廢貶朱厓，一時不能前來；張士良現在郴州，可以立時召來。」哲宗准奏。

不久張士良果然奉命到京，章惇恐他不肯附和，不令進宮見駕，令蔡京、安惇先行訊問。

蔡京、安惇高坐堂上。在旁安設了刀鋸鼎鑊，裝出非常嚴厲的模樣，方傳張士良上堂，大聲問道：「你肯說一有字，便可復還原職。」說著，即將誥敕等件從袖中取出，置於案上道：「立即把誥敕付你前去上任，倘若說一無字——」又指著旁邊的刀鋸鼎鑊道：「請你試嘗這個滋味。」

張士良仰天大哭道：「太皇太后不可誣，天地神祇不可欺，士良寧甘受刑，不敢妄供。」

蔡京、安惇百般威嚇，士良抵死不從。蔡京等無法可施，只得奏稱陳衍、張士良離間兩宮，驅逐從龍內侍劉瑗等十人，有意剪除人主腹心羽翼，謀為大逆，例應處死。哲宗神志昏迷，居然批准下來。章惇、蔡京遂擅擬草詔，進呈御覽，議廢宣仁為庶人。

哲宗本有不滿宣仁之意，要想照議施行，又覺得心內不安。正在那裡躊躇不決，卻有兩個宮女知道這事，念及宣仁太后在日的好處，心內不覺傷感，都走到廊外去拭淚。有個太監李成仁，從廊前經過，一眼瞧見，便問二人何事傷心，二宮女就將原委說明。那李成仁是受過宣仁恩典的，倒也很有見識，便道：「既是如此，你們空自哭泣有何用處，可趁詔書尚未蓋璽，速去啟知太后，就可以挽回了。」

兩個宮女連稱有理，便匆匆的跑進隆祐宮內，誰知太后正因發了肝胃痛的舊病，睡臥在床，兩個宮女如何敢去驚動，只有抽了口冷氣，回轉身來要想退將出去。

不料太后並未睡著，早已看見兩人急匆匆的前來，又復退回，遂即喝問：「有何事故，如此惶遽？」

兩個宮人只得止步跪下，把這事奏明。

太后聽了，不免傷感說道：「這不是反了麼？」便從錦被內坐起，命兩個小太監攙扶著，要親自去責問哲宗。早有左右的宮女、太監一面勸慰太后不可出外，一面飛也似的去傳哲宗。哲宗聽說太后發怒，也覺驚惶，連忙跑進宮內朝見太后。

太后一見面就問道：「聽說廷議擬廢太皇太后為庶人，有這話麼？我昔日侍崇慶宮，天日在上，哪有廢立的遺言？我因為發病，睡臥在床，猝聞此事，令我心悸。我原不應干預外事，但宣仁在日，待官家何等慈愛，今且如此，他日尚有我麼？何不趁

我在著，一併廢了，免得日後費事。」說著，既怒且悲，不覺泣下。

哲宗初時滿面陪笑，連稱不敢，此時見太后這樣，也就流下淚來，連忙親自扶了太后，仍舊送她睡下，自己坐在床前想道：「太后從沒有這樣發怒，此事定是虛誣，我險些上了章惇的當。況且這樣的事情，也不是做子孫的可幹的。」忙命左右將草詔取來，親自撕碎，丟在火裡焚毀了，方才告辭而出。

郝隨早已知道這事，忙去通知章惇、蔡京。兩人還不甘心，次日早朝，又復具狀，堅請施行。哲宗不待閱畢，已大怒道：「你們不欲朕入英宗廟麼？」說著，將本章撕碎，擲於地上，兩人方才不敢復提。

過了兩天，又換了一個題目，聯絡了許多黨羽，請立劉賢妃為皇后。原來，劉賢妃自廢了孟后，便日夕盼望冊立，因為哲宗頗悔廢后一事，所以蹉跎三載，未曾繼立中宮。劉賢妃不勝覬望，格外獻媚，終是沒有消息。再囑內侍郝隨、劉友端，聯絡了章惇、蔡京，內外奏請，亦未見允。累得劉賢妃望斷秋波，不勝憂慮。就中只有一線希望，乃是後宮嬪御皆沒有生育；若得誕一麟兒，中宮的位置，自然可以到手。果然天從人願，劉賢妃已經懷孕，遂東禱西祀，期得一子。

到了十月滿足，臨盆分娩，居然生了皇子。這番喜事非同小可，劉妃固是歡喜無盡，哲宗也快慰非凡，於是宮廷內外皆請立劉賢妃為后，奏章竟至一日數上。哲宗遂命禮官備禮，冊立劉氏為繼后。

左正言鄒浩，獨上疏諫阻，說劉賢妃因與孟后爭寵，以致廢后，斷不可以繼位中宮。哲宗見了此奏，因面諭鄒浩道：「這是前朝有過的，真宗立劉德妃不是如此麼？」鄒浩道：「祖宗德政，應該仿效的甚多。陛下未能仿行，乃獨取及小疵，恐後世難免遺議了。」

哲宗聞言，變色不答，及鄒浩退出，心中覺得躊躇不決，遂將原疏發交中書，飭令覆議。

那立后廢后一事，原是章惇一力主持，現在已經告成，平空裡來了個鄒浩要想阻擋，他如何容得？遂力斥鄒浩狂妄，請加嚴懲。哲宗乃將浩削職除名，編管新州。尚書右丞黃履入諫道：「浩感陛下知遇之恩犯顏進諫，今反欲置之死地，從此盈廷諸臣，無敢與陛下再論得失了。願陛下改賜善地，無負孤忠。」哲宗不從，反出黃履知亳州。

初，陽翟人田畫，係前樞密副使田況從子，與浩友善。元符中，田畫入京監城門，常向浩說道：「君為何官，此時尚作寒蟬仗馬麼？」

浩答道：「待得當進言，勉報君友。」到得朝廷欲立劉后，田晝對同僚道：「志完若再不言，當與絕交了。」

志完即鄒浩表字，至浩得罪，田晝已病歸許邸，聞浩出京，扶病往迎。浩相對流淚，田晝正色道：「志完太沒氣節了，假使你隱默不言，苟全祿位，忽然生了寒疾，五日不出汗，就要死去，何必嶺海以外，才能死人呢？古人說的，烈士徇名，君勿自悔前事，恐完名全節的事情，還不止這一件哩。」鄒浩爽然謝教。

浩之母張氏，當浩除授諫官，當面囑道：「諫官責在規君，果能盡忠報國，無愧公論，我亦喜慰，你不必別生顧慮。」

宗正寺簿王回，聞浩母之言，極為感嘆，及浩南貶，人不敢過問。王回集友醵金，為浩治裝，往來經理，且安慰浩母。邏卒以聞，被逮入獄。王回從容對簿，御史問他是否與鄒浩同謀？乃慨然道：「不敢相欺，回實與聞。」遂誦鄒浩所上奏疏，先後二千餘言，獄上除名，王回即徒步出都門而出。

哲宗自立劉皇后，自然十分欣悅。滿朝人士也都說劉后命好，應該要做皇后，所以早生貴子。哪知這個皇子，取名曰茂，不上兩月有餘，忽得奇疾，終日啼哭，飲食不進，竟爾夭逝。劉后正在悲悼，偏偏地哲宗又生起病來，好容易過了元符二年，至三年元旦，臥床不起，免朝賀禮，延到正月八日，遂即上崩，享年二十五歲。總計哲宗在位，改元三次，閱一十五年。

哲宗即崩，向太后召入輔臣，議立嗣君，章惇抗聲道：「依禮律而論，當立母弟簡王似。」

向太后道：「老身無子，諸王皆神宗庶子，不能這樣分別。」

惇又道：「若主立長，應屬申王佖。」

太后道：「申王有疾，不堪主器，還是端王佶罷。」

惇又大言道：「端王輕佻，不可君天下。」

曾布在旁呵斥道：「章惇未嘗與臣等議，如皇太后諭，臣極贊同。」

蔡京、許將亦齊聲說：「合依聖旨。」章惇孤立無援，不能爭執，只得默然無言，遂由皇太后宣旨，召端王佶入宮，在柩前即位，是為徽宗皇帝。

群臣因請太后同處分軍國重事，太后道：「嗣君年長，不必垂殿。」徽宗泣懇太后訓政，方才允許。

徽宗為神宗皇帝第十一子，母陳美人。神宗升遐，陳美人常守殿陵，以哀毀卒。徽宗即位，追前為皇太妃，並前哲宗后劉氏為元符皇后。太后想起哲宗在時，談到廢后孟

氏，嘗說章惇誤我，壞我名節，因此要復孟后位號。恰巧布衣何文正伏闕上書，言孟后無罪，遂復孟后位號，稱為元祐皇后，入居宮中。授皇兄申王佖為太傅，進封陳王；皇弟莘王俁封為衛王；簡王似為蔡王；睦王偲為定王，特進章惇為申國公。召韓忠彥為門下侍郎，黃履為尚書左丞。立夫人王氏為皇后。后係德州刺史王藻女，元符二年，歸端邸，曾封順國夫人。

於是徽宗御紫宸殿受百官朝賀。韓忠彥首陳四事：一宜廣仁恩，二宜開言路，三宜去疑似，四宜戒用兵。太后覽表，深為嘉許！又進龔夬為殿中侍御史，召陳瓘、鄒浩為左右正言。

安惇入阻道：「鄒浩復用，如何對得起先帝？」

徽宗勃然道：「立后大事，中丞不言，獨浩敢言，如何不可復用？」

安惇失色而退。陳瓘劾安惇誑惑主聽，妄騁私見，若明示好惡，當自惇始，乃出安惇知潭州。韓忠彥請召還元祐諸臣，乃遣使至永州，賜范純仁茶藥，傳問目疾，並令徙居鄧州。純仁自永州北行，途次又接到詔命，授觀文殿大學士，制詞中有四語道：「豈惟尊德尚齒，昭示寵優，庶幾鯁論嘉謀，日聞忠告。」

純仁泣謝道：「上果欲用我麼？死有餘辜了。」乃抵鄧州，又有詔促令入朝。純仁乞歸養疾，乃召范純禮為尚書右丞。

蘇軾亦自昌化軍移徙廉州，再徙永州，更經三赦，復提舉玉局觀，徙居常州，未幾病歿。蘇軾為文，如行雲流水，嬉笑怒罵皆成文章，當時號為奇才，惟始終為小人所阻，不得久居朝右，士林常嘆息不置。

徽宗又詔許劉摯、梁燾歸葬，錄用其子孫，並追復司馬光、文彥博、呂公著、呂大防、劉摯、王珪等三十餘人官階，用臺諫言，貶蔡京為秘書少監，分司池州，安置邢恕於舒州。向太后見徽宗初政清明，任賢黜邪，內外悅服，遂決意還政，使徽宗自行主持，即於七月中撤簾，共計訓政不過六個月，可稱是不貪權位的賢太后了。

宋室成立，每遇皇帝駕崩，必用首相為山陵使。章惇例得此差，至八月間，哲宗葬永泰陵，靈輿陷入泥淖，朝中得知此事，大為驚詫，臺諫交章劾論章惇。

第五十七回　小人道長

哲宗安葬的時候，章惇辦差不慎，將靈輿陷入泥淖之中，直至一夜之久方才得行。臺諫豐稷、陳次升、龔夬、陳瓘等，彈劾章惇大不敬，乃罷知越州。章惇行後，陳瓘又申論章惇，陷害忠良，備極慘毒，甚至設立釘足剝皮斬頭刮舌種種非刑，處置元祐諸臣，令人慘不忍睹。

中書舍人蹇序辰，與出知潭州安惇，甘為鷹犬，肆行搏噬，應請明正典刑。有詔除蹇序辰、安惇名，放歸田里。貶章惇為武昌節度副使，安置潭州。蔡京亦被劾奪職，黜居杭州。林希也連坐免官。後來任伯雨又奏章惇，當先帝新故，忽生異志，欲奏立簡王似，其謀若成，將置陛下於何地？徽宗留中不發。陳瓘、陳次升又連章論奏，才降章惇為雷州司戶參軍。

從前蘇轍謫從雷州，不許占居官舍，不得已賃居民屋。章惇又誣他強奪民居，下州

究治，幸而賃券登載明白，無從鍛煉成獄。現在章惇謫居雷州，也要向民家賃屋居住，州民沒有一人答應。

章惇問他們不肯賃居是何緣故？州民答道：「前蘇公來此，章丞相無事生非，幾破我家，所以不敢以賃了。」章惇慚沮而退，後徙睦州，病發而死。

曾布本來主張紹述，因為與章惇有嫌，坐視貶死，絕無一言。既而朝廷以韓忠彥為首相，命曾布繼忠彥之任，布因力排紹聖時人，遂得為宰輔。時議改元，廷臣以元祐紹聖皆有所失，須折衷至正，消滅朋黨，遂擬定年號為建中，又因建中與唐德宗年號相同，特於建中之下，添入靖國二字，遂下詔改元，以次年為建中靖國元年。

到了正月朔日，徽宗御受賀，正在行禮。忽有一道赤氣照入殿廡，自東北延至西南，差不多和電光相似；赤色之中，復帶著一股白光，繚繞不已。群臣不勝驚愕，及禮畢退朝，各人仰望天空，赤、白二色已經將散，只有四旁黑祲尚且未退。

百官互相推測，議論紛紜，右正言任伯雨以為年當改元，時值孟春，乃有赤白氣起於空中，旁列黑祲，恐非吉兆。即連夜繕疏，極陳陰陽消長之理，謂不免有夷狄竊發，擾亂中國之事，請陛下進忠良、黜邪佞，正名分、擊奸惡，上格天心，災異乃可變為麻徵了。次日遞本進宮，只見宮廷裡面甚是慌亂。連忙詢問內侍，始知向太后病重，已在彌留時候了。伯雨乃不復入奏。

過了兩日，向太后遂崩，壽五十有六。太后素來抑制母族，所有子弟均不令入選，徽宗追念太后恩德，推恩兩舅，一名宗良，一名宗回，均加開府儀同三司，晉封郡王；自太后父向敏中三世以上，亦追贈王爵。禮臣議尊太后諡為欽聖憲肅，祔葬永裕陵。徽宗復追尊生母陳太妃為皇太后，亦上尊諡曰欽慈。

哲宗生母尚存，徽宗事奉甚謹，越一年而逝，諡曰欽成皇后，與陳太后同至永裕陵陪葬。

徽宗自向太后崩後，仍用韓忠彥、曾布為左右僕射，兼門下侍郎。那曾布當向太后在日，竭力排擠紹聖黨人，原是想進用的，此時既為輔臣，故態重萌，仍以紹述為事。任伯雨欲上疏參劾，為曾布所聞，即徙伯雨為度吏員外郎。尚書右丞范純禮，沉毅剛直；為布所憚，遂挑唆駙馬都尉王說，進讒於徽宗之前，說純禮當款宴遼使的時候，屢斥御名，見笑遼使，無人臣禮，遂出純禮知順昌府；又罷左右諫江公望及權給事中陳瓘；連李清臣也為曾布所嫌，罷去門下侍郎。朝政復變，紹述風行，又引出一個大奸臣來紊亂朝綱了。

便是前翰林學士承旨蔡京。自徙至杭州，親友都替他惋惜，他卻毫不介意，暗中卻

走了太監童貫的門路。那童貫素性奸狡，善於揣度人主的意思，不用開口，便能迎合上意，因此徽宗大為信任，派他到江浙一帶採辦書畫及奇巧玩物。

童貫到了杭州，蔡京日夜陪伴著遊玩名勝。兩人的性情甚為相投。蔡京又知徽宗性好書畫，便賣弄本領，刻意加工，畫了許多屏障扇帶，賄囑童貫，帶京呈進。貫便應他代為揄揚，時常將蔡京手筆寄呈入宮，並密表蔡京才堪大用，不應置於閒地。徽宗已是有意用他，不過尚未發表。

蔡京又聽說道等司徐知常，時時進宮替元符皇后畫符治病，蔡京素來與他交好，遂託他帶進許多東西，送於宦官宮妾，每件上都寫了自己的名字，所以宮裡的人沒有一個不知道蔡京的，提起來總是誇獎得天上少有，地下無雙。徽宗便道他真有過人之才，遂下詔起蔡京知定州，改任大名府。

適值曾布與韓忠彥有嫌，欲引蔡京自助，薦為翰林學士承旨。蔡京入都就職，欲望甚奢，意思要將韓、曾二相一併罷斥，方好專政。

那韓忠彥乃韓琦之子，蔡京因囑起居郎鄧洵武，乘間向徽宗道：「陛下乃神宗子，忠彥乃韓琦子。神宗變法利民，韓琦竭力反對。今忠彥為相，改變神宗法度，是忠彥身為人臣，尚能紹述父志；陛下身為天子，反不能紹述先帝之志了。」

徽宗不覺動容，洵武又接言道：「陛下欲繼父志，非用蔡京不可。」

徽宗道：「朕知道了。」

洵武退後，又畫一愛莫能助之圖以獻，圖中分左右兩表，左表列元豐舊臣，以蔡京為首，下列不過五六人，右表列元祐舊臣，將滿朝輔相、公卿、百執事，盡行載入，約有五六十人之多。微宗看了，以為元祐黨眾，元豐黨少，遂疑元祐諸人朋比為奸，有意欲用蔡京。

次日取圖與曾布觀看，卻把蔡京的名字用白紙蓋住，叫曾布猜是何人。曾布想不到是蔡京，又不敢亂說，只得請徽宗留白指示。

徽宗揭開白紙道：「就是此人，洵武以為非相他不可。朕知此事，與卿意見不合，所以不與你看。」

曾布道：「洵武意見，既與臣不合，臣未便與聞。」說畢辭出。

明日，徽宗又與溫益觀看，溫益一力請用蔡京，且請將右列所有反對之人，一概除去，以免掣肘。徽宗遂決意重用蔡京，且因京入內陳言，力請紹述，下詔改元崇寧，表示前崇熙寧之意，擢鄧洵武為中書舍人、給事中，兼職侍講，復蔡卞、邢恕、呂嘉問、安惇、蹇序辰官。

崇寧元年五月，貶尚書左僕射韓忠彥知大名府，追奪司馬光等四十四人官階，籍元祐、元符黨人，不得再與差遣。又詔司馬光等子弟，毋得官京師。進許將為門下侍郎，蔡京為尚書左丞，楊挺之為尚書右丞。

自韓忠彥去位，曾布當國，力主紹述，因此熙豐邪黨陸續進用。蔡京亦由布引入，京本與布有隙，反而日夜圖布，布亦有些覺得。無如蔡京已深得主眷，一是無法可施，只得虛與委婉。

蔡京既任尚書左丞，已居輔政地位。一切政事，布欲如何，京必反對，因此常有爭執。適曾布擬進陳祐甫為戶部侍郎。祐甫為曾布女婿之父，乃是兒女親家。蔡京乘隙入奏道：「爵祿乃是公器，如何使宰相私給親家。」

曾布忿然道：「京與卞乃是兄弟，如何同朝？祐甫雖布之親家，但才足勝任，何妨薦舉。」

蔡京冷笑道：「恐未必有罷。」

曾布愈怒道：「蔡京以小人之心，度君子之腹，怎見得祐甫無才呢？」說至此，聲色俱厲。

溫益從旁叱道：「布在上前，何得無禮。」

曾布尚欲還叱溫益，徽宗已面帶慍色，拂袖退朝。布乃悻悻而出。殿中侍御史錢遹，次日即彈劾道：「曾布援元祐奸黨，擠紹聖忠賢。」遂有詔罷曾布為觀文殿大學士，出知潤州。

曾布初由王安石薦引，阿附安石，脅制廷臣。哲宗親政，始附章惇，繼而又排擠章惇。徽宗嗣位，章惇被黜，布為右揆，欲並行元祐紹聖之政，乃逐蔡京。後因與韓忠彥有隙，乃引京自助。蔡京入京不過兩月，遂排擠曾布，落職出外。時人謂自楊三變以後，無有過於曾布的。

那楊三變又是何人呢？原來就是楊畏。畏在元豐間，依附王安石，元祐間依附呂大防，紹聖間依附章惇。後為諫官孫諤所劾，號他為楊三變，出知虢州。

曾布更比楊畏為甚，且曾居宰輔，《宋史》編入《奸臣傳》，與二惇二蔡並列，可算是實錄了。

曾布既罷，遂命蔡京為尚書左僕射，兼中書侍郎。制既下，中外大驚。徽宗卻十分敬重他。宣詔之日，蔡京入謝。徽宗賜坐延和殿，向他說道：「昔日神宗皇帝創法立制，未盡施行；先帝即位，兩遭垂簾，國是未定；朕欲上述父兄之志，歷觀在朝諸臣，沒有可與為治的，今朕相卿，卿將何以教朕。」

蔡京腹中本無多大才學，比不得王安石還有些文才，能滔滔不絕的大發議論，只有頓首叩頭道：「臣願盡死力以報陛下。」

徽宗常常將玉盞、玉卮出示輔臣道：「朕製此器已久，惟恐人言過奢，故未曾用。」蔡京奏道：「事苟當理，於人言何足畏。陛下當享天下之奉，區區玉器，又何足道。」正是：

不爭奸佞居臺輔，合是中原血染衣。

蔡京入相之後，遂禁用元祐法，復紹聖諸法，仿熙寧條例司故事，在都省置設講義司，自為提舉，引用私黨吳居厚、王漢之等十餘人為僚屬，調趙挺之為尚書左丞，張商英為尚書右丞，凡一切端人正士，與京異志的，一概目為元祐黨人，就是元符末年，疏駁紹述的人，也都稱為奸黨。奏請徽宗，毀唐鑒、蘇黃等集，又削景靈宮元祐臣僚畫像。

蔡京心還不足，又與其子蔡攸，門客強浚明、葉夢得商議，將元祐、元符兩朝，自宰相以及百職司，開出一百二十人，以司馬光、文彥博為首，鐫名刻石，立碑端禮門外，叫做黨人碑，乃是徽宗御筆親書的。

還恐各路不能盡皆知道，又頒詔天下，將元祐賢臣籍為奸黨，立石刊刻姓名，凡路監史長史所廳上，皆須各立一碑，當日詔旨頒下，誰敢不遵！

那時長安府裡，有個刻石匠，叫作安民，這天奉了長官牌票，傳到衙中，刊刻石碑。他見有生意上門，十分歡喜，攜了斧鑿等應用器具，欣然而往。

及至打開碑文來一看，見為首的就是司馬光，後面還敘著種種罪惡，安民不覺大驚，即求見知府道：「小人本是鄉愚無知，不懂得刻碑的意思。但是如司馬相公的為人，天下都稱他為正直忠良，如今說他是奸邪，小人實在不忍刻這個石碑，請大人另外命人刻罷。」

知府拍案大怒道：「這是奉聖旨的事情，限期要覆命的，如何可以你推我諉，耽誤公務！快去動手，如再多言，可取板子過來，重責一千板，再問他什麼司馬相公，司牛相公。」

安民嚇得哭告道：「我刻，我刻，但要求大人的恩典，小人刻完了，碑的末屬免鐫小人的名字，省得受天下後世的罵名。」

知府聽了，回嗔作喜道：「只要你肯刻就是了，誰還要你鐫名字呢？」

安民沒法，只得照刻了，涕泣而回。從此以後，小人道長，君子道消。

昌州判官馮澥，本與內侍郝隨結納往來，卻值元符皇后劉氏因為元祐皇后孟氏復了位號，心內十分不快，郝、馮也不勝疑懼，深恐元祐皇后值報復舊怨，此時乘蔡京執政，重復哲宗舊規，劉后便私與郝隨計議，令他暗囑蔡京，奏明徽宗，重廢元祐皇后。

蔡京當初復職，原是密結劉氏方得起用，現在劉后私行囑託，如何可以推卻？因對郝隨道：「要重廢孟后卻也不難，只要有人出名奏請，我就可從中為力了。但是京內的大臣臺諫，出面啟奏，恐皇上暗中生疑，反倒不妙，須得個外任沒有名望的申論才好。」

郝隨便想起馮澥和自己有舊，便去買囑馮澥，並允許事成之後，保他升官。馮澥竟越俎上書，說元祐皇后不應復位。

蔡京見了此奏，便面請徽宗，交輔臣台官核議。此時的輔臣台官，哪一個不是蔡京羽黨，於是御史中丞錢遹，殿中侍御史石豫、左膚等，奏稱韓忠彥等，不該迎還廢后，釣名沽譽，當時物議即已沸騰，現在連疏遠小臣，亦效忠上書，天下公議，可想而知。蔡京、許將、趙挺之，又竭力主持，徽宗不得已，下詔除去元祐皇后位號，仍舊出居瑤宮。又追究當初議復位號的人，降韓忠彥、曾布官，追貶李清臣為雷州司戶參軍，黃履為祈州團練副使，安置翰林學士曾肇、御史中丞豐稷等十七人於遠州，擢馮澥為鴻臚寺主簿。

劉皇后深恨鄒浩，復令郝隨密囑蔡京，加罪於浩。浩自徽宗召還，詔令入對，言及諫立后事，頗為嘉許，且問諫草何在？浩奏稱已經焚去。及退朝，以告陳瓘。瓘驚道：「君如何答稱已焚，倘日後查問有司，奸人從中舞弊，那時無從辨冤，恐反因此得了禍了。」浩聞之，亦悔失言，但已不可挽回，只得聽其自然了。

蔡京受了劉后密囑，果令私黨揑造誥疏，內有「劉后奪卓氏子，殺母取兒。人可欺，天不可欺」等語徽宗，斥浩誣衊劉后並及先帝，因暴其罪，立謫昭州。追冊劉后子茂為太子，予諡獻愍，並前劉后為皇太后，奉居崇恩宮。

時童貫在江浙設局，採辦各種象牙、犀角、金玉竹藤器皿，裝潢彩畫雕刻織繡，日用工匠數千，應用材料，悉令百姓供給，因此中飽之財不計其數。但是富而不貴，心內尚覺不足，乃於暗中囑託蔡京，京想：「內侍若要升官，只有軍功的一條路可以立刻得個大官。」現在正主張收復湟州，蔡京乃力薦童貫，說他從前到過陝右，地理軍情頗為熟悉，可以派去監王厚軍。

後來王厚收復湟州，蔡京便率百官入賀，當由徽宗下詔賞功，特授蔡京為司空，晉封嘉國公。童貫果然得了景福殿使，兼襄州觀察使。

其時景靈宮內，元祐諸賢畫像已毀，另圖熙寧元豐功臣於顯謨閣，且就都城南大築學宮，列屋千八百七十二楹，賜名辟雍。廣儲學士，研究王氏經義字說。辟雍中供奉孔、孟諸圖像，以王安石配享孔子位，居孟子下，重籍奸黨姓名。得三百有九人，刻石朝堂。許將稍有異議，即罷知河南府。從此滿朝文武及各路將師，悉皆易為蔡京私人。

陝西河東五路經略使陶節夫，為蔡京私黨，誘致土蕃，賄令納土，得邦疊潘三州。遂報稱遠人懷德，奉土歸城，奏中竭力稱揚蔡京，徽宗因此益加信任。

蔡京因收復湟州，得晉公爵，更覺揚揚得意，又要用童貫為熙河蘭湟秦夙路制置使，令圖西夏。群臣莫敢異議，不料乃弟樞密使蔡卞反對道：「用宦官守邊疆，必誤大事。」蔡京極為懷恨，竟詆蔡卞懷私，出知河南府。

蔡卞娶妻王氏，乃王安石女，號稱七夫人，知書能詩。卞入朝議政，必先受教閨中。僚屬當嘲謔蔡卞道：「今日奉行各事，想就是床笫餘談了。」

及入知樞密院事，家中設宴張樂，伶人竟揭言道：「右丞今日大拜，都是夫人裙帶。」卞明明聽得，只當不知。平居出入兄門，歸家時尚稱兄功德。

七夫人冷笑道：「你兄比你晚達，今位出你上，你反去巴結他，可羞不可羞呢？」就這一語，遂使蔡卞與兄存了芥蒂。兩府政議，時有齟齬，至此竟為乃兄排擠出外。

崇寧四年，春正月，以童貫為熙河等路經略安撫制置使。

有彗星出西方，其長竟天。徽宗下詔求言，戶部尚書劉逵，勸碎蔡京所立元祐黨碑，將禁錮繫籍人，悉行放寬，以禳天變。

徽宗從之，夜半遣黃門至朝堂，將元祐黨碑擊碎。

次日，蔡京入朝，見黨碑已碎，厲聲問道：「是誰大膽，敢擅毀黨碑，這還了得！必當啟奏皇上，嚴加懲辦。」

第五十八回　大顯神通

蔡京次日上朝，見黨人碑已毀，他尚不知出自上意，厲聲責問何人所為？且欲奏知皇上嚴加懲處。

旁邊有個黃門，向他說道：「這個奉了皇上旨意，方才毀去的。」

蔡京憤憤說道：「碑可毀，名不可滅。」其聲朗徹殿廷。朝臣盡皆驚愕！

恰值徽宗臨殿，聽了此言，亦覺不快，向蔡京微微的瞧了一眼，面呈怒色。這情早被趙挺之看在眼裡，退朝之後，便與劉達計議，要想除去蔡京。

原來，趙挺之辭右相後，深恨蔡京，每與僚友往來，必談蔡京過惡。劉達與挺之最稱莫逆，嘗言有日得志，必奏黜蔡京，所以乘彗星出現，請毀黨碑。

挺之又見徽宗有不悅蔡京之意，故與劉達計議。劉達道：「不趁此時進言，何日方能如願。」遂上疏極陳蔡京專橫，目無君父，黨同伐異，陷害忠良，興役擾民，耗損國

帑，應亟加罷黜安國定民。

徽宗上奏，猶豫未決。嗣因司天臺奏稱太白晝現，應加修省，乃從劉達之議，赦一切黨人，盡還所徙，暫罷崇覽諸法及諸州歲貢方物，並免蔡京為太乙宮使，留居京師；復用趙挺之為尚書右僕射兼中書侍郎，用吳居厚為門下侍郎，劉達為中書侍郎。

挺之入對，徽宗道：「朕見蔡京所為，一如卿言。卿其盡心輔朕。」

挺之頓首應命。自是與劉達同心輔政，凡蔡京所行悖理虐民之事，稍稍改易，且勸徽宗罷兵息民。

一日，徽宗臨朝，諭大臣道：「朝廷不應與四夷生隙，釁端一開，生民肝腦塗地，豈是人主愛民至意。卿等如有所見，不妨直陳。」

趙挺之奏道：「西夏用兵，已歷數年，現在尚未告靖，不如許夏可和成，可抒邊患。」

徽宗點頭道：「卿且去妥議方法，待朕施行。」

挺之退朝，對同列道：「皇上志在息兵，我等應當將順。」同列應聲稱是的只有數人，其餘多從旁冷笑。

那些冷笑的人，可想而知是蔡京的羽黨了。挺之乃囑劉達草疏，請罷五路經略使，黜退陶節夫，開誠曉諭夏人。奏入，徽宗照准，徙陶節夫知洪州，遣使勸諭夏主。夏主也允應罷兵，仍修歲貢。

惟蔡京為劉達所排，憤恨已極，必欲將劉達除去，以洩私忿，因於暗中結連鄭貴妃代為關說，又託鄭居中乘間乞請，蔡京竟又重新起來了。

你道鄭貴妃與鄭居中有何權力，竟能使蔡京復相？

原來，鄭貴妃係開封人，父名紳，曾為外官。紳女少入掖庭，侍欽聖向太后，秀外慧中，得為押班。徽宗時為端王，每日入問太后起居，必由押班代為傳報。鄭女善為周旋，頗得人意，況且如花如玉，豐神綽約，早已惹動徽宗之心。雖然沒有苟且的事情，免不得眉目傳意。

及徽宗嗣位，向太后早窺破徽宗之意，即將鄭女與另一押班王氏，一同賜於徽宗。徽宗得償夙願，自是欣慰，遂封鄭氏為貴妃，王氏為才人。

鄭氏知書識字，喜覽文史，一切章奏皆能自草，徽宗愛她多才，更加親愛。王皇后素性謙退，鄭氏得擅專房，晉封貴妃。鄭居中乃是貴妃的疏族，自稱為從兄弟。貴妃因母族平庸，亦欲倚居中為重，因此居中恃有內援，頗得徽宗信用。居中既得蔡京囑託，先使蔡黨密為建白，說是蔡京紹述熙寧，皆秉上意，未嘗擅自私行。今一切罷去，恐非

紹述之意。徽宗雖未批答，早有貴妃在旁，淡淡的代他疏通，已有五六意思。

鄭居中又從容入奏道：「陛下即位以來，一切建樹，皆是學校禮樂，居養安濟之法，何必罷去呢？」徽宗霽顏道：「卿言亦是。」居中退出。禮部侍郎劉正夫，也即請對，亦與居中所言相同。徽宗雖疑及趙挺之、劉達，欲重用蔡京。

次日御史石公弼等參劾劉達，說他專恣反覆，凌蔑同列，引用邪黨。徽宗下詔，免劉達職，出知亳州；趙挺之亦罷為觀文殿大學士，祐神觀使，再授蔡京為尚書左僕射兼門下侍郎，京請下詔改元，再行紹述。

及改崇寧六年，為大觀元年，所有崇寧諸法繼續施行。又用京子蔡攸，為龍圖閣學士兼官侍讀，蔡攸毫無學術，惟採獻花石禽鳥，取悅主心。蔡京又薦私黨林攄為中書侍郎，余深為尚書左丞。

先是河南妖人張懷素，自言能知未來事，與蔡京兄弟秘密交通，及懷素謀為不軌，事發被誅，獄連蔡京兄弟，並及鄧洵武諸人。洵武、蔡卞坐罪落職。京亦甚憂懼，幸有御史中丞余深，及開封尹林攄，替京掩飾，乃得免坐，因此京與二人結為死黨，極力援引，遂得輔政。

知樞密院事張康國，本由蔡京薦引，因與京互相權勢，各分門戶，常於徽宗前力詆蔡京。徽宗亦覺蔡京專橫，乃密諭康國，監視蔡京，且允其代京為相。蔡京亦有所聞，遂引吳執中為中丞，彈劾康國。事為康國所知，先見徽宗，奏稱執中：「今日必為蔡京論臣，臣願避位，免受京怨。」

徽宗道：「朕自有主張，卿無過慮。」

康國即退，執中果入陳康國過失。徽宗不待言畢，即怒斥道：「你敢受人唆使來進讒言麼？朕看你不配做中丞，與我滾出去。」執中受斥退出外，面如土色。是夕即有詔，謫執中出知滁州。

蔡京陰謀不遂，愈加懷恨，千方百計要想謀害康國，康國也小心防備。哪知明槍易躲，暗箭難防。一日，康國入朝，退值殿廬，不過飲茗一杯，便覺腹中大痛，狂叫欲絕，不上半刻，已是仰面倒地，有如牛喘。殿廬值役忙奔至待漏院，已是嗚呼哀哉。

廷臣聞康國暴卒，料知中毒，只是不好明言。徽宗聞報，也覺驚異，只得照例優恤，追贈開府儀同三司，賜諡文簡便算了結。康國一條性命竟白白的送掉，所有遺缺，命鄭居中代任，另用管師仁同知院事。

會集英殿臚唱貢士，應由中書侍郎林攄傳報姓名，貢士中有名甄盎的，攄竟讀

「甄」為「煙」，讀「盎」為「央」。徽宗止不住笑道：「卿讀錯了。」攄尚未知誤，並不謝罪。同列在旁匿笑，攄反抗聲道：「殿上何得失儀。」群臣聽了，大家不平，遂由御史劾攄寡學，倨傲不恭，無人臣禮，降為提舉洞霄宮。用朱深為中書侍郎，薛昂為尚書左丞。昂亦京黨，舉家不敢言京字。倘有子弟誤及，必加笞責。昂有時無意誤及，即親自批頰。蔡京喜其恭順，薦舉是職。

惟鄭居中入居樞府，與蔡京已有宿嫌，暗使諫官陳京罪惡，連上數十章，尚未見報。居中乃買通方士郭天信，密陳日中有黑子，為宰輔欺君之兆。徽宗正寵愛天信，遂深信其言，罷蔡京為太乙宮使，改封楚國公，朔望入朝。殿中侍御史洪彥升、毛注，申論京罪，請立遣出都。太學生陳朝老等，又上言蔡京奸惡，多至十四款，疏末且引用左傳成文，請投諸四裔，以禦魑魅。徽宗乃令蔡京致仕，仍留京師。用何執中為尚書左僕射兼門下侍郎。

大觀四年夏季，彗星出現奎婁間，詔令侍從官，指陳缺失。石公弼、毛注極論京罪；張克公劾京不軌不忠，多至數十事，因貶京為太子少保，出居杭州。朝中正在互相傾軋紊亂，不料那檢校司空童貫，出使遼邦，又帶了一個遼臣馬植回來，奏請徽宗起用蔡京，約金攻遼，鬧出亡國的事情來。

原來童貫鎮西已久，稍稍得志於西羌，便以為遼亦可圖，表請奉使遼邦覘其虛實。時徽宗又改元政和，正想出些風頭點綴國慶，便令端明殿學士鄭允中，充賀遼生辰使，童貫為副。兩人道出蘆溝，遇見遼人馬植，自言曾為國祿卿，因見遼勢將亡，意欲去效順，童貫兩人以為得了機會，急將後車載了馬植，待使事已畢，遂與同歸，令易姓名為李良嗣，竟獻滅遼策略，說是遼主荒淫失道，女真恨遼人入骨。若天朝自來萊涉海，結好女真，約而攻遼，不憂遼不滅亡。徽宗即召馬植，親詢方略。

植對道：「遼必亡國。陛下若代天行罰，以治攻亂。王師一出，遼人必壺漿來迎，既可拯民於水火，又可以恢復中國舊疆。此時猶豫不決，恐女真得志，便失卻機會了。」

徽宗聞言大喜，即面授為秘書丞，賜姓趙，人皆呼他趙良嗣。未到幾日，又升為右文殿修撰，大加寵眷。

童貫因約金攻遼一事，廷臣會議相持不決，又勸徽宗召用蔡京。徽宗也記念蔡京的好處，即日遣使馳召。蔡京奉詔，兼程入都。徽宗聞京已至，立即召見，並於內苑太清樓特賜宴飲，復還從前官爵，賜第京師。京再黜再起，益加獻媚貢諛，無微不至，徽宗因此更加寵眷。

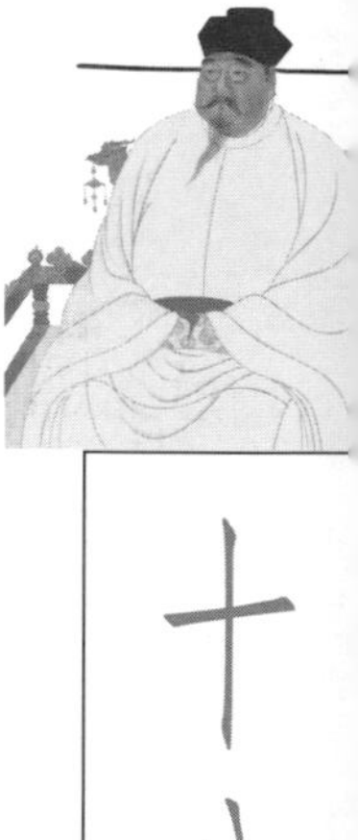

京恐諫官再來攻擊，想出一法，面請徽宗。所有密議皆由徽宗親書詔命，稱為御筆手詔。從此一切朝政，不歸中書門下共議，一經徽宗寫定，立即特詔頒行，如有封駁，便坐以違旨罪名，因此廷臣不敢置喙。後來竟有不類御書，也只是奉行。貴戚近幸又仿照所為各去請求，徽宗應接不暇，遂命中官楊球代書，因此百弊叢生。後來竟有幾件事，又反對蔡京，京又復生悔，但已為法自斃，也就無可如何了。

蔡京又欲仿行古制，改置官名，以太師、太傅、太保，稱為三公；司徒、司空、周時列入六卿。太尉乃秦時掌兵重官，並非三公，宜改置三少，稱為少師、少傅、少保。左右僕射，改稱太宰、少宰，仍兼兩省侍郎。罷尚書令，及文武勳官，以太尉冠武階，改侍中為左輔，中書令為右弼，開封府尹為六曹，縣分六案，內侍省職，悉仿機廷官號，稱為某大夫，修六尚局，建三衛郎。京任太師，總治三省事。童貫進職太尉，掌握兵權。進封王安石為舒王，其子王雱，為臨川伯，從祀孔朝。熙寧新法，一律施行。

蔡京又知徽宗性好古玩，尤喜花石，遂密保朱勔，令在蘇州設一應奉局，專辦花石，號為花石綱。第一次進獻，止黃楊三本，高可八九尺，確是奇品，獻入後，大蒙賞獎，後乃歲歲增加，內帑由其使用，每一領取，輒數十百萬。於是搜巖剔藪，窮幽索隱，雖江湖不測之瀾，凡力可致者，必百計出之，名為神運。百姓之家，有一花一木，悉以黃帕遮覆，指為御用之物，不論墳墓阡陌，盡行發掘；士庶之家，若經指定，即須小心看守，靜待搬運，稍一不謹，便加以大不敬之罪。

到了發運之時，必撤牆毀屋，闢一康莊大道，恭舁而出。百姓稍有異言，鞭笞立至。因此民家得一異物，即指為不祥，相率毀去。不幸洩漏風聲，為所偵知，往往破家蕩產，窮民至於鬻兒質女，供給所需，或既經毀去，為勔所知，又說他藏寶不獻，勒令交出。及至載舟運物，無論商船市舶，一經指定，即須舉行，篙工舵師，倚勢貪橫，凌轢州縣，道路側目。

恰值太湖有一巨石，高廣數丈，用大舟裝運，水陸牽挽，鑿河斷橋，毀堰拆閘，數月方至京師，役夫勞民不勝其害。朱勔反奏稱不勞民，不傷財，如此巨石，安抵都下，乃至川瀆效靈，得此神捷，因此宮廷之間，號為神運石。後來萬歲山成，遂將此石作為奇峰。

蔡京恐徽宗性情聰察，燭照自己的奸私，乃以神仙土木之事，蠱惑上心，使之愈溺愈迷，不復經意政治。但徽宗自即位後，初信郭天信，繼信魏漢津。天信既已被斥，漢津又復老死，內廷幾無方士之路。可巧太僕卿王直，薦一術士，名喚王老志，奉旨宣召

進京。

那王老志乃濮州人氏，事親至孝，初為小吏，不受饋賂，後遇異人，自稱是鍾離先生，授丹使服，便拋棄妻子，入山修道。後來結廬鄉間，為人占卜語多奇中，至是奉召入都，正中蔡京下懷，忙迎居府中款待優厚。老志入見徽宗，呈上一封密緘。徽宗開看，乃是去歲中秋，與喬、劉二妃燕好情語，不覺暗暗稱奇，遂賜號洞徽先生。從此朝士往問休咎的，戶限為穿。

老志遇到有人往問，卻只用筆寫了幾句話，隨手付與並不多言，其語多不可解，問的人還是似信非信，哪知後來竟是靈驗。蔡京見問事的人太多，深恐弄出事來，便與老志商議，禁止朝士叩問休咎。老志又製乾坤鑒入獻，說帝后他日恐有大難，請時坐鑒下靜觀內省，以彌災變；又勸蔡京急流勇退，勿戀權位。京不能從。

老志見朝政日非，僅在都中一年即上書求去，徽宗不允。他即生起病來，再三求去，歸濮而死。

蔡京自王老志去後，又薦個方士王仔昔。仔昔洪州人，常操儒業，自言曾遇許真君，得大洞隱書豁落七元之法，能知未來之事。蔡京又把他薦入宮內。徽宗召見，賜號沖隱處士。適值天旱求雨，徽宗遣小黃門索符。仔昔對他說道：「今日皇上所禱，乃替愛妃求療目疾，我療疾要緊。」遂即用朱砂符篆，焚入湯內，令黃門持住道：「此湯洗目疾，可以立刻痊癒。」

小黃門還奏。徽宗道：「朕清晨赴壇，曾為妃默禱求痊，仔昔何以得知。他既有此神奇，何妨一試。」遂命寵妃沃目，頃刻而癒。乃晉封為通妙先生，仍傳命令仔昔祈雨。

仔昔覆奏道：「現有高士王文卿在此，可以召其求禱雨澤。」

徽宗即命文卿祈禱，文卿奏道：「九江四海五湖龍君，皆奉上帝敕命，停止行雨，獨黃河神未奉睿旨。」

徽宗道：「卿何不令黃河神行雨。」文卿領旨，於京師太乙宮設壇祈兩次，日升壇，祝告道：「大宋皇帝，借黃河三尺水，以濟焦祐。」祝畢，畫符拈訣，喝聲雨至，果然甘霖立至，遍地皆雨黃雨，乃係黃河之水，所以如此。徽宗大喜，立賜凝神殿侍宸，沖虛觀妙通玄真人。

時解州有蛟，在鹽池作祟，佈氣十餘里，人畜在氣中者皆為所害，傷人甚眾，奏報入都，徽宗命文卿往治。文卿謝道：「妖物為祟，應由天師鎮治，臣不敢越奏侵權。現在，嗣漢三十代天師張繼先，法術精妙，倘令治蛟，必奏大功。」

徽宗遂詔命張繼先治蛟，詔旨傳出不到十日，蛟祟已平。繼先入見，徽宗撫勞再三，且問道：「卿今翦除是何妖物？」

繼先答道：「昔蚩尤為軒轅所斬，後人立祠於池側，以祀之。今其祠宇已廢，故化為蛟，以妖是境，欲求祀典。臣賴陛下威靈，已遣神將除之。」

徽宗因其口說無憑，便道：「卿用的是何神將，願得一見，少勞神麻。」

繼先道：「神將自當起居聖駕。」語甫畢，忽有二神現於殿前空際。一神絳衣金甲，青巾美鬚；一神全身甲冑，相貌威武。

繼先指金甲者道：「此是蜀將關某。」又指甲冑者道：「此是信上自鳴山神石氏。」言罷，神已不見，徽宗甚為稱許，遂賜張繼先視散秩大夫虛靖真人。

徽宗因為這幾件事情，愈益相信道教。命在福寧、殿東軔造玉清陽和宮，奉安道像，日夕頂禮。政和三年冬至節，祀天於圜丘。除鹵簿之外，用道士百人，執杖前導。徽宗服袞冕大圭，執元圭。蔡攸為執綏官，文武百官隨從於後，玉輅出南薰門。

至玉津園，徽宗忽問左右道：「玉津園以東，若有樓殿重復，此是何處？」

蔡攸道：「待臣仔細看來。」看畢，回奏道：「臣見雲間，樓殿臺閣，隱隱數重，既而細觀，皆去地有數十丈之遠。」

徽宗道：「卿還見人物麼？」

蔡攸回奏道：「若有道流童子，持幢旛節蓋，出入雲間，衣服眉目，歷歷可數。此係陛下德感上蒼，故有神明下降，以顯庥徵。」祀天禮畢，即以天神下降，佈告天下。

蔡京率百官入賀，詔於雲氣表見處，建築道宮，取名迎真，御制天真降靈示現記，刊碑勒石，豎立宮中。敕求道教仙經於天下，又置道流官階，有先生處士等名，秩比中大夫，下至將仕郎，凡二十六級，有諸殿侍宸，校籍，授經等官銜，與待制，修撰，真閣相似。於是黃冠羽客，相繼引進，勢力出於朝臣之上。

王仔昔尤邀恩寵，徽宗特命於禁中，建一圓象徽調閣，賜於居住。仔昔恃著恩寵，居然賄賂公行，不覺惱了一位大臣，立即上章參劾。

第五十九回　李師師

方士王仔昔得了徽宗的寵信，居然賄賂公行，暗通關節起來。不覺惱了御史中丞王安中，上疏諫爭道：「自今以後，招延術士當責所屬切實具保，宣召出入，必察視行徑，不得與臣庶交通。」疏末又論蔡京，引用匪人，欺君害民數十事。

徽宗頗為嘉納，安中再論蔡京之罪，徽宗只答以「知道了」三個字。已為蔡京所知，令其子蔡攸，泣訴於上前，說是安中誣衊臣父。徽宗遂遷安中為翰林學士，不上幾日，又命為承旨。

安中工駢文，為徽宗特別器重，所以不至貶謫，且因此疑及仔昔，漸加疏遠。無如仔昔寵衰，又來了一個方士，名叫林靈素，比仔昔更加厲害。

那林靈素，溫州人，初名靈噩，表字歲昌，家世寒微，少入禪門，受師笞罵，遂為

道士。遠遊於蜀，學道於趙升道，善作幻術，並輔以五雷法，往來淮、泗等處，乞食於僧寺。寺僧屢加白眼，故靈素深恨僧徒。既而至京師，居於東太乙宮。

徽宗在大內裡面，忽得一夢，見東華帝君使仙童相召，遊神霄宮。及至醒來，要想訪問神霄宮事蹟，敕令道籙徐知常訪求神霄事蹟進陳。正是：

鹿分鄭相終難辯，蝶化莊周未可知。

徐知常素不知神霄之事，方以為憂。忽有一道士，告知常道：「今道當中有溫州林道士，屢言神霄，又有神霄詩題在壁上，何不問之。」知常聽了，哪敢怠慢！忙去看那壁上的神霄詩。但見粉牆之上，端端正正寫著四句神霄。知常便細看道：

神霄宮殿五雲間，羽服黃冠綴曉班；
詔誥群臣親受籙，步虛聲裡認龍顏。

知常讀了一遍，亟將此詩錄呈徽宗。

徽宗遂召林道士問道：「卿有何仙術？」

林道士回奏道：「臣上知天宮，中知人間，下知地府。」

徽宗問以神霄宮在於何處？林道士奏道：「神霄宮乃東華帝君所治，天上有長生大帝君與其弟青華大帝君，皆玉帝之子。又有左元仙伯，賞罰仙吏八百餘員。陛下乃長生大帝君降生人間，為天下帝王，蔡京乃左元仙伯降生，故為陛下輔弼。前日陛下赴青華大帝君之召，作神霄之遊，想甚快樂。」

徽宗聞之大喜，自言與林道士如舊日相識，乃賜名靈素，號金門羽客，通真達靈元妙先生，賜金紫服，得出入大內。徽宗既得靈素，甚加寵信。

適值後宮忽有妖魅出現，夜間拋磚弄瓦，不能寧處，乃詔靈素治之。靈素作一鐵簡，長約九尺，上書符籙，埋於地中，其怪遂絕，乃於景龍門建上清寶籙宮，使靈素居住。

其宮中山包平地，環以佳木清流，有如仙境。又就太乙西宮，達仁濟亭，施符水，開神霄寶籙壇，詔天下天寧觀，改為神霄玉清宮，各設長生大帝君、青華大帝君像，虔誠供奉。徽宗自稱教主道君皇帝，且降詔諭百官道：

朕為上帝元子，為神霄帝君，憫中華被金狄之教，遂懇上帝，願為人主，令天下歸於正道。卿等可上表章，冊朕為教主道君皇帝，止用於教門。

於是冊上尊號，百官稱賀。又命靈素修道書，改正諸家醮儀，校讎丹經。靈素每遇七日就座，百官宰執，三衙親王，中貴士俗，觀者如堵。徽宗嘗呼靈素為聰明神仙，御筆賜為玉真教主，神霄凝神殿侍宸，立兩府班。

徽宗嘗思明達皇后，惜其已死，對靈素道：「朕欲一見明達皇后。卿有此法術否？」

靈素道：「臣能為葉靜能致太真之術，陛下但瞑目少頃，即可見了。」徽宗如其言，瞑目靜坐，果覺身遊於宮闕之中，若瀛州神仙之境，得與明達皇后邂逅，語甚款洽。忽然驚寤，恍如夢寐。

靈素又奏十二月內，有天神降坤寧殿，宜修神保觀。神保觀為二郎神之廟宇，都人素畏二郎神，聞靈素之言，傾城士女，負土以獻，助修神保觀，謂之獻土。村落間人且裝作鬼使之狀，挨門逐戶，催居民納土，竟至絡繹於道，連綿不絕。

徽宗乘輿前往觀看。蔡京入奏獻土納土，皆非佳兆，請下詔禁止，數日乃絕。後人有詩詠此事道：

道君好道事淫荒，雅意求仙慕武皇；
納土訏言無用禁，縱有佳訏國終亡。

靈素又奏請徽宗御寶籙宮開玉清神霄秘錄會，凡宦官道士有个如意的，倘若度籙，可以百凡如願，因此願意度等者八百餘人。當開會之時，群臣士庶皆可入。殿聽靈素講解道經，正殿上面搭了一座高臺，靈素升臺，坐於正中。徽宗反設一小屋，坐在旁邊。聽講的人，有疑惑不解之處，都可向靈素再拜請問。

但細聽講解，並無深入之義，不過順了經文敷衍下去。有時不能敷衍，便節外生枝，雜入許多詼諧滑稽的趣談，引得殿上殿下聽講的哄堂大笑，全無君臣之理。一直講至傍晚，方才散會，徽宗卻絕無倦容。

此時道教十分興旺，每一齋施，動獲數千萬適，每一宮觀，給田也不下數百千頃。做道士的皆有俸祿。他們有了錢，便在外面蓄妻子，置妾媵，用膠青刷鬢，美衣玉食，逍遙快樂的多至二萬人。每逢施一次大齋，用費須至數萬金，凡是道流，皆可赴齋。有

些窮苦的人，臨時買幅青布，做了一頂道士巾戴在頭上，前去赴會，即可飽餐一頓，又可領去襯錢三百帶了回去，名為千道會。

靈素又薦一個同道張虛白，徽宗賜號通元沖妙先生，把靈素的名字上，也加賜元妙二字。兩人得了徽宗的寵幸，真是趾高氣揚，十分得意。每逢出入，總是前呼後擁，開鑼喝道。就是親王在路上行走，遇見了兩人，也要回避，都人稱為道家兩府。

靈素得志之後，想起從前乞食僧寺，曾受寺僧的白眼，有意藉端報復，便奏明徽宗，改天下寺院盡為宮觀，改佛號為大覺金仙，其餘悉為仙人大士。僧為德士，尼姑為女德，女冠為女道，一起改為道士裝飾。不過，這種法度，沒有行到一年，次年靈素勢敗就恢復轉來了。

先是徽宗無嗣，道士劉混康，以法籙符水之術出入宮禁，嘗言京師西北隅地勢稍低，若加築高大，當有多男之喜。徽宗遂命工築運，疊起岡阜，高約數仞，後來宮中果然生子，就是皇后也生一男一女。

蔡京欲徽宗沉迷於神仙士術，乘機獻媚，所以徽宗愈加崇信道教。現在神仙一事，徽宗已竟著迷，土木一事還沒有動心，京又陰嗾童貫、楊戩、賈祥、何訢、藍從熙五個中官，導興土木。遂於政和二年，改築延福宮。宮址在大內拱辰門外，由童貫等五人分任其事，且要各為制度，不得相襲。因此五個人爭奇鬭巧，極務華麗高廣，不計工財。等到建築告竣，又把花石綱所辦的珍品，佈置在內。

這座宮由五個人分造，自然分五個位置，東西配大內，南北稍劣，東自景龍門，西抵天波門，殿閣亭臺不計其數，鑿池為海，引泉為湖，鶴莊鹿寨，文禽奇獸，孔雀翡翠，數以千計。嘉花名卉，類聚群分；怪石巉巖，幽勝天成。真是窮工極麗，不啻仙鄉。

徽宗見了，不勝之喜，親作《延福宮記》，鐫碑刻石，立於宮內。後來又添設村居野店，酒肆青簾，茅舍竹籬，大有山村風味。每年冬至節後，即自東以北，遍懸燈彩並不禁夜，一任人民入內遊觀，且徙市民行輔，夾道而居，悉聽自由，聚飲縱博，歡呼之聲震耳欲聾，直至上元節後，方才停止，謂之先賞。

後人有詩一首，詠此事道：

萬炬銀花錦繡圍，景龍門外軟紅飛；
淒涼但有雲破月，曾照當年步輦歸。

後來又跨舊城，建築與五位相同，號為延福第六位。復跨城浚濠，築二橋，橋下疊石為固，引舟相通，橋上人物，不見橋下蹤跡，名為景龍江。江之兩面，皆植奇卉異木，與殿宇對峙，備極輝煌。徽宗常率領侍臣前往遊覽，仰觀俯察，極目賞心，幾若身到瑤臺，羽化登仙。心下快樂非常，回顧侍臣道：「這都是蔡太師愛朕，議建此宮。又賴童太尉等苦心經營，始得告成。古時秦始皇、隋煬帝，大興土木，恐亦未必有此佳勝。」

左右侍臣道：「秦隋亡國之君，安能比及陛下，況陛下所賞鑒，皆山林間棄材，無傷盛德，有益聖躬，可謂直超前古，上擬唐虞了。」

徽宗道：「朕亦常恐攪民，只因蔡太師查核庫餘，約有五六千萬，所以興築此宮與民同樂的。」

侍臣聞了此言，又諛頌一番。徽宗愈加心酣意暢，神迷志蕩了。

要知人主在位，全仗小心恭儉，寅畏敬天，倘若侈心一開，那神仙土木，選色徵歌的事情，就沒有一件不要做到了。徽宗宮內，除鄭貴妃幸得寵幸外，尚有王貴妃、喬貴妃，還有大小二劉妃，最得歡心。以下便是韋妃等人了。

二劉妃皆係出寒微，以色得幸。大劉妃生子三，曰棫，曰模，曰榛，於政和三年病歿。徽宗不勝傷感，追冊為明達皇后。

小劉妃本是酒家之女，夤緣內侍，得入崇恩宮，侍元符皇后劉氏。劉氏自前為太后之後，時時干預外事、且因不耐宮廷寂寞，做出了許多曖昧事情，為徽宗所知，欲加廢逐。詔命尚未下降，先飭內侍責問。劉氏不勝羞慚，竟就藤鉤上懸帶自盡而亡。宮內所有侍女盡行放出。小劉妃不願歸家，寄居內侍何訢家內。

適值大劉妃病歿，徽宗不勝思念。內侍楊戩便盛誇小劉妃姿色，說是可以移花接木代替大劉，徽宗立命召入。那小劉妃天資聰穎，善承意志，一切裝飾尤能別出新意，每戴一冠，製一衣，無不精緻絕倫，宮禁內外競相仿效。因此徽宗對於小劉妃，比大妃還要寵幸。不到兩年，即由才人進位貴妃。

此時小劉妃已生三子一女，名花結果，芳菲頓減。徽宗又覺得心中不足。一日，因遊幸已倦，坐在千秋亭上悶悶不樂，時有高俅、楊戩在旁陪侍，高俅見徽宗不快，便進言道：「陛下貴為天子，何事不可為！正可及時行樂，以期不負韶華。況人生如白駒過隙，若不自尋歡樂，未免老大徒傷悲了。昔幽王寵褒姒之色，楚王建章華之臺，明皇寵幸楊貴妃，漢帝嬖愛飛燕，陳後主有玉樹後庭之典，隋煬帝有錦纜長江之遊，朝朝歌舞，夜夜管弦，也不枉了一生受用。陛下不聞昔人有詩道：『人生如過隙，日月似梭

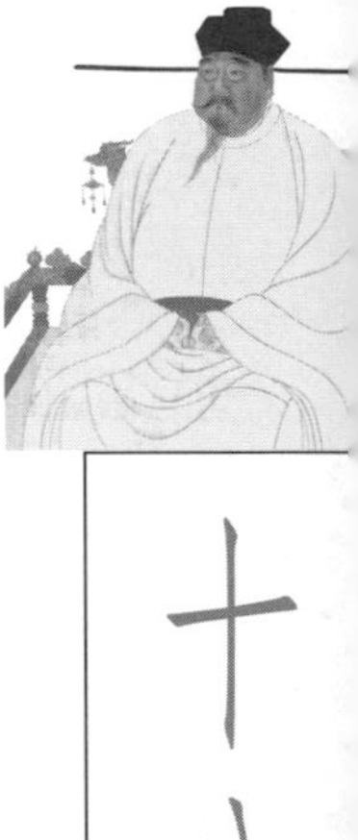

流；百年彈指過，何不日笙歌。』」

徽宗道：「卿言甚是愛朕，朕當排遣愁懷，力尋歡樂，以免辜負年華。」

正在說著，忽然一陣風飄過來管弦之聲，甚為嘹亮。徽宗微笑道：「朕深知九重，反不如小民這樣快樂。朕欲出觀市塵景致，恨無其由。」

楊戩連忙奏道：「這個甚便，陛下只要扮做秀才模樣，臣等裝為僕從，自後宰門出去私行，就可以暢觀市塵風景了。」

徽宗大喜，立刻換了衣服，引著高俅、楊戩，一徑出了後宰門，竟自穿長街，遊短巷。只見汴京城裡，都是些歌臺舞榭，酒市花樓，真是個富貴繁華，錦天繡地。

徽宗看了，好不高興，與高、楊兩人只顧遊玩，不覺天色將暮，行到一處地方，名為金環巷，覺得這裡的風趣更與他處不同。只見巷內人家，門按塑像，戶列名花，簾兒底笑語喧華，門兒裡簫管嗷嘈，一個個粉頸酥胸，一人人桃肋杏臉。

徽宗瞧了，心內甚喜。又前行了幾步，見一座大宅，粉牆鴛瓦，朱戶獸環，飛簷映綠鬱鬱的高槐，繡戶對青森森的瘦竹。

徽宗問高俅、楊戩道：「這座邸第，不知是哪個大臣的，蓋造得很是清幽哩？」正說著，忽聞有人咳嗽。徽宗連忙觀看，見這翠簾高捲，繡幕低垂，簾兒下有個美人，鬢鬒烏雲，釵簪金鳳，眼横秋水之波，眉拂春山之黛，腰如弱柳，膚似凝脂，十指露春筍纖長，一窄襯金蓮穩小，若道是鄭觀音，不抱著玉琵琶；若道楊貴妃，不擎著白鸚鵡。恰似嫦娥離月殿，恍如織女渡銀河。真個是：

鬒眉鸞髻垂雲碧，眼入明眸秋水溢。
鳳鞋半折小弓弓，鶯語一聲嬌滴滴。
裁雲剪霧製衫穿，束素纖腰恰一搦。
桃花為臉玉為肌，費盡丹青描不得。

這個美人，正是汴京城裡有名的煙花行首，這日出來閒眺，正與徽宗打個照面。徽宗不禁暗暗的喝了一聲彩，高俅、楊戩早已聽得，便依著徽宗視線望去。李師師瞧著高俅，恰對他一笑。

原來高俅曾與李師師有些認識，所以笑面相迎。高俅遂密啟徽宗道：「這是名妓李師師家，陛下願去遊幸麼？」

徽宗道：「這恐未便。」

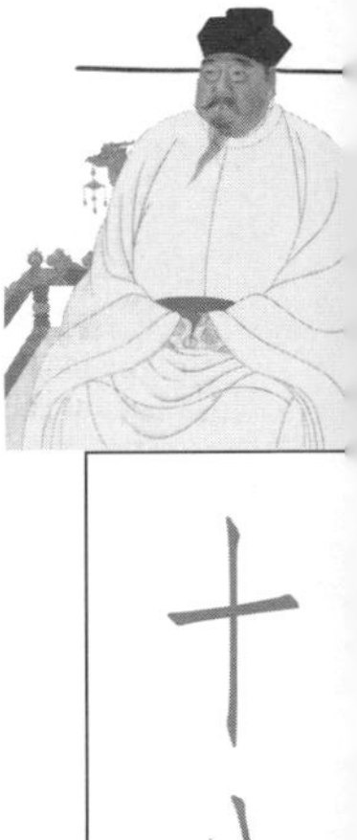

楊戩道：「臣等都是陛下心腹，必不洩漏風聲。況陛下微服出遊，有誰認識？若進去遊幸一回，也屬無妨。」

徽宗心內原很愛李師師的美貌，巴不得立親芳澤，便對高俅道：「如戩所言，沒甚妨礙，朕就進去一遊，只是要略去君臣名分，勿使人識破機關。」高俅領命，遂引徽宗步入門內。

李師師早已上前迎接，讓他三人登堂，向前行禮，相讓坐下。師師奉茗肅賓開筵宴客，徽宗坐了首席，高俅、楊戩挨次坐下。

師師末座相陪，執壺進酒，詢問姓名。徽宗便說了個假姓名，楊戩也揑造了一個，輪到高俅，也謅了兩個字，師師不禁向他微微一笑。高俅暗暗遞了個眼色。師師是何等心靈性巧的人，察言觀色，早已會意。便打疊起精神侍候徽宗。酒過數巡，又提起了嬌喉，唱了幾支小曲。徽宗看著師師，輕挑微逗，眉目傳情，早已忘記自己是個皇帝，便與師師百般調笑起來。高俅、楊戩便在旁邊鼓助興致，漸漸的謔浪笑傲，絕無忌諱。

直至夜靜更深，徽宗還沒有回宮之意。高俅早已窺破其意，一面向李師師漸洽，一面密語徽宗，請聖駕留院住宿。徽宗點頭許可。高俅、楊戩即行退出。徽宗見兩人已去，便擁了師師，入幃安寢。

師師初來雨露，明知他是位貴人，自然放出手段，百般奉承。這一夜的風情，比那後宮妃嬪歡娛萬倍，無如更長夜短。天色微明的時候，高俅、楊戩已竟入內，請駕啟行。徽宗無奈，只得披衣而起，與師師叮嚀後期，抽身而去。

回到宮裡，勉強御殿臨朝，一心只記念著師師，哪裡還有閒情去理政事？只覺得師師的可愛，不但王、喬二妃不能比就，就是小劉妃這樣美豔如花也不能及得。因此茶裡飯裡，坐處臥處，都惦念著師師。但是深居九重，不便每夜微行，只得忍耐，好容易挨過兩天。

恰有學士王黼侍側，徽宗忽向他問道：「朕欲出外察訪民情風俗，卿以為可否？」王黼乃開封人，曾在崇寧間登進士第，外結宰相何執中，蔡京，內交宦官童貫、梁師成、楊戩，屢次升遷，擢為翰林學士承旨。平素甚有口才，專務迎合，深得徽宗信任。夜宿李師師家的事情，早有楊戩暗中告知，此時聽得徽宗欲外出，便回奏出兩句話來。

第六十回　少年遊

王黼原是善於迎合的人，微行出外一事，早在楊戩口中得了消息，今見徽宗要出去察訪民情風俗，已知聖意所在，便乘機迎合道：「昔太祖嘗微行訪宰相趙普，雖遇風雪，亦不為阻。入主身居九重，若不微行，民情怎得上呢？陛下若欲往遊市廛，臣願隨侍。」

徽宗大喜，遂又更易服色，與王黼同行。

徽宗出了後宰門，一意記著李師師，哪裡還有心情去觀玩風景，便令王黼引道，竟奔李師師家而來。

師師接了徽宗，見有王學士隨侍，心內更加明白。原來王黼生得豐儀秀美，目光如電。他仗著自己的品貌，在三瓦四舍走動，所以與李師師熟識。今見王黼隨侍徽宗，料定是位大貴人，但還想不到乃是當今皇帝。便將徽宗引入房內，極意巴結，

重續前歡，將徽宗奉承得心花頓開。居然自明真跡。李師師知是當今皇帝，便懇求著要徽宗將她迎入後宮。徽宗心中雖然十分願意，究畏人言，躊躇再三，方允師師充個外妾隨時臨幸。

師師乃不敢再請。從此以後，徽宗與師師恩愛非凡。到了政務餘暇，即往師師處談笑取樂。有時竟不帶侍從，獨自一人前去臨幸。

那師師本是名妓，色藝俱佳，相與的王孫公子，巨宦豪族不計其數。自徽宗許她充作外妾，恐聖駕不時降臨，便不敢招待外客。那些人也風聞得徽宗寵幸師師之事，誰敢再去嘗這禁臠？惟有一個起居舍人周邦彥，與李師師相交已久，兩個人你愛我憐，一時卻分拆不開。

原來周邦彥，號美成，錢塘人氏，生得風雅絕倫，博涉百家，且能按譜製曲，所作樂府長短句，詞韻清蔚。元豐初遊汴，獻《汴都賦》，神宗奇其才，召為太樂正。他與師師時常往來，師師所歌樂曲，大半為邦彥所製。因此師師遂以善歌名於時，兩個人花前攜手，月下並肩，異常恩愛，十分情濃。豈料平空裡來了個徽宗，把師師占為外妾，不得不將平日往來的客人一概謝絕。但師師既愛邦彥才貌雙全，一時之間又捨不得離開，邦彥也記念著師師，不忍斷絕，因此，打聽得徽宗不來臨幸，師師便命人把邦彥請來，細敘情衷。

這一天，師師聞得聖躬微有違和，料想必不出宮，又暗約邦彥來家。兩人久不相逢，攜手入房，自然各有一番慰問。正在敘談之際，忽然傳報聖駕降臨。邦彥驚惶失措，師師也慌作一團，倉猝之間，無處躲避，師師只得令邦彥匿於床下，自去接駕。

不到一刻，徽宗手拿新橙一個，同了師師進房，坐了下來，將新橙賜於師師道：「這是江南進獻來的，朕因身體不豫，在宮中覺得煩悶，所以來此消遣。」師師謝過聖恩，又詢問起居如何不適？徽宗道：「沒有什麼，不過略覺疲乏，至卿處盤桓一回，自然好了。」說著，便攜了師師並肩坐下，與她調笑。所言之語，皆為匿於床下的周邦彥聽得清清楚楚。

徽宗與師師調笑了半日，便要啟駕回宮。師師款留道：「城上已傳三更，馬滑霜濃。陛下聖躬不豫，豈可再冒風寒。」徽宗道：「朕正因身體違和，不得不加調攝，所以要回宮去。況玉輅四圖，錦幕密張，內中又設著重茵，不至有犯風寒。卿可無須憂慮。」

師師因有邦彥匿在床下，也就不再堅留，送了徽宗御駕，回到房中，將邦彥從床

下拉出。那邦彥一面撲著衣上的塵土，一面說道：「好險！好險！倘若被皇上瞧破了此事如何得了。」說著，又將雙眼瞧了一瞧師師，笑著說道：「你得當今天子這樣的恩待，可算是千古的風流佳話了。」

師師也笑道：「我只道做皇帝的不勝威嚴，哪裡知道也和你一樣的風流蘊藉呢。」

邦彥聽了，心有所感，便將這日的情形，譜成《少年遊》詞一闋道：

并刀如水，吳鹽勝雪，纖手破新橙。
錦幄初溫，獸煙不斷，相對坐調笙。
低聲問向誰行宿，城上已三更。
馬滑霜濃，不如休去，直是少人行。

邦彥題罷了詞，便在師師家住了一宿而去。師師愛邦彥這闋《少年遊》詞，題得情景真切，又復清麗芊綿，便依著譜，一字一字的填入宮尺，練習歌唱，真個是響遏行雲，十分悅耳。

一日，徽宗又到師師那裡開筵暢飲，命師師歌以侑酒。師師一時忘情，便將這《少年遊》詞歌將起來。

徽宗本也精通音律，聽了師師所歌，竟完全是說的前日在師師房內的情事，不免大為驚異，便問師師道：「此詞想是新近譜的，可是卿自己的佳作麼？」

師師隨口道：「這是起居舍人周邦彥所譜的。」

說了這話，方才想起前日之事，深悔失言，頗覺局促不安。

徽宗瞧了師師的情形，已知邦彥前日必是隱匿房內窺探舉動，所以才譜此詞，心下很是發怒，心想：邦彥明知師師為朕外寵，乃敢私自前來，若不嚴加懲處，將來別的官員也要效尤了。但是為了師師的事情加罪於他，外面必要疑朕與邦彥拈酸爭風，甚非美事。此時暫且隱忍，自有處置。

想了一會，便不動聲色，仍然飲酒談笑。次日回宮，上朝之後，即傳起居郎張果，密諭道：「周邦彥近日常作樂府麼？汝可為朕留意。邦彥若有新作，不論詩詞歌曲，可即進陳，只是不可漏言。」張果領命而退。

適值邦彥赴同僚燕會，席間見一舞女，甚為美麗，遂即譜小令，贈於舞女。其詞道：

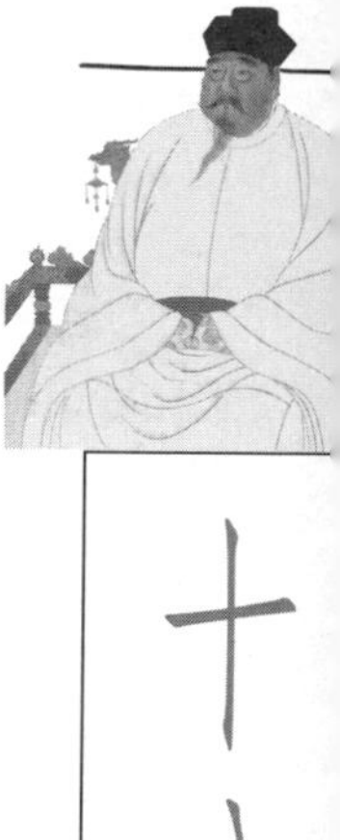

歌席上，無賴是橫波，寶髻玲瓏欹玉燕，
繡巾柔膩掩香羅，何況會婆娑。
無個事，因甚斂雙蛾，淺淡梳妝疑是畫，
惺忪言語勝聞歌，好處是情多。

張果得了這詞，立即進陳徽宗。徽宗見了這詞，說邦彥輕薄佻達，不堪在朝任職，立即譴謫外出。

降旨之後，過了兩日，徽宗理政餘暇，天將傍晚，又幸師師家。恰值師師外出，徽宗心中狐疑未知師師何往，因坐於房中守候。直至初更，師師方歸，玉容寂寞，淚珠盈頰。徽宗見了這般情形，甚是驚訝，忙問卿因何故心中不快？師師竟直言道：「並無他故，只因周邦彥得罪去國，押解出都，略致一杯相送。不知聖駕降臨，又失迎訝，罪該萬死。」

徽宗道：「邦彥臨別，可譜詞麼？」

師師道：「曾譜《蘭陵王》詞一闋，以當驪唱。」

徽宗道：「卿可歌於朕聽。」

師師乃整備酒筵，親奉金樽，斂手低眉，歌邦彥所譜之詞道：

柳陰直，煙裡絲絲弄碧。隋堤上、曾見幾番，拂水飄綿送行色。登臨望故國，誰識京華倦客？長亭路，年去歲來，應折柔條過千尺。

閒尋舊蹤跡，又酒趁哀弦，燈照離席。梨花榆火催寒食。愁一箭風快，半篙波暖，回頭迢遞便數驛，望人在天北。

淒惻，恨堆積！漸別浦縈迴，津堠岑寂，斜陽冉冉春無極。念月榭攜手，露橋聞笛。沉思前事，似夢裡，淚暗滴。

師師一面歌著，一面偷將紅巾試淚。歌到那「酒趁哀弦，燈映離席」，及「沉思前事，似夢裡、淚暗滴」等句，不禁悲傷欲絕，幾乎歌不成聲。

徽宗聽了這詞，也覺惻然，又愛邦彥之才，次日又有詔旨降下，復召邦彥入為大晟樂正，命訂正雅樂。

徽宗自與師師往來，不勝寵愛，每日臨幸，幾無虛夕。師師嘗向徽宗懇請，欲入宮瞻仰。徽宗允她須待旨宣召，方可入內。

一日黃昏月上，忽有內侍馳至，密宣師師入宮。師師聞旨，好不歡喜，連忙淡掃蛾眉，入朝至尊，一路行來，經過了無數樓臺殿閣，始抵深宮。內侍也不通報，竟引師師入室。徽宗已是待著內侍退出，攜手入帳，徹夜歡娛，自不消說。從此師師常常奉召進宮，漸漸的出入自由，竟與後宮妃嬪熟識起來。

師師原是平康老手，最善阿諛奉迎，那些妃嬪見她有說有笑，十分知趣，又會體會人情，迎合旨意，因此，非但徽宗與她狎暱，就是小劉妃、喬貴妃等人，也甚是見愛，常常留居宮中，數月不出。

一日，正值天氣嚴寒，徽宗在便殿圍爐，林靈素自外進謁。徽宗與他暢談仙機在在入港的時候，靈素忽然起立，趨走下階道：「九華玉真仙妃將來了。臣當恭肅迎謁。」

徽宗出其不意，驚問道：「哪個是仙妃？」

靈素道：「陛下且不必問，到時便見。」語畢，拱手端立，很是誠敬。

未及片刻，果有幾個宮女，簇擁了一個麗人冉冉而來。徽宗遠望著不甚清楚，也疑仙人下降，不禁起座出迎。誰知走近前來，乃是小劉妃。徽宗止不住大笑起來，靈素卻做出一片莊敬的模樣，端恭下拜，拜罷起來，又大言道：「神霄侍案夫人也來了。」語音未畢，又有一個美人，帶了宮女，環佩姍姍而來。徽宗視之，乃是崔貴嬪。

靈素說道：「這位貴人在仙班中，與臣同列，禮不當拜。」遂鞠躬長揖，然後升階，重又就坐。原來，靈素時常出入宮禁，所有宮眷皆不回避，因此仍在旁首坐下。劉、崔二妃向徽宗行禮已畢，自然另有坐位。

甫經坐定，靈素忽現驚異之色，四面矚望道：「怪極！怪極！」

徽宗吃了一驚，忙問有何怪事？靈素道：「殿外妖氣甚濃，必有妖魅前來，迷惑聖駕。」

此言未畢，又有一個美貌婦人，滿頭珠翠，妝飾入時，嫋嫋婷婷的走將進來。靈素突然離座，取過御爐火箸，大踏步行及殿門，要打那個婦人。幸有內侍在旁攔住，那個美婦人已嚇得目瞪口呆，幾乎跌倒地上。徽宗也忙喚靈素道：「先生休要誤會，這乃是教坊中的李師師。」

靈素道：「她乃是個千秋妖狐，若將她殺死，沒有狐尾顯出，臣願坐欺君之罪。」徽宗正在愛著，如何肯聽？便帶笑帶勸的說了一番。靈素道：「臣不願與妖狐同坐，願即告退。」言罷，拂袖而去。自此，徽宗疑靈素真是先知之術，更加寵信。

恰巧西陲一帶屢報勝仗，徽宗遂加童貫為陝西兩河宣撫使，進開府儀同三司，簽書樞密院事。蔡京亦得恩賞，令他三日一朝，正公相位，總治三省事，晉封魯國公，五日

一赴都堂治事。未幾，又將茂德帝姬下嫁蔡京第四子鞗。帝姬即是公主。蔡京更是制度，稱為帝姬。徽宗且幸京第，略去君臣名分，稱為兒女親家，所有蔡家僕妾皆得親近天顏。蔡京設宴，燕向徽宗，一餚一饌費至千金，異樣精美，雖御廚中亦未常有。徽宗大喜，命自京以下，均得列坐，彼此傳觴，如家人禮。又命茂德帝姬，乃姑嫜娣姒等，也設席左右，稚兒嬌女，皆有登堂歡宴，真可謂帝德汪洋，皇恩浩蕩了。後人有詩詠之道：

誤把元凶作宰官，萬方皆哭一家歡；
試看父子承恩日，國帑民財已兩殫。

蔡京在這裡沐皇恩，那邊童貫也在加官。原來，童貫經略西陲屢次晉爵，到了政和八年，改元重和，貽恩內外，貫又升為太保。次年又改元宣和，貫欲僥倖圖功，進取朔方，為夏兵殺得大敗而回。童貫吃驚不小，一面掩飾朝廷，諱敗為勝，一面請遼主排解，令夏主重行修好。夏主亦已厭兵，遂引遼使進表納款。童貫即上言夏主畏威，自願投誠。徽宗歸功於貫，加太傅，封涇國公。時人稱貫為媪相，與公相蔡京齊名。

徽宗因西夏投誠，聖心愉悅。卻值宣和五年年底，徽宗因為邊外已平，欲於次年元宵佳節大張彩燈，點綴昇平，又恐元宵這日或有風雨，致妨行樂。詔命京師人民從臘月初一日起，即張燈彩，直至次年正月十八日方止，叫做預賞元宵。到了這時，汴京城內，從東華門至宣德門，皆遍懸燈景。入夜視之，如同繁星下垂，掩映爭輝。

又在景龍門前，架造一座鼇山，長一十六丈，闊二百六十步；中間豎著兩條鼇柱，長二十四丈，悉用金龍纏柱，每一條龍，口內銜燈一盞，謂之雙龍銜照。中間懸一金書長牌，大書八字：宣和彩山，與民同樂。那彩山真是華麗，可以直趨禁闕，仰捧端門，梨園奏和樂之音，樂府進婆娑之舞，熱鬧繁華，不可言喻。徽宗又命皇城司，勿禁百姓，任其入內縱觀，以符與民同樂之意。皇城司撤去禁令，那些百姓無老無幼，少長男女好似潮湧一般，擠入裡面觀看鼇山，歡呼之聲震動天地。

徽宗大喜，命楊戩等，取了無數金錢，撒將下去，賞於萬姓。一時之間，金錢撒下，百姓爭先恐後上前爭搶，情形甚為可觀。徽宗心中大樂，教坊大使袁陶，曾譜一詞，名曰《撒金錢》：

頻瞻禮，喜昇平又逢元宵佳致；鼇山高聳，翠對端門珠璣交制，似嫦娥降仙宮，

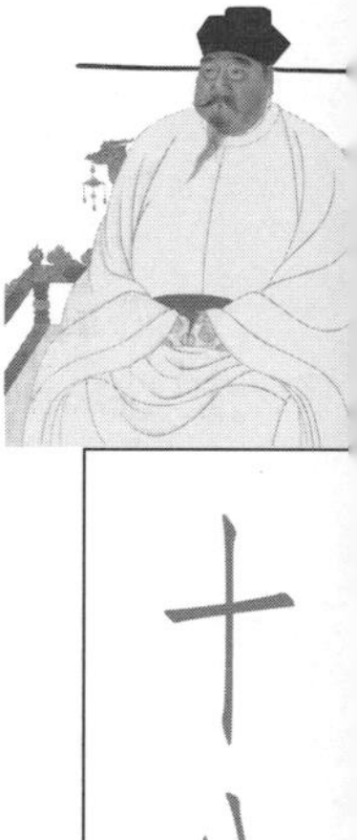

乍臨凡世。恩露勻施，憑御闌，聖顏垂視。撒金錢，亂拋墜，萬姓推搶；沒理會，告官里，這失儀，且與免罪。

到了十五夜，又命賜觀燈萬民酒各一盞，眾百姓不論富貴貧賤，老少尊卑，盡到端門前，領取皇封御酒，歡欣鼓舞，口呼萬歲，感謝皇恩。

哪知，宮內有個青年婦人，吃了御酒，將金杯藏於懷中，意欲帶去，為光祿寺所見，遂即喝道：「這金杯是御前寶玩，膽敢偷取，還了得。」遂為內侍獲住，奏聞徽宗，降旨問這婦人何故竊取金杯？婦人奏道：「賤妾與夫同玩鼇山，因人多擁擠，與夫相失，蒙恩賜酒，賤妾面帶酒容，又不偕夫同歸，恐公婆見責，欲藉金杯，攜歸為證，賤妾有《鷓鴣天》一詞，上瀆天顏。」因陳詞道：

月滿蓬壺燦爛燈，與郎攜手至端門。貪觀鶴笙歌舞，不覺鴛鴦失卻群。

天漸曉，感皇恩，傳賜酒，臉生春，歸家只怕公婆責，也賜金杯作照應。

徽宗見了此詞，即賜金杯與之。當有教坊大使曹元寵奏道：「婦人之詞，恐是其夫宿構。當押婦人，當面命題，若能構就，再以金杯賜之；否則宜押交刑部，證其欺君之罪。」

徽宗准奏，令婦人再撰一詞。婦人請題，即以金盞為題，《念奴嬌》為調，命即構來。婦人領了聖旨，遂口占一詞道：

桂魄澄輝。禁城內萬盞花燈羅列；無限佳人穿繡徑，幾多嫵豔奇絕。鳳燭交光，銀燈相射，奏簫韶初歇。鳴梢響處，萬民瞻仰宮闕。

妾自閨門給假，與夫攜手，共賞元宵。誤到玉皇宮殿砌，賜酒金杯滿盞，量窄從來，紅凝粉面，尊見無憑說。藉皇金盞，免公婆責罰臣妾。

譜畢，陳上徽宗御覽。聖心大悅，不許後人援例，賜盞與之。

觀燈已罷，又命開封府尹，設幕次於西觀下，盡押獄囚，於幕次訊問，意欲使監獄空虛，希蹤刑措之風。徽宗率領六宮，從樓上下觀，審訊罪囚。忽有一人從眾中躍出，身著墨色布衣，若寺僧行童之狀，以手指定徽宗，口中喃喃辱罵，聲徹御座。徽宗大怒！命內侍執下，拷問姓名。

第六十一回　浪子宰相

徽宗命內侍執下那個辱罵的人來，問他姓名，那人如醉如癡，瞋目不答。令下有司審訊，笞捶亂下，又加以炮烙，這人終無一語，亦無痛楚之色，甚至斷手折足，血肉狼藉，終莫知其所從來。

此時疊陳妖異，景靈宮內，夜間忽有哭聲，守宮官吏莫不聞之。正月朔日，徽宗往朝，見聖祖神像現有淚痕。神宗皇帝廟室便殿，有磚出血，隨掃又出，數日方止。夏五月，有物若龍，長六七尺，蒼鱗黃色，驢首，兩頰如魚頭，色綠，頂有角，其聲如牛，見於開封縣茶肆。茶博士早起拂試床榻，見有物若大犬伏其旁，熟視之，始知為龍，不覺驚惶大喊！

肆旁為軍器作坊。坊中軍人聞聲來視，知為龍，殺而食之。是夕西北有赤氣數十道，沖天而起，仰視北斗，若隔絳紗，間以黑白二廉，未幾，有聲如震雷。霆雨大作，

汴河之水高十餘丈，犯及諸城，人民屋舍漂流幾盡，哭聲震天，徽宗命戶部侍郎唐恪治之。其他災異，不知凡幾。徽宗尚不知悟，遣使四出，搬運化石，佈置艮嶽。

你道什麼叫做艮嶽？原來就是萬歲山，自政和七年，下詔改造萬歲山，耗費不可勝計，真是看不盡的樓臺亭閣，說不盡的繁華富麗。徽宗自己曾作一編《艮嶽記》，照錄如下，看了，就可以知道艮嶽的堂皇富麗了。

爾乃按圖度地，庀徒僝工，累土積石，設洞庭、湖口、絲谿，仇池之深灊。與洄濱、林慮、靈壁、芙蓉之諸山，最　奇特異瑤琨之石。即姑蘇、武林，明越之壤，荊楚、江湘、南粵、之野，移枇杷、橙柚、柑榔步荔枝之木，金蛾、玉羞、虎耳、鳳尾、索馨、渠那、茉莉、含笑之草。不以土地之殊，風氣之異，悉生成長養於雕欄曲檻，而穿石出罅。罔連阜屬，東西相望，前後相續。左山無右水，沿溪而旁隴，連帛縣彌滿，吞山懷谷。其東則高峰峙立，其下植梅以萬數，綠萼承跌，芬芳馥郁，結構山根，號綠萼華堂。

又旁有承嵐昆雲之亭，有屋內方外圓如半月，是名書館。又有八仙館，屋圓如規。又有紫石之岩，祈真之磴，攬秀之軒，龍吟之堂，其南則壽山嵯峨，兩峰並峙，列嶂如屏。瀑布下入雁池，池水清泚漣漪，鳧雁浮冰水面，棲息石間不可勝計。其上亭曰噰中，北直絳霄樓，峰巒特起，千疊萬復，不知其幾十里，而方廣兼數十里。其西則參、朮、杞、菊、黃精、芎藭，被山彌塢，中號藥寮。又禾、麻、菽、麥、黍、豆、粳、秫，築室若農家，故曰西莊。

有亭曰巢雲，高出峰岫，下視群嶺，若在掌。自南徂北，行崗脊兩石間，綿亙數里，與東山相望，水出石口，噴薄飛注，如獸面，名之曰白龍淵。濯龍峽，蟠秀練光，跨雲亭，羅漢岩。又西半山間，樓曰倚翠，青松蔽密，布於前後，號萬松嶺。上下設兩關，出關下平地，有大方沼，中有兩洲，東為蘆渚，亭曰浮陽；西為梅渚，亭曰雪浪。沼水西流為鳳池，東出為研池，中分二館，東曰流碧，西曰環山。

館有閣，曰巢鳳，堂曰三秀，以奉九華玉真安妃聖像。（一寵妃耳，為之立像，又稱為聖，徽宗之昏謬可知。劉妃卒於宣和三年，追贈皇后。）東池後，結棟山下，曰揮雲廳。復由磴道，盤行縈曲，捫石而上。既而山絕路隔，繼之以木棧，木倚石排空，周環曲折，有蜀道之難，躋攀至介亭。

最高諸山，前列巨石，凡三丈許，號排衙，巧怪嶄巖，藤蘿蔓衍，若龍若鳳，不可殫窮。麓雲半山居右，極目蕭森居左。北俯景龍江，長波遠岸，彌十餘里。其上流注

山間，西行潺湲，　漱玉軒。又行石間，　煉丹凝亭、觀圖山亭。下視水際，見高陽酒肆、清斯閣。北岸萬竹蒼翠蓊鬱，仰不見明。有勝筠庵、躡雲臺、蕭閑館、飛岑亭。無雜花異木，四面皆竹也。

又支流為山莊，為回谿，自山谿石罅搴條下平陸，中立而四顧，則岩峽洞穴，亭閣樓觀，喬木茂草，或高或下；或遠或近，一出一入，一榮一雕，四面周匝。徘徊而仰顧，若在重山大壑深谷幽崖之底，不知京邑空曠，坦蕩而平夷也。又不知郛郭寰會，紛萃而填委也。真天造地設，人謀鬼化，非人力所能為者。此舉其梗概焉。

看了這篇記，就可以知道艮嶽的窮工極巧了。

當時各內侍爭出新意，土木工程，極其工麗。獨有禽鳥一時未能盡馴，恰又無法可想。適有市人薛翁，自言能馴諸禽，願至艮嶽執役，內侍許之。他入值之後，即日集輿衛，鳴鑾張蓋。到處遊行，一面用大盤盛肉及粱米，口效禽言，呼鳥集食。眾鳥漸漸狎習，不復畏人，遂自命局所為來儀所。

一日，徽宗往遊，翔禽交集，作歡迎狀。薛翁先用牙牌跪奏道旁道：「萬歲山瑞禽接駕。」徽宗大喜，賜給官階，賞賜頗厚。嗣於山間開通兩條復道，一通茂德帝姬宅，一通李師師家。徽宗每遊艮嶽，即至兩家宴飲取樂。後因萬歲峰旁產生金芝，又更名為壽嶽。

其時朝廷政令煩苛，又加上這些大臣，個個都是無恥之徒，如李邦彥，以次相諂諛奉迎。每逢徽宗宴飲，自為倡優之酒，雜以市井詼諧，以為笑樂，人呼李邦彥為浪子宰相。一日侍宴，先將生綃畫成文采，貼體藏著，到了事酣呈技，裸衣宣示紋身，時出狎語。徽宗以其過褻，舉杖欲擊，邦彥緣木而避，皇后自內望見，諭道：「可以下來了。」

邦彥答道：「黃鶯偷眼覷，不敢下枝來。」

皇后嘆道：「宰相如此，怎能治天下呢？」

蔡攸更是進見無時，便鬪趨走，或塗抹青紅，優雜侏儒，多道市並淫媟之言以媚徽宗。其妻朱氏，有殊色，徽宗深為愛慕，時常召入宮中侍宴，章至十數日始出。蔡攸不以為恥，反以為榮！

還有王黼，也可以直入宮禁，就是徽宗與妃嬪們睡在床上，也不避忌。王黼趁勢便與這些妃嬪宮女，打情罵俏，鬧做一團。

那童貫更是可笑，已做到太傅，晉封公爵，領樞密院事，加職太尉，總攬陝西一帶兵馬，可算是古來內侍中少有的了。遇到宴客，總是高高坐在宰相之上，每日入朝辦

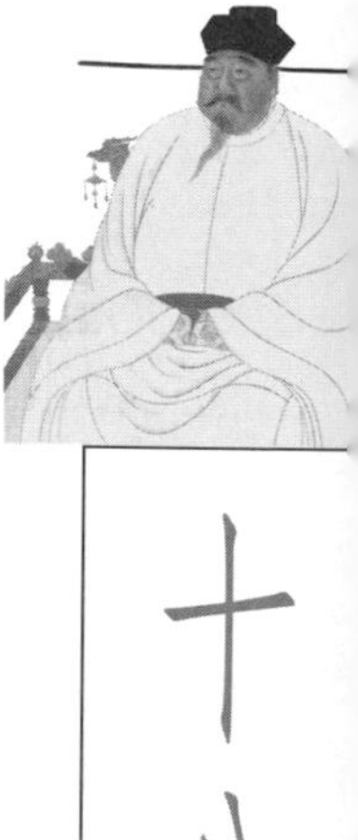

事，也與宰相同進同出，按品級穿著公服，很是輝煌。到得退朝，他就往御屏後面一鑽，換了短襟窄袖的衣裳，混在小太監一堆，去當灑掃宮廷的差使。

試想，朝中的大臣都是這樣；那外任的官員，還能潔己奉公，不擾百姓麼？因此，逼得百姓無處求生，老弱的填了溝壑，少壯的便去嘯聚山林，做那盜賊的勾當。於是山東宋江、淮南王慶、睦州方臘，紛紛而起。小或打家劫舍，大且殺官據城。

眾寇裡面，要算那方臘最是厲害。他本來居住睦州青溪，這地方亂山重疊，樹木幽深，所產各種漆楮松杉，取之不盡。方臘家內，又有祖傳的漆園，占全山十分之七，因此睦州富戶，要推方家第一。自從童貫在江浙設了供奉局，所用木料髹漆皆責成方臘供應，供應不足，還要需索，弄得方臘一貧如洗，心內十分怨恨，只因黨羽尚少，不敢發作，只學些邪術妖法愚惑百姓。

後來童貫去了，又換了一個朱勔，辦理花石綱，受害的人更加多了。江浙地方居民住戶，沒有一個不怨氣衝天，方臘便把失業的人招聚起來，約有二三千眾，以攻殺朱勔為名，自稱聖公，改元永樂，分派官吏將帥，都以頭巾的顏色判別貴賤。打仗臨陣，不用刀槍劍戟，專恃畫符誦咒。到處殺人放火，裹脅良民。

那時東南一帶，承平已久，百姓不經兵革，已有多年，聽見金鼓之聲，早就嚇得東手從命。那些武官兵將，更是沒用，還沒臨陣，已棄甲拋戈，遠遠逃走。因此方臘起事不到半月，連破青溪、睦州、歙州，又劫掠桐廬、富陽，進逼杭州。知州趙震，棄城而遁。方臘入城，殺制置使陳建、廉訪使趙約，放火延燒六日，死者不計其數。每逢捉住官吏，不肯使他即死，有的臠割肢體；有的破開肚皮；有的撩在鍋內煎成油膏；有的綁在樹上，萬弩叢射，方才出了這口無窮怨氣。

警報到了汴京，又為王黼壓住，不使上聞。因為蔡京、童貫等一班奸黨，正在聚兵籌餉，要與金國聯兵攻遼，恐被徽宗得知又生阻礙，所以方臘的勢焰，一天盛似一天。東南半壁都搖動起來。

淮南發運使陳遴藉著奏事，附疏告急，說是賊勢浩大，東南兵力萬萬不能抵敵，請調近畿兵及鼎澧槍牌子速來救應，徽宗方才從睡夢中驚醒轉來，急罷攻遼之議，命童貫為江淮荊浙宣撫使，譚積為兩浙制置使，帶領禁兵及蕃漢兵十五萬前行征討。童貫陛辭請訓，徽宗許他便宜行事。童貫謝恩登程，到了江浙，官紳均來謁見，異口同聲，說是此次亂事都是花石綱擾累所致，倘能罷護，賊不難平。童貫便將所有應奉局及花石綱，一概罷免。朝廷也有詔書，將朱勔父子弟侄盡行革職，蘇、杭人心漸平。

這時，婺州、衢州、嚴州一帶地方，盡為方臘所有。又令大將方七佛，引眾六萬，

進攻秀州。守將王子武竭力拒守，幾乎不保。幸童貫大軍前來，才把賊兵殺退。方臘退到杭州，見官軍聲勢浩大，料知不能抵敵，盡焚官舍，退還清溪，尚有賊兵二十餘萬，仗著岩深林密，官軍不能進攻，頑抗拒守。

幸虧王淵部下有個偏裨小校，名喚韓世忠，乃是延安人氏，性格勇敢，足智多謀。官軍因不識路徑不敢輕進。世忠便扮個商人模樣，在澗旁行走，遇見幾個婦女在山谷裡揀柴。世忠向她們問明路徑，連忙回營換了衣甲，帶了幾十個小卒徑入山洞，遇見守隘的舉刀便殺，共殺了數十百個，方才找到方臘住處。

他正在裡面和許多婦女飲酒快樂，忽見官兵到來，連忙施展邪術，誰知竟不靈驗，被世忠奮勇上前，一把擒住，押了出來。

剛才走到洞口，卻有一支兵馬攔住去路。世忠抬頭看時，乃是童貫部下最得寵的將官辛興宗。他聞得世忠殺入洞中，有意前來爭功的。世忠如何敢與爭執，便把方臘獻上。辛興宗還在馬上打話道：「你要小心了，回到宮內，不可說起。照軍律無令擅動，雖立大功，也要斬首的。」說罷，帶了方臘，自到童貫帳前報功。

童貫大喜，立刻調了大隊，分三路殺進山去。方臘既擒，所有餘黨紛紛亂竄，官軍追殺了七萬多人，直入洞內，將方臘家口並偽宰相方肥等五十三人一齊拿下，連同方臘，解進京去正法。方臘起事共計不過七個月，便遭敗滅。佔據六州，五十二縣，人民被害的，二百餘萬，姦淫婦女不計其數。方臘敗後，被掠的婦女都從洞中逃出，身無寸縷，不能回見父母家人，羞愧自盡的樹林中到處皆是。這個騷擾，總算厲害的了。

方臘平定，童貫又加了太師，晉封楚國公。還有山東的大盜宋江，結連了亡命無賴三十六人，横行京東河北一帶，後來幸為海州知州張叔夜，設計招降。徽宗見寇盜已平，又漸漸的放縱起來。此時蔡京，因為兒子蔡攸所傾軋，以太師魯國公致仕。要算王黼最有權勢，他便迎合上意道：「近來各處遇著亂事，群臣不知自己認咎，反損抑朝廷，任意譏滂。江浙應奉局及花石綱都為罷免，成何體統？陛下盡可重行設立，只要歸臣管領，還有誰人敢來說話麼？」

徽宗准奏，即派王黼總管應奉局，前所沒有設立的地方，也添設起來。又令梁師成為總領，專管大內收納稽核之事。從此兩人狼狽為奸，濫支公款，連挽運漕米的兵役也調了去，戶部哪裡敢去過問？四方進獻貢品，兩人皆運入家中，進陳御用的，不過十分之一。

原來這梁師成，也是個內侍，為人機巧聰明，稍通文墨。初時不過管領睿思殿文字外庫，宣傳旨意，現在竟得寵幸，升為河東節度使，加太尉。他知徽宗歡喜禮文符瑞諸

事，便極力奉迎，所以更加親信。徽宗竟令其入宮殿中，遇有詔旨敕令，悉命其繕寫。師成專善模仿御書，群臣皆不能辨，因此師成之意即是詔旨。又歡喜冒充文人，高自標榜，以翰墨為己任。對人談論總說本姓是蘇，乃是蘇東坡的兒子，因為母親王氏，本是東坡之妾，有了身孕，方才被出，另嫁梁氏，所以自己也跟著姓梁，就是在徽宗面前，也常常如此陳說。

當時見東坡被誣為黨人，並禁其文集不許流行，師成甚為不平，當面奏徽宗道：

「先臣何罪？文章更得何罪？請予開禁。」

徽宗含笑應許。東坡的文章得以流傳至今，總算是師成之功了。而且最喜結交文人，凡屬雋秀名士，必詔致門下。若是真有長才，還肯暗中引薦，竟有升至侍從執政的，因此聲勢浩大，王黼直視同父輩，當面稱為恩府。蔡京父子也極為趨奉。當時稱師成為隱相，可與蔡京公相、童貫媼相鼎足並峙了。

先是童貫見國內無事，又聞金人攻遼，屢次得勝，貪戀軍功，便請發兵助金。徽宗從之，乃令右文殿修撰趙良嗣，藉市馬為名，再出使金，申請前約。恰值金主攻遼，取其上京，入城犒師，置酒歡宴。趙良嗣等捧觴上壽，皆稱萬歲。金主留兵居守，自偕趙良嗣等還國。良嗣因對金主道：「燕本漢地，理應仍歸中國，現願與貴國協力攻遼。貴國可取中京大定府，敝國願取燕京析津府。南北夾攻，必可得志。」

金主道：「這事總可如約，但汝主曾給遼歲幣，他日還當與我。」

良嗣允諾，金主遂付良嗣國書，約金兵自平地松林趨古北口，宋兵自白溝夾攻，否則不能如約，並遣勃董（譯貝勒）同良嗣入汴，申述意見。徽宗又令馬政報聘，且致國書道：

> 大宋皇帝，致書於大金皇帝。遠承信介，特示函書，致討契丹，當如來約，已差童貫勒兵相應，彼此不得過關。歲幣之數，同於遼。仍約毋聽契丹講和，特此覆告。

馬政持書至金，金主答稱如約，有詔令童貫整軍待發，恰值方臘作亂，東南搖動，因此暫停北征。至是金主又發兵，攻克遼之中京、西京。遼主延禧倉皇遁入夾山。金主且遣使至宋，請速出師，攻取燕京。徽宗因方臘初平，頗有厭兵之心，蔡京已奉詔致仕。獨王黼進言道：「兼弱攻昧，武之善經。現在遼已將亡，我若不取，燕雲必為女真所有。中原故地，永無歸還之日了。」徽宗聽了這話，乃決意出師。命童貫為兩河宣撫使，蔡攸為副，勒兵十五萬，出巡北邊遙應金人。

蔡攸本是紈褲子弟，哪裡習過戎事，反自謂燕雲唾手可得，入朝陛辭。見徽宗左右，有二美嬪侍立。蔡攸望將過去，不覺欲火上升，饞涎欲滴，便指定二美嬪向徽宗道：「臣得奏捷歸來，請將二美人賜臣。」徽宗對他微笑。蔡攸又道：「想陛下已經許臣，臣去了。」說罷，回身自去。

中書舍人宇文虛中，上書諫阻。王黼恨他多言，改除集英殿修撰。朝散郎宋昭，乞誅王黼、童貫、趙良嗣等，仍遵遼約，無啟兵端。有詔革職除名，竄置海南。王黼就三省，置經撫房，專治邊事，不關樞密。且括天下丁夫，計口出算，得錢二千六百萬緡，充作兵費。

童貫到了高陽關，用知雄州和詵計議，遍張黃榜，曉諭燕民，旗上懸揭「弔民伐罪」四大字，且懸賞購求敵士，謂能歸獻燕京者，除授節度使，一面下令都統制種師道，護諸將進兵。種師道入諫道：「今日出兵，猶之盜入鄰家，不能相救，又欲與盜分贓。太師尚以為可行麼？」

童貫大聲斥責道：「天子有命，誰敢有違？你敢妄言惑眾，如或違令，當申軍法。」種師道嘆聲而出。童貫仍派師道領東路，辛興宗領西路，直趨范村。遼遣耶律達什出戰，師道前軍大敗，與辛興宗退守雄州。

第六十二回　誤國奸臣

童貫令種師道、辛興宗兩路進兵，為遼將耶律達什所敗，退守雄州。消息傳達到宋廷，徽宗又懼怕起來，下詔令童貫、蔡攸班師。遼人遣使前來責問。童貫無話可答，反上言種師道暗中通敵，王黼又左袒童貫，遂授師道左衛將軍，勒令致仕。這裡宋軍敗退，那邊金兵卻屢次勝遼。遼主耶律淳病死，群臣奉蕭后為皇太后，主軍國事，遙立秦王定為帝，改元德興。

消息傳至宋廷，王黼又入白徽宗，申請北伐，覆命童貫、蔡攸整軍再出。遼常勝軍統帥郭藥師，留守涿州，遂舉涿、易二州，詣童貫處乞降。有詔授藥師為恩州節度使，令歸劉延慶節制。

宋軍行抵良鄉，遼蕭幹率兵來戰，宋軍大敗。次日郭藥師與大將高世宣、楊可世乘夜渡蘆溝，襲攝遼軍。又因後援不繼，為遼兵所敗。蕭幹又設計縱火搖惑宋軍。劉延慶

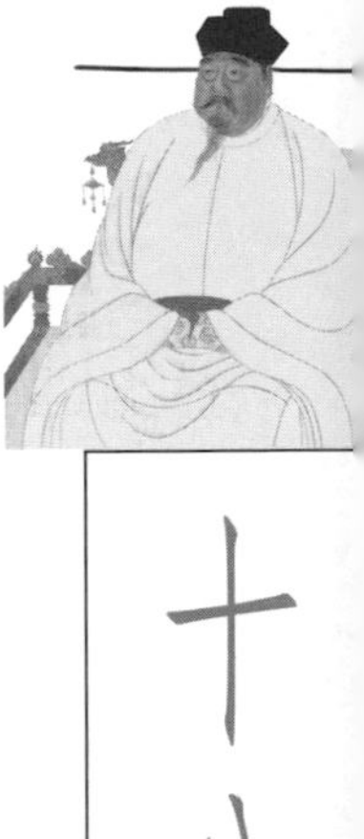

遙見火起，疑是遼兵大至，燒營急遁，士卒自相踐踏，死亡過半。蕭幹縱兵追至涿水，劉延慶只得退守雄州，檢點軍實，喪失殆盡。

童貫兩次大敗，恐徽宗加責，乃密令王環如金，請夾攻燕京。金主也遣蒲家奴至宋，以出兵失期相責。徽宗又遣趙良嗣往金。金主旻（即阿骨打道）：「我今發兵攻燕，我取應歸我有，不過從前有約，我不能忘，滅燕以後，當分給燕京及薊、景、檀、順、涿、易六州之地。」良嗣與他爭論，金主起身入內，良嗣只得悵然而出。

既而金出兵三路，進攻燕京。遼不能敵，燕京失守。蕭幹與蕭太后乘夜出奔天德。遼五京皆為金有。徽宗又遣趙良嗣往金，請於六州外加給平、灤、營三州。金主不允，遣良嗣歸，且獻遼俘。徽宗與王黼還癡心妄想，令良嗣再去要求。金主非但不允，還要將熱京租稅留為己有。良嗣道：「有土地，必有租稅；既以土地與我，租稅怎不與我呢？」粘沒喝道：「若不歸我租稅，當還我涿、易諸州。」良嗣只允撥糧二十萬石。

金又令李靖與良嗣至宋，請給歲幣，且及租稅。王黼議歲幣如遼，惟燕京租稅，不能盡與金人，又命良嗣赴金。先後往返數次，金主只是不允。經良嗣再三力爭，始議定每年代稅錢一百萬緡。粘沒喝且只肯讓涿、易二州，降臣左企弓又作詩獻金主道：「君王莫聽捐燕議，一寸山河一寸金。」還是金主顧念前盟，方定了四條和約：

一、將宋給遼歲幣四十萬，轉遺金邦。

二、每歲給燕代稅錢一百萬緡。

三、彼此賀三旦生辰，置商場交易。

四、燕京及山前六州，歸宋所有。山後諸州及西北接連一帶山川歸金。

議既成，金主使楊璞齎了誓書，及讓給燕京六州約文，呈進宋廷，詔令童貫、蔡攸入燕交割。誰知燕京城內，所有子女玉帛以及職官紳富，已為金人掠盡，只剩了一座空城。其餘六州，也與燕京一般。

交割既畢，金主班師，童貫、蔡攸亦相偕回京。童貫入見徽宗，且奏稱燕京父老率領婦稚伏道迎謁，焚香稱壽。徽宗大喜，論收燕功，進封童貫為徐豫國公；蔡攸為少師；趙良嗣為延康殿學士，王黼為太師，總治三省事，特賜玉帶；鄭居中為太保。居中自陳無功，不願受命。未幾，入朝而卒。

徽宗又命廷臣議鎮燕山府的人，左丞王安中願往，乃命安中為慶遠軍節度使，知燕山府；郭藥師為檢校少保，同知府事。

是歲遼主為金所擒，廢為海陵王，遼亡。總計遼自太祖阿保機稱王，歷八主，凡二

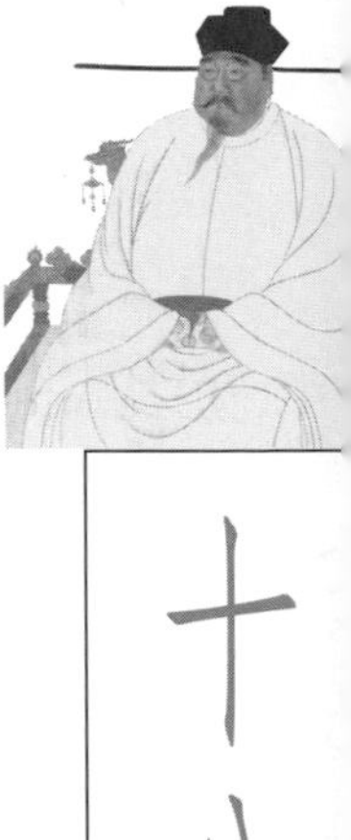

百有十年。惟耶律大石，西走可敦城，會集西鄙七州十八部，戰勝西域，至起兒漫，自稱天祐皇帝，改元延慶，又綿延了三世，歷史上號為西遼，這且不去提他。

單說王安中出知燕山府，有李安弼等獻計道：「平州乃形勝之地，守將張玨有幹練之才，從前本為遼將，現因不服金人，早有異心。如果乘機招徠，平州既為我有，燕京安如磐石了。」

安中深然其言，奏知朝廷。徽宗手詔，令知燕山府蕭度，聯絡張玨。張玨正想脫離金人，遂即寫了降表，令張均、張敦持書至燕山府，願以平州內附。安中立即奏聞，王黼以為奇遇，勸徽宗招納降臣。趙良嗣入諫道：「國家新與金盟，若納降臣，必失金歡，後必追悔。」徽宗不從，反斥良嗣，坐貶五階。即詔安中妥撫降將，並免平州三年常賦，張玨甚為得意。

那金國方當強盛，張玨叛降宋廷，豈有不來征討之理。當有金將多昂摩，領兵三千，來討張玨。張玨即率部下，至營州迎戰。多昂摩見眾寡不敵，退兵而去。張玨便虛張聲勢，向宋廷報捷。徽宗大喜，下詔改平州為泰寧軍，授張玨為節度使，另發銀三十萬兩，絹三十萬匹，犒賞兵丁。

誰知金國又令斡離不助多昂摩攻打平州。宋廷使臣方齎了犒賞兵丁的銀絹，行抵平州。張珏出城遠接，被斡離不乘虛襲攻城東，張珏回戰大敗，只得逃至燕山，匿居王安中府內。

平州都統張忠嗣、張敦固，開城迎降。斡離不率兵駐於城外，令敦固入諭城中，並遣使偕行。城中殺死金使，推敦固為主，閉門堅守。斡離不大怒，一面率眾圍城，一面向燕山府索張珏首級。王安中為金使催逼不過，只得將一面貌相似的小卒，梟首畀金。金使仍舊持回，擲於地上，定要張珏真首級，否則移兵攻燕。安中無法，奏請殺珏畀金。

徽宗准奏，安中遂縊死張珏，割了首級，並執其二子，交於金使。燕降將及常勝軍，皆動了兔死狐悲之念，相率泣下。郭藥師忽然道：「金人索珏，即與珏首。他日索藥師，亦與藥師首麼？」於是潛蓄異謀，訛言百出。安中大懼，力請罷職，召為上清寶籙宮使，另簡蔡靖知燕山府。

會金主旻病逝，弟吳乞賣立，改名曰晟，謚旻為武元皇帝，廟號太祖，改元天會。宋遣使往賀，並求山後諸州。金主晟以新即大位，不欲拒宋，已有允許之意。粘沒喝自雲中馳還，竭力諫阻。金主止許割讓應、朔二州，惟索趙良嗣所許糧米二十萬石。譚稹答道：「良嗣口許，豈足為憑。」因拒絕金使，金人怒宋無禮，決使侵宋。

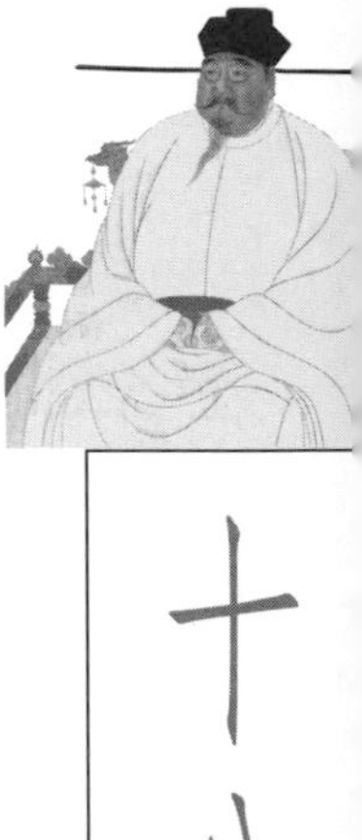

會多昂摩攻克平州，移兵應、蔚二州，勢將及燕。宋廷以譚稹措置乖方，勒令致仕。乃用童貫領樞密院事，出為兩河燕山路宣撫使。時國庫餘積，早已用盡，當伐遼之時，已命宦官李彥，括京東西路民田，增收租稅；又命陳遘經制江淮七路，量加稅率，號經制錢。至是又因各地需餉，用王黼言，令京西、河南、兩浙，江南、福建、荊湖、廣南諸路，遍置伕役，各數十萬，民不給役，令納免伕錢，每人三十貫，委漕臣淮限督繳，所得不到二萬緡，人民已痛苦不堪，怨聲載道。

徽宗尚荒淫如故，王黼奏稱宅中生芝。徽宗以為奇異，夜往遊觀，見堂柱果有玉芝，信為祥瑞，十分喜悅，黼設宴款待，並邀梁師成列席。師成從便門入內，謁見徽宗。

原來，師成私第與王黼宅毗鄰。黼事師成如父，嘗稱為恩府先生，因此開戶相通，藉便往來。徽宗問明底細，也要過去遊幸，遂從便門過去。師成設筵宴向徽宗，徽宗不勝愉悅，痛飲至醉，又重至王黼宅內，繼續開筵，竟至昏沉不省人事，直至五更，方由內侍十餘人，擁至艮嶽山旁龍德宮，開復道小門，回到大內。次日尚不能御朝，人情洶洶，禁軍齊集教場，嚴備不虞。

及徽宗酒醒，勉強臨朝，已是日影西斜了。退朝後，尚書右丞李邦彥入內請安。徽宗告以在王黼、梁師成宅酒醉之事。邦彥道：「王黼、梁師成交宴陛下，敢是要請陛下作酒仙麼？」徽宗默然，邦彥輕輕一語，引起徽宗疑心，從此不直王黼。

先是徽宗立太子桓。王黼欲立徽宗帝三子鄆王楷，與謀奪嫡，事尚未成，被邦彥執知，密奏於上。蔡攸又從旁作證，中承何㮚又論黼專權誤國十五事，乃勒黼致仕。擢白時中為太宰，李邦彥為少宰，張邦昌任中書侍郎，趙野、宇文粹中為尚書左右丞，再起蔡京領三省事。

京此時已四次柄用，兩目昏眊，不能視事，一切政事，皆由季子蔡絛裁決。因此，蔡絛權勢幾傾中外，白時中、李邦彥等均畏之如虎。惟蔡攸心懷不憤，屢訐絛罪，勸徽宗誅絛。徽宗因令勒侍養，不得干政。蔡攸心尚不足，必欲加罪季弟，且怨其父夙愛季子，心內怨恨，益加媒謀，接連下詔，褫蔡絛官，勒令蔡京致仕。且復元豐官制，命三公毋領三省事，晉封童貫為廣陽郡王，令治兵燕山，加意防金。

其時天狗星隕，有聲若雷，黑眚現禁中，狀如龜，長約丈餘，腥風四灑，兵刃不能加；且出入民家，掠食小兒，二年乃息。京師地震，宮中殿門皆搖動有聲，都城有賣青果男子，忽有孕，坐蓐不能產，換易七人，始分娩而逃去；又有豐樂樓酒保朱氏妻，年四十餘，忽生髭髯，長六七寸，毓秀甚美。京尹以其事聞於朝。詔度朱氏妻為道士。

又有群狐於萬歲山宮殿間，陳設器皿，相對飲酒。兵士逐之，彷徨不去；又有狐自艮嶽直入禁中，據御榻而坐，殿司張山，逐之始去。都城東門外賣菜夫，哭入宣德門下，忽若癡迷，釋去荷擔，戟手言道：「太祖皇帝、神宗皇帝使我來言，速改為要。」邏卒捕之下獄。一夕而寤，並不知前事，密於獄中殺之。天災人禍，相繼而至，宋廷君臣還要粉飾太平。

金使來汴，置酒相待，每將上方珍物移陳座旁，誇示富盛，哪知金人早知道汴京繁盛，恨不得即日併吞，盡括而去。

宣和七年十月，金命斜也為都元帥，坐鎮京師，調度軍事。粘沒喝為副元帥，偕右監軍谷神（譯固新）右都監耶律余睹，自雲中趨太原。撻懶（譯達齎）為六路都統，率南京路都統多昂摩，漢軍都統劉彥宗，自平州入燕山。兩路大軍分路南侵。

徽宗尚是昏迷不醒，命童貫往受應、蔚二州土地。到了太原，聞粘沒喝領兵南下，方知有變，遂遣馬擴、辛興宗赴金軍問明來，並請如約交地。粘沒喝嚴兵高坐，脅馬擴等庭參，如見金主禮。禮畢，馬擴問交地事。粘沒喝怒道：「你還想我應、蔚二州麼？山前山後都是我家土地，何必多言。你們納我叛人，背我前盟，另割數城畀我，才可贖罪。」

馬擴等不敢多言，只得逃回，報告童貫，請速備禦。童貫還不肯相信道：「金初立國，能有多少兵馬，敢來窺伺我朝。」言未畢，粘沒喝已遣王介儒、撒離拇持書到來。童貫發書視之，不覺氣恨，便支吾道：「貴國說我納叛渝盟，何不先來告我？」撒離拇道：「已經興兵，何必再告。若要我退兵，速割河東河北，以大河為界，聊存宋朝宗社。」

童貫聽了，膽魂俱銷，停了半晌，方才說道：「貴國不肯交地，還要我國割讓兩河，真奇極了。」

撒離拇作色道：「不肯割地，且與你一戰如何？」說罷，同了王介儒竟自去了。

童貫心內不勝畏懼，即欲藉赴闕稟議為名，逃回京師。

知太原府張孝純諫阻道：「兵臨城下，大王當會集諸路將士，勉力支持；若大王一去，人心搖動。萬一河東一失，河北尚保得住麼？」

童貫大怒道：「我受命宣撫，並無守土之責，必定要留我，要你們做什麼呢？」說著，竟自策馬加鞭去了。

孝純嘆口氣道：「平日貫太師何等威風，今日臨敵畏縮，抱頭鼠竄，有何面目見天子呢？」既而，金兵連下朔、代二州，直下太原。

孝純遂鼓勵士卒悉力拒守。金兵攻打不下，即行退去。河東路已失州。燕山路又遭兵禍。斡離不等人攻燕山府，知於事蔡靖，令郭藥師出禦。藥師久蓄異遷，帶兵四萬五千，在白河迎戰，敗了回來，他竟劫了蔡靖，出降於金。斡離不既得藥師，即用為嚮導，所有燕山各州縣，皆為金有，長驅南下，直抵大河。

警報如雪片一般飛報宋廷，徽宗忙命內侍梁方平，率領禁軍扼守黎陽。又想傳位太子，又想遷都南京，此時王黼已罷，蔡攸深知徽宗的意思，便奏請以皇太子桓為開封牧，實在是將責任卸在皇太子身上，預備好走路的意思。

宇文虛中入奏道：「今日宜首罷不急之務，且下詔罪己，並詔天下勤王。」徽宗乃罷花石綱，並內外製造局，下詔罪己，召天下勤王。虛中又請出宮人，罷道官及大晟府，行幸局。徽宗一一照准，並命虛中為河北、河東路宣撫使，召諸軍入援。

虛中乃檄熙河經略使姚古，秦鳳經略使種師中，領兵入衛。

無如遠水不能救近火，宮廷內外，一夕數驚。徽宗意欲東奔，令太子留守，太常少卿李綱，對給事中吳敏道：「儲君出牧，想是為留守起見，但敵勢猖狂，兩河危急，非將大位傳於太子，恐不足號召四方。」

吳敏道：「內禪的話，似乎不便出口，不如奏請太子監國罷。」

李綱道：「唐肅宗靈武之事，於此何異，不建號不足復邦。惟當時不由父命，遂致貽譏。今上聰明仁恕，公何不入內奏聞呢？」

吳敏應諾，次日即以李綱之言上聞，徽宗召綱面議。李綱即刺臂流血，書成數語入陳。徽宗見是血書，不禁為之動容，因覽其奏道：

> 皇太子監國，禮之常也。今大敵入攻，安危存亡，在呼吸間，猶守常禮，可乎？名分不正，而當大權，何以號召天下，期成功於萬一哉？若假皇太子以位號，使為陛下守宗社。收將士心，以死悍敵，則天下可保矣。臣李綱刺血上言。

徽宗覽奏，遂決意內禪。次日視朝，親書「傳位東宮」四字，付於蔡攸。攸不便多言，便令學士草詔。禪位於太子桓，自稱道君皇帝，退朝後，召太子入禁中。太子進見，涕泣固辭，徽宗不許，乃即位，御垂拱殿，朝見百官，是為欽宗。

禮成，命少宰李邦彥為龍德宮使，進蔡攸為太保，吳敏為門下侍郎，俱兼龍德宮副使。尊奉徽宗為教主道君太上皇帝，退居龍德宮；皇后鄭氏為道君太上皇后，遷居寧德宮，稱寧德太后。立皇后朱氏，后係武康軍節度使朱伯材女，曾冊為皇太子妃，至是正

位中宮，追封后父伯材為恩平郡王。授李綱兵部侍郎，耿南仲簽書樞密院事，遣給事中李鄴赴金軍，報告內禪，且請修好。

斡離不聞知宋朝另易皇帝，其太史亦稱南朝帝星復明，不及遣還李鄴，即欲北歸。郭藥師道：「南朝未必有備，不妨進行。」斡離不從其言，進陷信德府，驅軍而南，寇氛益熾。

太學生陳東率諸生伏闕上書，數蔡京、童貫、王黼、梁師成、李彥、朱勔之奸，指為六賊，乞誅之以謝天下。其書陳進，時已殘臘，欽宗因預備改元，一時無暇計及。次年為靖康元年，正月朔日，受百官朝賀，退詣龍德宮，朝賀太上皇，詔中外士庶，直言得失。

李邦彥居中主事，遇有急報，方准群臣進言，稍緩即陰加阻抑。當時有「城門閉、言路開；城門開，言路閉」的傳言。

忽聞金斡離不陷相、浚二州，梁方平所領禁軍，大潰於黎陽。河北河東制置副使何灌，退保滑州，朝廷非常惶急!那些誤國奸臣得了這信，不問國家如何，先行收拾行李，捆載財物，攜帶嬌妻美妾，愛子寵孫，料理逃走。第一個要算王黼，逃得最早。第二個便是蔡京。連太上皇也整備了行裝，要想東奔了。

第六十三回　去忠留奸

王黼、蔡京聞得金軍已至河北，黎陽禁軍潰散，他們便收拾財寶，載運妻子，暗中逃走。連太上皇也收拾行裝，預備東奔。當有吳敏、李綱，請誅王黼等，以申國法，欽宗乃貶王黼官，竄置永州。潛令開封府聶昌，遣武士殺黼。黼至雍丘南，借宿民家，為武士追及，梟首而回；李彥賜死籍沒家產；朱勔罷歸田裡，在欽宗也可以算從諫如流了。

但是，朱勔的罪，更浮於王黼諸人，勔在東南二十年，百姓始終受其毒害，官至寧遠軍節度使，所獲金銀財帛不可勝計，家中池館亭臺可比上苑；服飾器甲，僭擬乘輿；藉挽舟載運為名，募兵三千，專為自保，當是稱為東南小朝廷。南方刺史郡守大都出其門下，甚至廚役廝養，勢力也十分浩大，官員亦須小心侍候。朱勔更頤指氣使，視若奴隸。現在只將他放歸田里，他也樂得回去享福，豈不是賞罰不均麼？

單說金兵既抵大河，梁方平的禁軍在河北岸，見賊奄至，遂即奔潰。河南守橋兵士，望見金兵的旌旗，也就燒斷了橋梁，四散奔去。宋兵在河南的，竟無一人。

金人以郭藥師為嚮導，覓取小船渡河，也不禁渡河，也不禁列隊伍，騎兵先渡，渡了五日，方才完畢，又渡步兵，並不見一個南軍。金兵皆縱聲大笑道：「南朝可謂無人了。這樣大河，若用一千人守在河口，我們如何能安然渡過呢？」等到渡河既畢，重整隊伍，進攻滑州，何懽又棄城逃回。

這個消息傳入汴京，太上皇不勝驚惶，便要整裝東行，當命蔡攸、宇文虛中為行宮副使，奉太上皇出都，童貫率領捷勝軍護駕。你道什麼捷勝軍？原來，童貫在陝西的時候召募壯年長大的關西大漢，作為他自己的親軍，約數萬人賜名為捷勝軍，此時遂用以保護上皇，名目是護蹕，實在是保衛他自己的。

上皇的車駕將過浮橋，衛士皆隨轅悲號，都要隨行。童貫恐前進不速，被金兵追及，即命勝捷軍用箭亂射，衛士方才退去。還有高俅，也隨駕而行，上皇竟由亳州而赴南京。

欽宗送了上皇，回闕以後，李邦彥、白時中也勸欽宗御駕暫幸襄鄧，以避敵鋒。獨李綱慷慨言道：「上皇原為要人代守宗社，所以託付陛下。若陛下也拋棄了宗社而行，如何可以對上皇呢？」欽宗聽了此言，默然不語。

白時中在旁說道：「金兵勢盛，京城萬不可守，不如暫幸他處，豈不玉石俱焚麼？」

李綱道：「京師城堅壕深，如何便能不守，況且宗廟社稷，百官萬民，都在此處。若不能守，還有什麼地方可以去呢？現在沒有他法，只有整頓人馬，固結人心，堅守都城，等待勤王之師到來。金人遠軍深入，不能持久，自然退去了。」

欽宗便道：「要守必要有人為將，卿看何人可以為將呢？」

李綱道：「白時中、李邦彥雖然未習行軍，但即為宰相，自然應負責任，無可推諉的。」

白時中聽了這話，不覺怒氣沖天道：「李綱既如此說，想他總能夠衝鋒陷陣殺退敵兵的了。陛下何不就命他去哩？」

李綱道：「陛下用不著臣，如果命臣前去，安敢不盡死力。」

欽宗見李綱這樣忠誠，即命綱為尚書右丞兼東京留守，李綱奉命謝恩。

內侍忽來奏道：「中宮已經啟行。」

欽宗不禁顏色更變，猝然步下御座道：「朕也不能再在這裡了。」

李綱涕泣再拜道：「陛下萬不可去。臣當為陛下死守京城。」

欽宗囁嚅道：「朕今為卿留京，惟一切治兵禦敵之事，均以委卿，千萬不可疏虞。」李綱涕泣受命而退。

次日李綱入朝，忽見禁軍衛士，悉已擐甲，乘輿亦已駕好，知是又要出京了。李綱無法可想，只得急呼衛士問道：「你們還是願守宗社呢，還是願意從皇上出幸呢。」

衛士齊聲應道：「願意死守宗社。」

李綱乃入奏道：「陛下已許臣留，奈何復欲戍行。試思，六軍的親屬皆在都城，誰肯拋棄而去，萬一中道散歸，何人保護陛下。況且敵寇已近，若探知陛下出幸，命輕騎疾追，陛下又將如何禦敵呢？」

欽宗聽了這一番言語，方才大悟，傳命將中宮追召回來，御駕親登宣德門，宣諭六軍。軍士皆拜伏地上，三呼萬歲。嗣又下詔親征，命李綱為親征行營使，許便宜行事。李綱急登京城四壁，繕修守具，草草告竣。金兵已抵城下，據牟駝岡，趨天駟監，獲馬二萬匹，芻豆如山。因郭藥師從前在京時，曾往打球，故導金兵往據云。白時中畏懼辭職，以李邦彥為太宰、張邦昌為少宰。欽宗召群臣議和戰事宜，惟李綱主戰，李邦彥等皆主和。

先是欽宗即位，遣給事中李鄴使金營，告內禪，並請修好。李鄴自金營歸，盛誇虜強我弱，謂虜的人馬，如虎如龍，上山如猿，下水如獺，其勢如太山，中國如累卵。

當時號李鄴為六如給事，因此李邦彥等栗栗危懼，欽宗亦十分畏怯，竟從邦彥等議和之言，命員外郎鄭望之、防禦使高世則，出使金營。途遇金使吳孝民正來議和，遂與偕還。誰料吳孝民尚未入見欽宗，金兵已進攻通天、正陽門甚急。李綱登城守禦，督將士運蔡京家山石疊門，堅不可破，又率將士在城上極力抵禦。金兵又攻陳橋、封兵、衛州門。李綱盡力搏戰，自卯至酉，殺賊數千，到了夜間，又縋敢死士千人下城，殺入金營，砍死酋長十餘人，兵士百餘人。斡離不經此一番創衄，也就有些疑懼！勒兵暫退。

次日，金使吳孝民入見，責問納張玨等，並索交童貫、譚稹等人。欽宗答道：「這是上皇朝事，朕未曾開罪鄰邦。」

孝民道：「既是先朝事，不必再計，應重立誓書修好，願遣親王宰相，赴我軍議和。」欽宗當即應許，令同知樞密院事李梲與吳孝民同往。李綱奏道：「李梲怯懦，去必誤事。臣願代梲前往。」

欽宗不許道：「城守之事，仗卿維持，如何可去。」

李梲既至金營，斡離不高坐堂皇，營裡營外，兵衛森嚴，刀槍劍戟，白如霜雪。李梲見了這般情形，嚇得魂膽俱喪，戰戰兢兢，爬在地上，從營外膝行而入。到了斡離不

座前，只是叩頭，連一句話也說不出。

斡離不卻高聲喝道：「我要攻破汴京，易如反掌。因為看著少帝情面，所以按兵不進，暫存趙氏宗社，這乃是莫大之恩，應該知感。現在既要求和，一要輸金五百萬兩，銀五千萬兩，牛馬萬頭，表緞萬匹，為犒賞軍隊之費；二要割讓中山、太原、河間三鎮於我朝；三要宋帝以伯禮事金；四要以宰相親王各一人為質。就是這四件條款，你可回去說明。倘有一件不允，立刻進兵攻城。」說罷，又取出一紙，擲與李棁道：「恐你記不清楚，可將這件帶回。」

李棁嚇得冷汗直流，也不知他說的什麼，及至條款擲下，接到手中，也看不清寫的何事。但聽得一聲去罷，便連連叩頭，退出營外，好似得了命一般，飛奔回來，將這條款呈於欽宗。

欽宗看了，又忙召宰相商議，李邦彥力勸欽宗，不必同他計較，快些依了他的條件，就可退兵了。李綱卻抗聲道：「金人要索至此，如何可從？」

李邦彥又爭道：「兵臨城下，迫在頃刻。宗廟震驚，社稷岌岌可危。除了依從他的條款，有何別法？」

李綱冷笑道：「你只知道依從他可以敷衍了事，你可知道條款我能履行麼？第一條要這許多金銀緞匹，牛馬牲口，就是括收全國，也恐不及此數。都城裡面，一時之間，如何能取得出呢？第二條要割讓三鎮。這三鎮地方，乃是國家的屏蔽，屏蔽撤去，如何還可以立國？第三條更不容辯論了，兩國平等，如何有伯侄的稱呼？第四條遣質一層，也只能遣宰相去，不能遣親王去。」

欽宗道：「據卿所言，無一可從。倘若全城失陷，如何是好？」

李綱答道：「依臣愚見，為目前之計，只有先遣辯士與他假意磋商條款，遷延數日，勤王兵至，不怕金人不退。那時節我的實力已足，再與議和，自然沒有這許多要求了。」

李邦彥道：「金人何等奸狡，他肯遷延時日，等我勤王兵到麼？現在京城尚且不保，還論什麼三鎮呢？至於金銀牛馬，更加不足較量了。」

張邦昌也附和著邦彥，贊成和議，說李綱一偏之見，保全京城要緊。李綱再要辯論，欽宗道：「卿可速去治兵，守禦京城。和議一事，朕自有主張。」李綱只得退出，前去巡城。

不料李邦彥、張邦昌竟遣沈晦前往金營，將所有條款一一依從。等到李綱得知要想阻止，已經來不及了。只是忿恨嗟嘆，氣悶不已。

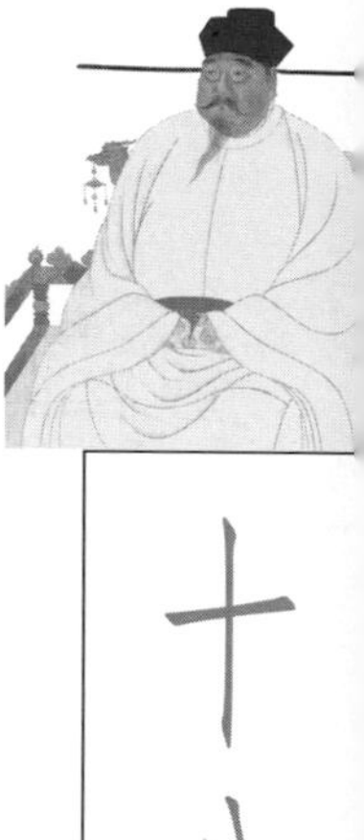

既已允許條約，第一件便要輸出金銀，欽宗只得下詔，括借都城金銀，可憐把倡優們的家財都括搜了，集聚起來，只得金二十萬兩，白銀四萬兩。民間已一空如洗，還遠不及金人要求之數，只得懇求金人，展限續繳。第二件先奉送了三鎮地圖。第三件齎交誓書，允許伯侄。第四件是遣質，當下派了張邦昌為計議使，奉康王構往金營為質。

那康王構乃徽宗第九子，係韋妃所生。將生康王之前一夜，徽宗夢吳越王錢俶，以手挽御衣道：「我好意來朝，你家便留我不遣，終須還我山河社稷。」

韋妃亦夢金甲神人，自稱錢武肅王，謂當令第三子來，索還河山。夢中驚寤，遂生康王。初生之時，紅光滿室。宣和二年，晉封康王。後來接位南京，建都杭州，果符夢兆。當下康王構，奉了往金營為質的詔命，倒也鎮靜如常，並無懼色。

那張邦昌初時與李邦彥力主和議，不料和議將成，自己倒要往金營去為質起來。這個苦處，真是啞巴吃黃連，再也說不出口，只得於臨行時，要求欽宗親御署批，無變割地之議。欽宗卻不肯親署，只說：「朕自知道，卿去就是了。」邦昌流淚而出，與康王構開城渡壕，往抵金營。

適值都統制馬忠，從京西募兵入衛，見金兵劫掠於順天門外，遂指揮兵將衝殺金兵，將他驅退。四面一路，稍稍通行，勤皇兵得達京城。其時，種師道已奉命起復為兩河制置使，聽得京師為金兵所圍，調取了涇原、秦鳳兩路的人馬，兼程入援。

都人因種師道年紀已老，盡稱為老種。聽說他的兵來，皆額手相慶道：「好了！老種到了。」

欽宗聞得種師道兵至，也為欣然，立刻命李綱開安上門，迎問慰勞，並召他入朝。種師道進城，晉見欽宗。行禮既畢，欽宗問道：「今日之事已甚危逼，卿意如何？」師道回奏道：「女真不知兵，安有孤軍深入，能夠久持不疲的麼？」欽宗道：「現在已與他講和了。」師道道：「臣以軍旅之事事陛下，不知道旁的事情。」欽宗道：「京中正缺統帥，卿來還有何言。」遂命為同知樞密院事，充京畿河北河東宣撫使，統率四方勤王兵及前後軍。

時金使王汭，正在殿上，裝模做樣，不肯行儀。一眼瞧見種師道，侍立欽宗之側，不覺為之氣懾，遂恭順了許多，跪拜盡禮，不敢失儀。欽宗笑對師道道：「這皆是得卿前來，方能如此。」

未幾，姚古、子姚平仲、種師中、折彥質、折可求，皆各引勤王兵到來，大軍雲集，多至二十萬人，京師人心為之稍安。

斡離不仍駐兵城外，日肆要求，且逞兵屠掠不已，後見勤王兵四集，乃稍稍斂跡。李綱獻計於欽宗道：「金人貪而無厭，勢非用兵不可；且敵兵僅六萬人，若扼守河津，截其餉道，分兵克復畿北各縣，再用重兵壓敵，堅壁勿戰，待至食盡力疲，然後用一檄，取誓書，廢和議；縱令北歸，半途邀擊，定可獲勝。」

種師道亦贊成此策。欽宗乃飭令各路兵馬，約期舉事。那姚平仲卻說道：「和就不必戰，要戰應該從速。」

這兩句話，又把欽宗弄得疑惑不定起來。

原來這姚平仲，世為西陲大將，自幼喪父，從父姚古，養為己子，年十八，與夏人戰於臧底河，殺傷甚眾。童貫召見與語，平仲不為稍屈。童貫不悅，抑其功賞。睦州方臘之亂，童貫奉命征討，心中雖不喜平仲，但服其勇敢，調取偕行。及方臘既平，平仲之功冠一軍，遂對童貫道：「平仲不求官賞，但願一見皇上顏色。」童貫愈加猜忌，將王淵如、劉光世等輩，皆得召見，獨平仲不得召見，實由童貫嫉妒所致。欽宗在東宮時，已知其名，及平仲引兵勤王，立即召見福寧殿，授為都統制，厚賜金帛，並許功成之日，有不次之賞，因此平仲急欲立功自見，故有速戰之議。

欽宗亦因深信平仲，遂召李綱入問。綱聽說士欲速戰，亦不願堅持前議，因退出與種師道計議，預備出戰。姚平仲進言道：「虜已驕甚，必不設備。我今揀選精銳，乘夜劫營，非但可以取還康王，就是斡離不也可生擒活捉了來。」

師道搖首道：「只恐未必如此容易。」

平仲道：「如若不勝，甘當軍令。」

李綱道：「且去一試，我們在後接應便了。」

計議已定，等到夜半，平仲率精兵萬人，出城劫寨，專向中營砍入，不意衝了進去，乃是一個空寨，已知中計，連忙退出，四面伏兵齊起。

斡離不親自指揮，來圍宋軍。平仲拼命廝殺，衝開一條血路，逃得性命，惟恐回城獲罪，竟自遁去。

李綱率兵出援，至幕天坡，恰值金兵乘勝追殺，急令兵士用神臂弓射住，方得收兵入城。師道等接入，李綱不勝追悔！

師道道：「今夜發兵劫寨，原是失策，惟明日卻不妨再去，這是兵家出其不意的奇謀。如再不勝，可每夜用千人，分道往攻，但求擾敵，不求勝敵。我料不出十日，寇必遁去了。」

李綱稱善其言，次日奏知。欽宗默然不語。李邦彥道：「昨夜已經失敗，今夕何可

再舉。」遂將師道之計，阻止不行。

那斡離不得勝回營，自幸有備，未至失敗，便召過康王構、張邦昌，責以用兵違誓，大肆咆哮。

邦昌嚇得涕泣不止，康王構卻挺然直立，神色自若。

斡離不瞧著，因命二人退出，私語左右道：「我看這個宋朝親王，恐是將門子孫來此假充的。若真是個親王，生長深宮之中，哪有這般膽量？」

斡離不語未畢，有金國的親王接口說道：「我也疑他不是真的，正要前來告知哩。」斡離不忙問因何知他不是真的？親王道：「前日我與康王在宮中習射，他連發三矢，竟如連珠一般，支支皆中紅心。若不是將門之子，假冒著親王前來，豈能習熟武藝，精於技射呢？」

斡離不聽了這話，愈加相信康王不是真的，遂遣王汭入城，責問何故背盟劫營，且令易他王為質。

王汭奉命入城，見了李邦彥，把斡離不的言語一一告知。

李邦彥正在深恨李綱，忌他成功，便一口推在李綱身上，道：「用兵劫營，都是李綱、姚平仲的主意，朝廷並不知道。」

王汭道：「李綱等如此膽大妄為，因何不加罪責呢？」

李邦彥道：「姚平仲已畏罪遠遁，只有李綱尚在朝中，我當奏聞皇上，即日罷免。」

王汭聞言，方才回去。邦彥入宮，不到數刻，即有詔罷李綱職，廢親征行營使，並遣宇文虛中，往金營謝過。

虛中方出，忽然宣德門前一片人聲，喧擾不已；那登聞鼓，卻打得山一般響。欽宗吃了一嚇，忙命吳敏前往觀看，為了何事如此喧嚷。

吳敏去了片刻，持了一本奏章回來，陳於欽宗道：「就是前次請殺六賊的太學生陳東，聚了許多士庶軍民，請陛下仍用李綱。」

欽宗忙將奏章展開觀看，大略說李綱奮不顧身，乃社稷之臣；李邦彥顧全身家，乃社稷之賊，忠奸不能並立。所以李綱鞏固社稷之策，皆為邦彥所破壞，而惟恐其成功。今陛下去忠留奸，將置國家於何地，非但中了邦彥的奸計，而且中了金虜的毒計了。

欽宗看了奏章，正在遲疑，那門外的喧聲，更加厲害，又有內侍匆忙的報說滿城的百姓都聚集來了。

第六十四回　龜山先生

門外的眾百姓因為聞得陳東率了太學生，請用李綱，大家都來幫助。一時之間，聚集了萬餘人，聲勢洶洶，把登聞鼓幾乎擊碎。

守門的內侍瞧著情勢不好，忙來報告欽宗道：「宣德門下軍民人等，約有數萬，請陛下仍用李綱，無術遣散，恐防生變，望陛下詳察。」

欽宗沒了主意，只得召李邦彥來計議。

李邦彥奉詔入朝，被軍民瞧見，一齊圍將攏來，數落他的罪惡，破口大罵。有幾個在前的，便舉手去打，還有用著石塊亂擲的。李邦彥頭上的朝冠，腰間的玉帶，都被百姓打在地上，踏得粉碎。還虧邦彥跑走得快，沒有受著重傷，已是嚇得面如土色，到了欽宗御前，還是渾身發抖，連一句話也講不出來。

欽宗又命吳敏出去宣旨，令百姓速退。眾人哪裡肯聽，索性連登聞鼓的架子，都拆

去了。殿前都指揮王宗楚，請欽宗復用李綱，以順輿情。欽宗無法，命內監朱拱之去召李綱。

耿南仲奉旨出外宣諭，立在門樓上面，大聲喊道：「皇上已有旨意，復用李綱，已去宣召了。」

眾人齊問何時去的？耿南仲道：「旨意下了許久了。」

眾人又道：「派哪個去的？」

南仲道：「派內監朱拱之去的。」

眾人又喧嘩起來道：「既然如此，為何不見他出來？敢是他不願意李相公復用麼。」

正在嚷著，朱拱之騎了馬，從門內出來。眾人不問情由，一擁齊上，都嚷說這賊太監不願意去召李相公，我們就打這賊太監，便你一拳，我一腳，把朱拱之頓時打死，連那匹馬也踏成肉泥。

有幾個內監上前阻止，眾人又牽怒到太監身上，接連打死了幾十個。直至欽宗命戶部尚書聶昌，傳出旨來，復李綱原官，兼充京城西壁防禦使，方才歡聲雷動，齊呼萬歲，歡呼已畢，又要請見種老相公。

聶昌傳聞於上，欽宗忙召種師道，進城彈壓。師道奉召，乘車疾馳而至。眾人爭揭車簾，審視不錯，齊聲歡呼道：「果是我種老相公。」乃欣然散去。

次日下詔飭捕擅殺內侍的首惡，並禁伏闕上書。王時雍便奏請盡罪太學生，士民又復大嘩。欽宗忙命聶昌宣旨，令他們靜心求學，毋干朝政，將用楊時為國子監祭酒，即有陳請，亦可由他轉達。諸生都大喜道：「得龜山先生前來，尚有何言？我等自然奉命承教，不敢有違了。」

你道這龜山先生又是何人？

原來楊時的別號，叫作龜山，乃南劍州人氏，與謝良佐、游酢、呂大防皆師事程顥。程顥既歿，又師事程頤，嘗於冬夜，偕遊酢往見。程頤瞑目危坐，楊時、游酢端然侍立於旁。及頤開目省視，不覺門外已雪深三尺。程頤極為嘆賞，遂將所學盡行傳授。及程頤歿後，人皆稱為伊川先生，並稱伊川學術；惟謝、游、呂、楊，盡得真傳，因此號為程門四先生。

蔡京聞楊時之名，於宣和元年薦任秘書郎，進擢邇英殿說書。及金兵圍困都城，楊時上疏，請黜內侍，修戰備，欽宗特命為右諫議大夫，兼官侍講。至是太學生伏闕上書，請留李綱，聚眾萬餘人，擊死內侍。廷議以為暴動，欲加罪太學生。楊時又上言：「諸生因出於忠誠，並無他意；能擇老成願望之人，為之監督，即可不致越範圍。」欽

宗深善其言，有意欲用楊時，督率諸生，故命聶昌傳旨。

及聶昌覆命，陳述太學生聞楊時將為祭酒，皆歡欣鼓舞，情願承教的狀況。欽宗更不狐疑，即命楊時兼國子監祭酒，並除元祐黨籍，學術諸禁，且追封范仲淹、司馬光、張商英等官爵，太學生從此安靖許多。

且說宇文虛中奉了旨意，向金營而去，不管死生，冒著矢石，好容易到得金營，坐在風沙地上，也沒有人前來理他，只有許多雄赳赳，氣昂昂，怒眉橫目的兵卒，手裡執定明晃晃的刀槍，把他圍住，直從巳刻圍至申刻，還不肯放他。宇文虛中分辯，即命退出。次日便令王汭偕宇文虛中回城，要求朝廷把李邦彥、吳敏、李綱及駙馬曹晟一齊交出，並催速割三鎮，且要御筆畫定地界及另易親王為質。欽宗只得命徽宗第五子肅王樞為質，並詔割三鎮畀金。王汭回營覆命。斡離不見了肅王，方將康王、張邦昌放回。

且因李綱復用，下令軍中有能斬金人首級來獻的，皆有重賞。將士人人奮勇，斡離不防不勝防，遂不待金幣數足，便遣使告辭，帶了肅王樞，逕自北上，京城解嚴。種師道請臨河攻擊，李綱請用寇準澶州講和故事，遣兵護送。欽宗乃命姚古、種師中、折彥質等，領兵十餘萬，數道並進，候有便利，並力擊之。

李邦彥恐諸將有邀擊之功，密奏欽宗道：「我新與金人講和，豈可聽諸將邀擊之計，以阻和議。」欽宗惑於邦彥之言，又立大旗於河東河北兩岸，上面寫道：准敕有擅用兵者，依軍法。諸將之氣為之索然。

御史中丞呂好問進諫道：「金人得志，益輕中國，秋冬必傾國而來，當速講成軍備，無再貽誤。」

欽宗不聽，惟頒詔大赦，除一切弊政。李邦彥為言路所劾，出知鄧州，張邦昌為太宰，吳敏為少宰；李綱知樞密院事；耿南仲、李悅為尚書左右丞，詔諸將還鎮，並罷種師道官。

未幾，有金使從雲中來，言奉粘沒喝之命，來索金幣。輔臣又說他要索無禮，拘住來使。粘沒喝大怒，即分兵向南北關，平陽府叛卒，竟引金兵入關中。粘沒喝見關城堅固，險要異常，不覺嘆息道：「有這樣險峻的關隘，竟令我安然越過，南朝可謂無人了。」遂揮兵直達威勝軍，守將李植開門迎降。遂進攻隆德府，知府張確，殉難自盡後，聞澤州一帶，守備尚固，仍退還雲中，圍攻太原。

欽宗得到警報，乃召群臣會議，金兵不守盟約，仍來侵擾，三鎮應否割讓。中書侍郎徐處仁道：「敵已敗盟，如何還要割三鎮。」吳敏亦言三鎮決不可棄，且薦徐處仁可

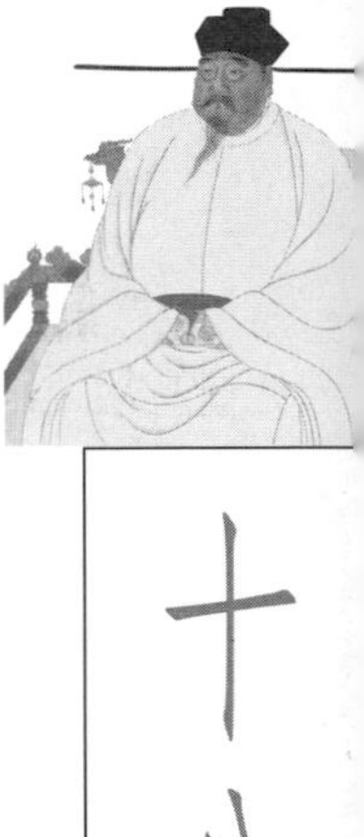

為宰相。於是欽宗又復變計，因張邦昌、李梲兩人素來主張和議，即行免職，擢徐處仁為太宰；唐恪為中書侍郎；何㮚為尚書右丞；許翰同知樞密院事，且下詔道：

> 金人要盟，終不可保。今粘沒喝深入南關，陷隆德，先敗盟約。朕夙夜追咎，已黜罷原主議和之臣。其太原、中山、河間三鎮，保塞陵寢所在，誓當固守。

詔書既下，起復種師道為河北河東宣撫使，出屯滑州；姚古為河北制置使，率兵援太原。種師中為副使，率兵援中山河間，種師中渡河，追斡離不出北鄙，乃令還師；姚古亦克復隆德府及威勝軍，固守南北關。

欽宗聞得捷報，心下頗覺欣慰，正要迎回太上皇，以便朝夕侍養，忽然發生了一種謠言，說是太上皇將要復辟的先兆。欽宗聽了這些謠言，不免也疑惑起來。

那班內侍們本來專喜興風作浪，沒有事情，還要裝點些出來，討皇上的歡喜，何況有了這種謠言呢？便有幾個內侍都勸欽宗嚴為防備。

欽宗還在躊躇，太上皇忽然又打發內侍來說：「大駕已經回至南京。」取出太皇手諭，責問近來何故改革以前的政事，是哪個的主張？又傳諭吳敏、李綱去當面問話。

當下見了這個手諭，非但欽宗心內驚惶，滿朝的人都危懼起來了。

獨有李綱泰然說道：「這又何足為奇，上皇在外，自然記念朝廷政事，不能放心，急於要知現在的情形，乃是極平常的事。待我到南京去，面見上皇，就明白了。」欽宗聽了此言，急命李綱前往迎請上皇回鑾。

李綱奉了命令，星夜趕至南京，叩見上皇。先申皇上思慕之忱，並說特命臣來迎請上皇回宮奉養。上皇果有不悅之意，冷笑了一聲，問道：「我出外了一年有餘，身邊帶的幾個人，蔡京父子都貶了官，童貫也僅剩了一個虛銜了，這不是有意來逼迫我，而且逢著幾次換季，應進奉的衣服用品都不見來，這是何故？」

李綱道：「貶謫諸人，乃是自出公論，並非皇上之意。至於不進陳御用衣服，乃因當時金人逼近，惟恐其得知行宮所在，反致兩面照顧不到，全是保護陛下安寧的意思，並無別故。臣親見皇上，每次接奉陛下詔書，必憂懼數日，不能進膳。現在臣卻有個譬喻，比如人家家長出外，家中忽來無數盜賊，做子弟的，不能不從權辦理。待至家長歸來，只能原諒子弟保守田園，不致損失，加以獎勉，不能挑剔子弟的小過了。倘若吹毛求疵起來，做子弟的，還有立足之地麼？臣請陛下回鑾之後，須要安慰皇上才是。」

上皇聞言，大為感悟，以玉帶及金魚、象簡賜之，且謂綱道：「此次保安社稷，

你的功勞很是不少；再能調和我們父子之間不生猜疑，將來更可傳名了。」李綱叩謝回都，奏知欽宗，欽宗也很喜慰。

靖康元年四月，上皇啟駕還都。欽宗迎奉如儀，立皇長子諶為皇太子。諶係皇后朱氏所生，素為徽宗所鍾愛，賜號嫡皇孫。因此上皇回朝，特立為太子，以便侍奉上皇。

左諫議大夫楊時，奏劾童貫、梁師成等罪狀；侍御史孫覿等，復極論蔡京父子過惡。乃貶梁師成為彰化軍節度副使，蔡京為秘書監，童貫為左衛上將軍，蔡攸為大中大夫。太學生陳東、布衣張炳，又力陳梁師成等罪惡，遂遣開封吏，追殺師成，籍沒其家產。再貶蔡京為崇信軍節度副使，童貫為昭化軍節度副使。

蔡京天性凶狡，四握朝政，毒流四海，士大夫莫不切齒痛恨；童貫掌兵柄二十年，與蔡京表裡為奸，專結後宮妃嬪，饋遺不絕於道，左右婦寺，交口稱譽。因此終徽宗之世，信任不衰，權傾中外，百官宰執，多出其門，窮凶極惡，擢髮難數。

都中常有歌謠道：「打破筒，拔了菜，便是好世界。」「筒」與「菜」，暗寓童、蔡二姓。自有詔再貶，言官更群起彈劾，便是童貫、蔡京的私黨，也恐禍及己身，交章攻訐。

右正言崔鶠的彈章說得更為透澈，大略道：「賊臣蔡京，奸邪之術，大類王莽，收天下奸邪之士，以為腹心，遂致盜賊蜂起，夷狄動華，宗廟神靈，為之震驚」云云。遂有詔，復竄蔡京於儋州，賜其子攸、翛自荊倚平時稍持正論，奉詔後，慨然道：「誤國至此，死亦其分。」遂服毒而亡。

蔡攸還猶豫不決，左右授以繩，乃自縊而死。季子蔡絛，竄死白州；惟蔡鞗以尚主免流，餘子及諸孫皆分徙遠方，遇赦不赦。

蔡京赴儋州，後又量移至潭州，押送使臣為吳信。信為人小心，事京甚謹。京感舊泣下，當獨飲，命信對坐，譜《西江月》詞一闋，自述道：

八十衰年初謝，三千里外無家。孤行骨肉各天涯，遙望神州泣下！
金殿五曾拜相，玉堂十度宣麻。追恩往日謾繁華，到此反成夢話。

蔡京居住潭州，終日憂愁怨恨而死，年八十餘。童貫亦被竄吉陽軍，行至南雄州，忽有京吏，飛馬前來，向貫拜伏道：「朝廷有旨，大王荼蘗將宣召赴闕，命為河北宣撫使。小吏先來馳賀，明日中使就到了。」

童貫拈髯笑道：「卻又少我不得。」遂令京吏留待，佇裝以待。

次日上午，御史張澂果然奉詔而來，童貫出迎，澂命跪聽詔書。詔中歷數十大罪惡，將要宣畢，昨日馳馬報信的京吏，立於其後，急拔利刃，梟取童貫首級。原來這個報名的京吏，乃是張澂隨行官裝扮的。張澂深恐童貫久握兵柄，詭計多端，不肯受刑，所以先命隨行官改裝前來，詐言召用，出其不意，把他殺了，免得生變。相傳童貫狀貌魁梧，頤下生鬚十數莖，皮骨如鐵，不類閹人。伏誅後，張澂首馳歸，眾皆稱快！還有梁方平、趙良嗣等，亦次第伏誅。

朱勔後亦有詔誅死，惟高俅但削太尉官階，竟獲善終，也算僥倖了。後人有詩詠六賊次第伏誅道：

權奸誤國禍機深，開國承家戒小人。
六賊盡誅何足道，奈何二聖遠蒙塵。

蔡京、童貫等，六賊雖誅，耿南仲、唐恪，並起用事。楊時在諫垣，僅九十日，即劾致仕。種師道薦用河南尹惇，也是程門高弟，奉召進京，見朝政日非，即日乞歸。其時太白、熒惑、歲星，聚於張，彗星出東北，長數丈，北掃紫微垣，掃文昌，天象如此，廷臣尚奏稱為夷狄將衰之兆，不足為中國憂！

因此戰略不加修，邊防尚未固，反欲守三鎮，逐強寇，哪裡能夠呢？

其時金粘沒喝攻太原。姚古、種師中，奉命往救。姚古復龍德府、威勝軍；師中亦克復壽陽、榆次等縣。朝廷因兩軍得勝，屢次催促進兵。師中老成持重，不欲急進。朝廷便降詔責他逗撓不進，師中嘆道：「逗撓乃兵家大戮。我自結髮從戎，未嘗退怯。今年已老，還肯受這個罪名麼？」即揮兵徑進，並約姚古等夾攻。兵至壽陽，與金兵相遇，五戰三勝，趨殺態嶺，離太原百餘里，靜待姚古會師前進。

誰知姚古失期不至，師中進軍時，所有輜重均未隨行，兵士盡皆饑疲，金兵又四面圍來。師中部下還是忍饑耐餓，上前死戰，絕不退怯。自卯至巳，兵力疲極，士卒皆怨忽散去。師中僅剩親兵百餘人，力戰不退，身被四創，沒入陣中而亡。

金兵乘勝殺至盤阿驛，與姚古兵相遇。姚古稍戰即潰，退保隆德。種師道聞弟戰死，悲傷成疾，稱病乞歸。朝廷接得敗報，耿南仲、唐恪等，又驚惶異常！意欲拋棄三鎮。李綱獨持不可，欽宗遂命李綱為宣撫使，劉韐副之，往代師道。

李綱奉命而往，查得姚古後期為統制焦安節所誤，遂召焦安節，數罪正法，且奏請貶謫姚古，撫恤種師中，遂贈種師中為少師，謫姚古至廣州，以解潛為制置副使代之。

李綱留守河陽，練士卒，修戰備，進至懷州，大造戰車，誓師禦敵。令解潛屯威勝軍，劉鞈屯遼州；折可求、張思正，與慕官王以寧等，屯汾州；范瓊屯南北關，約三道出兵，共援太原。

那耿南仲、唐恪，又忌李綱成功，重主和議。令解潛、劉鞈仍受朝廷指揮，不必遵李綱節制。徐號仁、許翰等又主張速戰，催促諸將，速援太原。劉鞈恃勇輕進，為金兵殺敗退回。

解潛抵南關，亦為金人所敗。張思正等率兵十七萬。竟至潰散，折求潰退。子夏山、威勝、隆德、汾、晉、澤、絳的人民，均聞風驚避，渡河南奔，州縣為之一空。李綱上疏言節制不專，致有此敗，從此以後，應合成大軍，由一路進，當有把握。這疏方上朝旨已竟到來，召李綱回去，命種師道接任。

最可笑的是宋朝宰相，不知練兵選將，備禦敵人；反想誘結亡遼舊臣，暗中圖金，以致強敵入寇，把宋朝的江山送去了一大半。

原來，宋廷自肅王樞為金兵擄去為質，也將金國的使臣蕭仲恭、趙倫留下，不肯放回。副使趙倫，惟恐老死中國，不得還鄉，便想出一條計策，謊騙館伴使刑倞道：「金國有個耶律余睹，與我等皆是遼臣，不得已而降金，意中卻深恨金人，倘有機可乘，便要恢復故國。貴國若肯相助，我當回去聯絡耶律余睹，除去了斡離不、粘沒喝兩人。貴國可以安枕無憂，我國也可以興滅繼絕了。」刑倞信以為真，忙告知吳敏等人。

吳敏等也以為耶律余睹、蕭仲恭都是遼臣，不免有亡國之恨，因此也甚相信，便與蕭仲恭、趙倫商議妥當，奏明欽宗，放二人回國。另外又寫了一封信，約耶律余睹做內應，用蠟丸封好，交於蕭仲恭帶去。豈知蕭、趙兩人回至金國，先將臘丸信送至粘沒喝，將宋人的計畫盡行吐露出來。粘沒喝便轉陳金主。

金主大怒，已有侵宋之意，又有摺可求，也向宋廷報告，說遼國的梁王雅里，在西夏之北，也想結交宋廷，報復仇恨。吳敏也信以為真，入奏欽宗，通信於梁王雅里，走到路上，又為斡離不截住，搜出信來，奏知金主，金主愈加憤怒！立命粘沒喝為左副元帥，從雲中進發，斡離不為右副元帥，從保州進發，兩支人馬。分道南下。

第六十五回　老賊逃生

金主以粘沒喝為左副元帥，斡離不為副元帥，分道侵宋。這次大舉南下，兵精糧足，又是熟門熟路，連問道都不必用。粘沒喝耀武揚威，率領大兵，直攻太原。城中糧餉已竭，軍民十死八九，哪裡還能再守？城遂被陷，知府事張孝純被獲。粘沒喝以為忠臣，勸令降金，仍為城守副都總管。王稟負太宗御容赴水而亡，通判方茇；轉運使韓揆等三十人，盡皆死難。

金兵分隊陷汾州、知州，張克戩全家死節。

消息傳到宋廷，眾輔臣又主和主戰，議論紛爭起來。耿南仲、唐恪主和；徐處仁、許翰主戰。吳敏本來主戰的，此時也附和主和一派，與徐處仁反對，徐處仁以吳敏反覆無常，遂與他當廷爭執。吳敏不服，竭力辯論。徐處仁不覺憤怒已極，也顧不得身在御前，竟將御案上的墨筆拿將起來，力擲過去，恰巧碰在吳敏的鼻梁上，畫成一道墨痕，

就同戲臺上的小丑差不多，耿南仲、唐恪都在旁竊笑不已，吳敏忿極，竟要扭打處仁，還是欽宗連聲喝阻，方才沒有打起來，一場計議遂無結果而散。

次日御史中丞李回，便彈劾吳敏、徐處仁，連許翰也帶在裡面。欽宗遂將徐處仁、吳敏、許翰一同罷斥，用唐恪為少宰，何㮚為中書侍郎，陳過庭為尚書右丞，聶昌同知樞密院事，李回簽書樞密院事。當下決意主和，先將李綱貶知揚州府。中書舍人劉珏、胡安國，並言李綱忠心報國，不應外調，竟得罪了輔臣，劉珏坐貶提舉亳州明道宮，安國也出知通州。

南道總管張叔夜，聞得京城空虛，請統兵入衛，陝西制置使錢益，也要率兵前來。耿南仲、唐恪一意主和，飛檄馳阻，令其駐守原鎮，不得無故移師，諸人只得折行而回。其餘各處行營皆已奉到停戰的旨意，都堅閉營門，不管外事，一任金兵如何侵掠，視若無睹。

宋廷又遣著作郎劉岑，太學博士李若水，分使金營，請緩師修好，及岑等還朝，說斡離不止索所欠金帛，粘沒喝定要割與三鎮。欽宗不得已，再遣刑部尚書王雲，出使金軍，許他三鎮歲入的賦稅。一面又遣給事中黃鍔，從海道赴金都，請罷戰言和。

試想此時的金兵已經分道出發，乘銳南下，還有什麼和議而言？金人明知宋廷怯儒、輔臣昏庸，故意的答應講和，使他們不作預備，揮兵直入。粘沒喝從太原直取汴梁，攻下平陽、威勝、隆德、澤州，到一處破一處，官吏悉皆棄城逃走。粘沒喝兵抵河外，宣撫使折彥盾擁兵十二萬，夾河而陣。

李回亦有馬軍一萬，也來到河上。粘沒喝見宋朝軍容甚盛，便向部下道：「若是對陣廝殺，未知誰勝誰負，不如先用虛聲來嚇他一嚇，宋人都是膽小無用的，倒可以省些氣力，也未可知。」遂下令軍中不必出戰。

到了夜間，各營都敲起戰鼓來，敲了一夜，到得天明去看宋軍時，折彥盾的十二萬人，全都潰散。李回的軍馬，也奔回京師。這一陣鼓聲，果然比十萬大軍還厲害。粘沒喝哈哈大笑，領兵渡河。知府楊燕瑛，河南留守西道總管王襄，都棄城逃走。永安軍、鄭州皆望風而降。

粘沒喝得步進步，過河之後也不提三鎮了，遣人來說：要全得兩河地方，劃河為界。京師又戒嚴起來了。那面的斡離不從井陘進兵，殺敗宋將種師閔，長驅破天威軍，攻陷真定，守將都鈐轄劉竧自縊，知府李邈被虜北去。又進攻中山，河北大震。

宋廷的輔臣到了這時，還是堅持和議，接連不斷的遣使求和。斡離不乃遣楊天吉、王汭，持了宋廷從前與耶律余睹的原書，入見欽宗，抗聲問道：「陛下不肯割畀三鎮，

倒也罷了，為什麼還要恢復契丹呢？」

欽宗囁嚅道：「這乃奸人所為，朕並未聞知。」

王汭冷笑道：「中朝素尚信義，奈何無信若此，現在只有速割三鎮，並上我主徽號，獻納金帛車輅儀物，還和言和。」

欽宗遲疑半晌道：「且與大臣商議。」

王汭道：「商議商議，我軍已渡河了。」言罷欲行，欽宗尚要挽留。王汭道：「可命親王往我軍陳請，我等無暇久留了。」遂揚長而去。

欽宗十分惶急，只得下詔徵四方兵勤王。種師道料知京師難守，上疏請幸長安。宰相反說他畏怯，下詔召還，令范訥往代。種師道奉詔回京，見沿途毫無預備，不勝痛恨！惟祈死速。過了數日，果然病歿。前次京師受困，全仗種師道、李綱竭力支持。現在種師道已死，李綱出知揚州，耿南仲、唐恪還不甘心，說他啟釁召寇，貶為保靜軍節度副使，安置建昌軍。適值王雲從金營回來，說是金人必欲得三鎮，否則進兵取京師。欽宗無法，只得命百官赴尚書省，會議三鎮棄守。

耿南仲、唐恪力主割地，何㮚道：「三鎮為國家根本，如何可割？」

唐恪道：「不割三鎮，如何退敵？」

何楠道：「金人無信，割地亦來，不割亦來。」兩人爭論不已，仍是一場沒結果。接著粘沒喝又令人前來，要割兩河，以河為界。廷臣聽了，皆面面相睹，不敢發言。

王雲向欽宗說道：「臣前日使金，曾由斡離不索割三鎮，且要康王往謝，現若依他前議，當可講和，萬一金人不從，也不過如王汭所言，加上金主徽號，獻納車輅罷了。」欽宗無計可施，遂進王雲為資政殿學士，偕康王赴金軍，許割三鎮，並奉袞冕玉輅，尊金主為皇叔，加上徽號至十八字。

王雲奉命，便與康王出師，由滑浚至磁州。知州宗澤，迎謁道：「肅王一去不歸，大王尚蹈其覆轍麼？況且敵兵已竟逼近，所有講和的話皆是欺謊之語。大王去亦何益，請勿前進。」康王遂留於磁州，王雲尚再三催康王前行，康王不從。

次日，康王出謁嘉應神祠，王雲也隨侍康王左右，磁州人民，皆遮道諫阻，請康王不可北去。王雲還不知進退，厲聲呵叱。不覺激動眾怒，齊聲喊道：「奸賊奸賊！」王雲倘想恃威恐嚇，人民一齊大怒，奔向前來，你一拳，我一腳，將王雲立刻打死。康王帶諭帶勸，才把人民遣散開去。

回到州署，已有知相州汪伯彥，遣人賚書，請康王赴相州。康王遂即往相，汪伯彥帶領步兵，身服櫜鞬出城迎接。康王加以慰勞道：「他日面見皇上，當以京兆薦公。」

伯彥拜謝，康王乃留居相州。

忽有一個壯士，前來請見，康王立命延入，見他生得相貌堂堂，威風凜凜，英氣逼人，心內頗為奇異，便問他姓氏。這人自稱姓岳，名飛，表字鵬舉，乃相州湯陰縣人。原來這岳飛生時，有大鳥飛鳴屋上，因以為名。家世業農，其父名和，母姚氏，誕飛未嘗彌月，適值內黃河決，大水淹至，飛母抱之，坐於缸中，隨水飄流，幸得抵岸，才能撫養長大。

這岳飛天生神力，能挽強弓三百斤，弩八石，聞得周侗善射，投拜為師，盡傳所學。當劉韐宣撫真定，招募戰士，飛遂往投，乞得百騎，至相州，剿平土匪陶竣、賈進和，至是家居無事，因來請見康王。王留作護衛，適相州有盜吉倩，跋扈異常，康王命飛前往招撫。飛奉了王命，單騎馳入盜寨，與吉倩角技。吉倩屢敗，乃率眾三百八十人，情願投誠。飛引見康王，王嘉其功，授為承信郎。飛乃請王募兵禦寇，康王乃一面請旨，一面招募兵卒，以防金兵，相州人心漸定。

單說京師，自康王與王雲去後不見消息，朝中愈加驚惶，又遣侍郎馮澥、李若水往粘沒喝軍中議和。二人奉命而行，走至牟縣，守河的兵丁都如驚弓之鳥一般，見馮澥等一班人，帶了幾個兵丁，只當是金兵到了，立時擾亂起來，倒把馮澥前站的人，驚的跑了回來，倉皇失色的說道：「請相公們從小路走罷，走大路去，恐要遇見金兵哩。」

馮澥便問若水，意下如何？若水道：「現在這些把守關隘的兵丁，見敵即逃，已成習慣，我們如何可以學他們，豈不被金人所笑，儘管從大路而行，就是遇見敵人，不過一死罷了。」遂下令道：「有敢輕信謠言者斬。」這令下去，果然安靜了許多。

馮澥、李若水到了懷州，執知州霍安國等，脅降不屈，共殺死十二人。這時的氣焰，正在不可一世，哪裡還有禮貌待遇宋使。馮澥、李若水只得忍恥含辱入見粘沒喝，申請和議。粘沒喝反把二人呵斥了一場，立即驅逐出帳，遂與斡離不會師，直至汴京城下。斡離不屯劉來寺，粘沒喝屯青城，京城裡面，僅有衛士和弓箭手七萬人，分作五軍，命姚友仲、辛永宗二人為統領。

此時兵部尚書孫傳，已擢同知樞密院事。他本來不習戎事，現在見京城被困，便想起從前邱浚的感事詩（即今之燒餅歌等類）上面有一名「郭京、楊適、劉無忌」，便在街市上面，覓取了一個姓劉名無忌的；又在龍衛裡，覓得一個姓郭名京的，請了回來，當作神仙一樣看待。

這郭京、劉無忌本是個奸狡無賴，見孫傳如此供奉，樂得裝模做樣，騙些衣食。郭京便說：「善行六丁六甲的法術，只用七千七百七十七人，就可以生擒斡離不、粘沒喝

兩人了。」孫傳聽了，立刻奏聞朝廷，欽宗也深信不疑，下詔授郭京為成忠郎，並厚賜金帛，令其自行召募。郭京奉了旨意，頓時意氣揚揚，出了皇皇諭告，募兵保國。

他那裡募兵的法兒，又與尋常募兵不同，並不講求身材體格，也不試驗力量大小和年紀老少，只要年命裡帶了六甲的，就可以入冊。京城中的人，明知他妖言惑眾，並無本領，誰肯前去應募。因此郭京所募的，盡是些無賴乞丐，前去騙頓飯吃，藉免饑寒的。所以不上十天，便已召募足額。

及至金兵已抵城下，矢石亂飛，郭京還大酒大肉吃個不已，談笑自若，人問他為什麼不出去殺敵？郭京笑道：「我只要選了一個吉日，帶三百人出城，便把金人殺得一個不留，直追到他們國內，連種都絕了。」於是京城裡的無賴，都瞧著郭京眼紅，一齊想得好處，有的自稱六丁力士，有的自稱北斗神兵，有的自稱天闕元帥，終日裡談神說鬼，滿地都是這些乞丐編成的軍隊了。

那斡離不，先遣人來計議割兩河的辦法。欽宗唯唯應命，遣耿南仲去報命，耿南仲推說年紀大了，不能前往，又遣聶昌，聶昌說有老親在堂不能遠離。陳過庭道：「身為大臣，連君憂臣辱這句話都不知道麼？臣願前往金營，雖死無悔。」

欽宗流著淚，向南仲、聶昌喝道：「議和乃是你兩人的主意，到了事到臨頭，又你推我諉起來，還成事情麼？」便命南仲往河北斡離不軍，聶昌往河東粘沒喝軍。

聶昌退下，向人說道：「我此去不能回來了，兩河人民素稱忠勇，不肯歸降金人，知道議和是我們的主意，一定不肯放我，我死在九泉，也不瞑目了。」

行抵絳州，果然眾百姓將城門關閉，不許聶昌進城。只得取出詔書，再三曉諭，人民只是不理。聶昌無法可施，只得從城牆上爬將進來，被鈐轄趙子清喝令拿下，先把兩眼挖出，然後一陣臠割，送了性命。這也是庸臣誤國之報。

耿南仲在欽宗做太子時，就為東宮太傅，相依十年。南仲自以為資格甚老，後見吳敏、李綱皆是新進，位出己上，心中異常不快，遇事不顧是非利害，一味反對。這次金兵臨城，李綱主戰，他硬要主和，情願割地亡國，就是這個緣故，現在奉了旨意，只得與王汭同赴斡離不軍中而去。到得衛州，鄉村人民都恨極了，齊說誤國賊臣到了，立刻鳴鑼聚眾，要來殺他。

王汭跑得快，跑了回去。南仲見勢不妙，割鬚棄袍，逃往相州康王那裡去了。這是金兵未曾到京時的事情。金兵既至，欽宗沒法，只得遣使，持了蠟書，乘夜出城，約康王及河北守將入援，行至城外，又被金兵的邏卒所獲。唐恪即勸欽宗西幸洛陽，何㮚引蘇軾調「周朝失計，莫如東遷」之語，諫阻欽宗。欽宗頓足於地道：「朕今日當死守社

稷，決不遠避了。」

次日，唐恪隨欽宗巡城。京內人民都恨主和之人，見了唐恪過來，攔馬就打，幸而逃走得快，飛馬跑歸，但是磚石亂下，已是受驚不小。

唐恪即閉門家居，懇請罷職。欽宗准奏，命何㮚繼任，且復元豐三省官名，不稱何㮚為少宰，仍用尚書右僕射名號，以馮澥為尚書右丞。此時卻來了兩處勤王兵，一是南通總管張叔夜，一是東道總管胡直孺，直孺領了五千人馬，行抵拱州，為金兵殺得片甲無存，連直孺也生擒了去，縛示城下。

張叔夜令長子伯奮將前軍，次子仲雍將後軍，自將中軍，合三萬餘人，轉戰至南薰門。欽宗召對，叔夜請駕幸襄陽，欽宗不從，但命叔夜統兵入城，令簽書樞密院事。殿前都指揮王宗濋，願開城出戰，當即調撥衛兵萬人，開城而出，略略交戰，遂即遁去。

金兵進撲南壁，張叔夜與都巡檢范瓊，竭力防禦，方將金兵擊退。其時軍心惶惑，大有不可終日之事。欽宗親自披甲登城，以御膳犒賞將士，且值仲冬，連日雨雪，士卒冒寒執兵，皆至僵臥。欽宗見此情形，心懷不忍，因徒跣求晴，復親至宣化門，撫慰軍民，乘馬行泥淖中，軍民感泣，因此沒有變志。

粘沒喝遣蕭慶入城，要欽宗親自出盟。欽宗面有難色，但令馮澥與宗室仲溫赴金營。粘沒喝不交一語，立刻驅回。范瓊率兵一千出戰，渡河冰裂，溺死五百人，只得退回，士氣更為沮喪。

何㮚屢催郭京出戰，郭京答道：「非至危急，我兵不出。」至是詔令迭下，無可遷延，方才定期出兵。先將守城兵士盡撤下城，不許窺視；然後用六甲兵，大啟宣化門出戰。

金兵張四翼鼓噪而前，六甲兵抱頭鼠竄，想逃進城來，人多路窄，泥寧滑澾，跌入護城河而死的，不計其數。郭京便向張叔夜道：「金兵如此猖獗，待我出城作法，信管退去。」叔夜放他出城，竟帶了幾個餘黨逃得不知去向。金兵乘機追上城來，官兵望風潰散。

金人放火燒南薰門，統制姚友仲戰死，四壁守御使劉延慶，抵敵不住，回身要走，被追兵一箭射死。統制何慶言、陳克禮，中書舍人高振，皆歿於難。內侍監軍黃金國，赴火自盡。金兵長驅直入。

欽宗聞得京城已破，放聲大哭道：「悔不聽种師道之言，致有今日。」

當金兵初次圍困汴京，議和北去之時，种師道力勸欽宗，乘其半渡擊之。廷臣牽於和議，不從其言。种師道厲聲道：「此時不從吾言，異日必為後患，恐追悔無及了。」

至是果如其言，所以欽宗回思前事，深悔不從種師道之言。後來南儒有詠史詩一首道：

陳跡分明斷簡中，才看卷首可占終；
兵來尚恐妨恭樹，事去方知悔夾攻！
丞相自言藝產第，太師頻奏覿翔空；
如何直到宣何季，始憶元城與了翁。

欽宗正在放聲大哭，忽然喧聲直達禁中，欽宗大驚失色！

第六十六回　二帝蒙塵

欽宗聞得京城失守，正在哭泣，追悔不用種師道之言，忽然喧聲大起，闌入禁中，不禁面容失色，疑是金兵到來，連忙起視，乃是衛士們因京城已失，追至驛館裡面，將金使劉晏亂刀殺死，又聚集了京城人民，求見欽宗。欽宗只得登樓慰諭，當有衛士長蔣宣到來，揮眾使退，情願擁護乘輿，突圍出走。

孫傅、呂好問連稱不可。蔣宣厲聲道：「宰相誤信奸臣，害到如此地位，還有何說。」孫傅尚要爭辯，呂好問忙道：「汝欲護從出幸，原是一片忠義之心，但此時四面俱為敵兵困住，如何可以輕動，倘若有失，怎生是好呢？」蔣宣乃道：「總算呂尚書能知軍情。」言罷，率師退去。

何㮚欲親率都人巷戰，適值金人遣使前來，仍是宣言議和退師。欽宗遂令何㮚與濟王栩，赴金營請成，及至還報，說是粘沒喝等，要上皇出城訂盟。欽宗嗚咽說道：「上

皇已是驚憂成病，何可出盟？必不得已，待朕親往。」何㮚等皆默默無言，欽宗頓足流涕道：「罷！罷！事已至此，也顧不得了。」遂命何㮚草了降表，由欽宗親自賫往金營請降。

粘沒喝、斡離不高坐胡床，傳令入見。欽宗進營，向他長揖，遞上了降表。粘沒喝道：「我國本沒有興兵的意思，只因你國君臣昏庸，故興師問罪。現在只要別立賢君，主持中國，我等就可退兵了。」

欽宗默然不語，何㮚、陳過庭、孫傅隨侍欽宗同聲抗爭道：「若是割地納金，還可勉從，別立君主，請毋庸議。」

粘沒喝只是搖頭，斡離不冷笑道：「你們既願割地，快些割來，說到納金一層，非金千萬錠，銀二千萬錠，帛一千萬匹不可。」何㮚等聽了，伸出舌頭，縮不回去，哪裡敢承認這個要求。粘沒喝便將欽宗、何㮚等留下，硬行脅迫。欽宗無法，只得一一答應，方才放令回城，限日辦齊。

欽宗從金營出來，已是哭得不能仰視，見士民歡迎道旁，不禁掩面大哭道：「宰相誤我父子。」等到進了城，便遣劉韐、陳過庭、折彥質為割地使，分往河北、河東，割地與金。又令歐陽珣等往諭各州縣降金。

歐陽珣曾知監官縣，嘗與僚友九人上書，言祖宗的土地，子孫應行保守，不可以尺地寸土與人。後來做了將作監，金兵圍困京師，又上言戰敗失地，他日取還，不失為直，不戰割地，他日取還，未免理屈，因此觸怒了宰相，偏要派他去割深州畀金。各路派去諭降的使臣，都有金兵押解同行，歐陽珣到了深州城下，高聲喊著城上守兵，涕泣說道：「朝廷為奸臣所誤，喪師割地，我捨命前來勸諭你們，守土報國，不可降金。」語聲未畢，早為金兵執送燕京，痛罵不絕，被焚而死。

兩河軍民卻也不肯降敵，多半閉門拒絕使命，不受詔書。其時為靖康二年元旦，欽宗朝上皇於崇福宮。粘沒喝也遣子真珠入賀，欽宗命濟王栩往金營報謝。

過了兩三天，金人既要來索金帛。城中哪裡取得出許多金帛來？到了初十，竟令人入宮坐索，倘若沒有，仍要欽宗往營中面議。何㮚、李若水進言道：「陛下前已去過，並無意外情事，此時何妨再去。」欽宗不得已，命孫傅輔太子監國。自與何㮚、李若水復赴金營。

閤門宣贊舍人吳革諫抵：「天文帝座甚傾，車駕若出，必墜金人狡計。」何㮚不聽，仍擁欽出外。張叔夜叩馬諫道：「陛下已去過一次，此次不宜再往。」欽宗道：「朕為保全一城人民，不得不往。」叔夜號慟再拜，欽宗亦流淚道：「稽仲努力。」

稽仲乃張叔夜表字，欽宗呼字而不名，乃是重託的意思。將至城門，有人民數萬，挽住馬道：「陛下不可輕出，若出事，在不測。」皆放聲號泣，不放欽宗出外。

范瓊拔劍道：「皇上本為合城生靈出去的，今幸金營旦去暮回，若不放出城，你們也無生理了。」百姓大罵奸賊，爭以瓦礫擊之。范瓊舉劍砍傷數人，方才得出。

到了金營，粘沒喝即將欽宗留住，作為抵押，索交金帛。

太學生徐揆，赴金營投書，請車駕返闕。粘沒喝怒加詰責，徐揆大聲辱罵，遂為所害。劉鞈割地回來，粘沒喝頗重其人，令僕射韓正，館待於僧舍，勸他道：「國相知軍，將加重用。」

劉鞈道：「偷生以事二姓，寧死不為。」

韓正道：「軍中正在議立異姓，國相欲令君代我之位，與其徒死，不如北去，安享富貴。」

劉鞈仰天大呼道：「蒼天！蒼天！大宋臣子劉鞈，肯任虜人迫逼麼？」遂走入耳室，覓得片紙，嚙指血了幾句絕命詞道：

貞女不事二夫，忠臣不事兩君！況主憂臣辱，主辱臣死，以順為正者，妾婦之道也，此予之所以死也。

寫罷，折了一個方勝，命親信的人，持還以告家屬，當即沐浴更衣，酌飲卮酒，自盡而亡。金人也稱讚他的忠誠，把他葬在寺西的高岡上面，且遍題窗壁，寫明葬所，直過了八十天，家人方才前來，尋得屍體，備棺收殮，還是顏色如生，毫不改變，後來賜諡忠顯。

欽宗留在金營裡，日夜要想回城，傳諭廷臣，搜刮金銀，不論戚里宗室，內侍僧道，技術娼優，一概搜羅。搜括了八日僅得金三十萬八千兩，銀六百萬兩，衣緞一百萬匹，齎送金營。

粘沒喝還以為未足，再令開封府立賞徵朮，復得金七萬兩、銀一百十四萬兩，衣緞四萬匹，仍舊獻上。粘沒喝怒道：「寬限這許多日，還只得這一些，分明是有意欺我。」提舉官梅執禮答道：「實在收刮已盡了。」遂被殺害。其餘各官，皆杖數百，再令繼續一面宣佈金主命令，廢上皇、欽宗皆為庶人。

知樞密院劉彥宗請復立趙氏，不許。且在南薰門築起塹道，杜絕內城出入，小心更加惶恐。後又令迫翰林承旨吳幵，吏部尚書莫儔，回到城內推立異姓，又迫上皇、太后

出城。

上皇將行，張叔夜諫阻道：「皇上一去不返，上皇不可再去，臣願率領將士，護駕突圍，如果天不佑宋，死於宗社，比生降夷狄光榮得多了。」

上皇長嘆一聲，意欲覓藥自盡。都巡檢范瓊竟劫上皇、太后乘犢車出宮，並逼鄆王楷與諸妃公主駙馬及後宮有位號的妃嬪，一齊同出。只有元祐皇后孟氏，因廢居私邸，始得倖免。

先是有內侍鄧述隨欽宗往金營，粘沒喝令人誘嚇他，開出諸王皇孫及妃嬪姓名，遂檄開封府尹徐秉哲盡行交出。秉哲令坊巷，五家為保，毋得藏匿，共得三千餘人，命將衣袂連屬，牽往金營。

粘沒喝既得上皇，脅令與欽宗改換胡服。李若水抱定欽宗，放聲大哭！用手指定金人痛罵不已。金兵捶擊齊下，血流滿面，氣結仆地。

粘沒喝又脅二帝，召皇后太孫，孫傅留太子不遣，意欲設法保全。那吳玕、莫儔，定要太子出宮。范瓊竟脅令衛士，牽了皇后太子，同車而出。孫傅大哭道：「我是太子太傅，當與太子共死生。」遂將留守職務，交託王時雍，跟隨太子出宮。百官士庶，追隨號哭！

太子也泣喊道：「百姓救我。」行至南薰門，范瓊請孫傅回去。守門的金兵也說道：「我們只要得太子，與留守何涉。」孫傅道：「我是太子太傅，理應從行。」金兵不許出外，只得寄宿門下，再待後命。

那李若水氣結仆地之後，即由粘沒喝令人守視，若水蘇醒過來，粘沒喝召他前去，議立異姓，若水不與多言，但連罵劇賊不休，粘沒喝還不肯加害，斥令退去。若水仍是痛罵不絕，惱了一班金將用鐵撾擊若水口唇，唇破血流，且噴且罵，直到頸裂舌斷，氣絕以後，方才無聲。

粘沒喝連聲讚道：「真是忠臣。」眾兵將也相對說道：「遼亡國時，有十多個人死義，南朝只有李侍郎一人，算得血性男子。」

粘沒喝又命吳幵、莫儔召集宋臣，議立異姓。百官噤聲，莫敢發言。惟王時雍密問吳幵、莫儔，金人意究誰屬。吳幵、莫儔齊聲答道：「金人之意，欲立張邦昌。」

王時雍道：「張邦昌麼？恐眾心未服。」正在說著，尚書員外郎宋齊愈，從金營前來，手持片紙，上書「張邦昌」三字。宋齊愈且向眾人說道：「不立張邦昌，金人未必肯退。」

王時雍遂決意將邦昌姓名，列入議狀。惟孫傅、張叔夜不肯署名，其餘各官，皆署

名蓋印，由吳幵、莫儔齎往金人。

粘沒喝因孫傅、張叔夜不肯署名，遂遣兵將二人拘去，監於營中。召叔夜入內道：「孫傅不肯署名，已經殺死，公老成碩望，不可與他同死。」叔夜道：「夜受國恩，寧死不能署名。」粘沒喝不禁點頭嘆息，仍令還拘營中。

太常寺簿張浚，開封士曹趙鼎，司門員外郎胡寅，皆不肯署名，逃匿太學。唐恪已經署名，不知如何良心發現，仰藥而死。王時雍復集百官於秘書省，閉門脅署，外環兵甲，令范瓊曉諭眾人，眾皆唯唯答應。

惟御史馬紳、吳給約、中丞秦檜，自為議狀，願迎還欽宗，嚴斥邦昌。粘沒喝又將秦檜拿去，吳幵、莫儔遂將議狀往金營。王時雍等又請張邦昌居於尚書省，邦昌意欲自盡。吳幵對他說道：「相公前日死在金營倒也罷了，此時若死，不是要塗炭都城的生靈麼？」邦昌遂入居尚書省，靜候金人敕封。

閤門宣贊舍人吳革，志在討逆，不肯服從異姓，暗中聯絡內親事官數百人，要誅了邦昌，迎還二帝，約期三月初八日起事；後來聞說邦昌於初七日受金人的冊命，不及等待所約之期，即於三月初六日，先將房屋焚毀，妻子殺死，以示破釜沉舟之意，率眾奮勇奪金水門。恰值范瓊出外，問明了原由，佯表同情，把吳革引入門內，喝令拿下。吳革極口痛罵，遂為所殺。革有一子，也一同被害。同事百餘人盡遭殺戮。

次日，金營齎了冊寶前來，立張邦昌為楚帝。邦昌居然拜受，遂就文德殿御之旁，另設一個座位，受百官的朝賀。令閤門傳諭勿拜，王時雍首先拜於地，百官也隨行著跪拜。邦昌心內也覺不安，東面拱立而受。當朝賀的時候，風霾日暈，白晝無光。百官雖然勉強行禮，心裡總覺非常淒慘，張邦昌也很覺不寧。

獨有王時雍、吳幵、莫儔、范瓊這四個人，手足舞蹈，不勝歡喜，自以為佐命功臣，只等封賞。邦昌升調百官，不敢居然自稱皇帝，所有官員均加以權字。當下以王時雍權知樞密院事，吳幵權同知樞密院事，莫儔權簽書院事，呂好問權領門下省，徐秉哲權領中書剩邦昌自稱曰予，命令稱為手書。

雖然未嘗改元，所有文移上面已去了「靖康」兩個字。獨有呂好問所行的文書，仍舊寫著「靖康二年」。王時雍因事入殿，對著邦昌，嘗言臣啟陛下。

原來這王時雍，本是個市儈出身，只知計算利息，哪裡知道國家政事。都人皆稱為三川牙郎，現在又改稱為賣國牙郎。

他還不知羞恥，當以佐命功臣自居，屢勸邦昌坐紫宸殿，因呂好問力爭而止；又勸邦昌舉行大赦。呂好問道：「現在京城以外，都在金人掌握，你要大赦，卻去

赦哪個呢？」

王時雍又再三力爭，只得單赦都城以內的一般罪囚。其時上皇在營聞得金人立張邦昌為皇帝，不覺泣下道：「邦昌若能死節，社稷亦有光榮了，今已儼然為君，還有什麼希望呢？」

斡離不等也恐久居生變，遂於四月初旬，將徽宗、欽宗分為兩起押解而去。張邦昌穿了柘袍，張著紅蓋，到金營去送行。

斡離不劫了上皇、太后與親王駙馬妃嬪，及康王生母韋賢妃，康王夫人刑氏，從滑州一路北去。粘沒喝劫了欽宗與皇后、太子、妃嬪，宗室有何㮚、孫傅、張叔夜、張過庭、司馬樸、秦檜等，從鄭州北行。後人有詩詠之道：

萬里鑾輿去不還，故宮風物尚依然！
四圍錦繡河山地，一片雲霞洞府天。
空有遺愁生落日，可無佳氣起非煙；
古來國破皆如此，誰念經營二百年。

到了將要起程的時候，張邦昌又同了百官，到南薰門外來遙送二帝。二帝相望大哭；忽有一個半老佳人，穿了一身素服，裝飾與道士一般，居然不避斧鉞，不顧死生，闖進金營，來和上皇訣別。

你道此人是誰？原來就是李師師。

師師自蒙徽宗臨幸，封為明妃，後竟常居宮內，甚得寵愛，及徽宗內禪，師師求為女冠，隱跡庵內。金人素知師師豔名，如雷貫耳，破了都城，到處收來，沒有蹤跡，只得罷了；現在忽然自來，好不歡喜，當下問了姓名，要將師師擁去。師師從容說道：「待我見過上皇，便與你們北去。」金人遂引師師去見上皇。

兩人見面，抱頭大哭，說不盡會短離長的苦楚。金人不許他們遷延時刻，便將兩人拖將開來。師師只說得一聲上皇保重，已是哭得如淚人一般。

粘沒喝的兒子真珠，素性好色。他見師師哭得如帶雨梨花，分外妖豔，心內十分憐惜。便走上前去，令她一同乘車好言撫慰。誰知剛才走進前來，師師竟是柳眉緊蹙，桃靨捐嬌，口中模模糊糊，喊了幾聲上皇，翻身倒地，已是香消玉殞了。真珠還想施救，那裡救得轉來，仔細查驗，如何致死，乃是折斷金簪吞服自盡。真珠不勝嘆惜，下令隨從之人，在青城附近擇地埋葬。自己還親手奠了一卮酒，方才啟程。

後人有詩詠李師師，以一娼婦尚知殉節；宋廷諸臣竟甘心改從異姓，靦然自安，連一個娼婦也不如了，哪裡還有一個可算是男兒呢？其詩道：

上皇北狩展行旗，宛轉蛾眉效死時；
笑煞盈廷諸臣宰，更無一個是男兒。

金人劫了二帝北去，攜帶的金銀絹帛，不可勝數，所有宋廷的法駕鹵簿，皇后以下的車輅，以及冠服禮器，法物大樂，教坊樂器，禮器八寶，九鼎、圭璧、渾天儀，一切宮觀供應器具，太清樓閣三館書籍，天下府州縣圖，還有一切珍玩寶貝，都從汴京城內搜括淨盡運載了去。

欽宗同了皇后等人，每過一城，便掩面號泣！到了白溝，聽得車伕互相說道：「過界河了。」那叔夜行在路上，早已絕食，只飲水數杯；忽聞車夫之言，竟矍然躍起，扼吭而死。

及行抵信安縣，有人獻牛酒於押解官澤利。澤利拔刀切肉而食，連進酒六七杯，以其殘酒餘食，與欽宗道：「你吃了罷，前途沒有得吃了。」又取肉與朱后道：「這塊好的，你可吃了。」正在吃酒，兵士人言知縣來見，即有一番官，穿褐色紵絲袍，著皀靴裹小巾，手執馬鞭，向澤利長揖。澤利又辦酒食羊肉，與知縣同坐飲酒。飲了半醉，乘興要朱后唱歌勸酒。朱后對以不善唱歌。澤利怒道：「你們的性命，在我掌握，安敢有違。」

朱后不得已，涕泣持杯，作歌道：

幼富貴兮厭綺羅裳，長入宮兮陪奉尊觴。
今委頓兮流落異鄉，嗟造物兮速死為強！

歌罷，以酒進澤利，澤利笑道：「歌得好！可再唱一歌，勸知縣酒。」朱后無法，只得又作一歌道：

昔居天上兮珠宮玉闕，今日草莽兮事何可說。
屈身辱志兮恨何可雪，誓速歸泉下兮此愁可絕。

遂又舉杯進知縣酒。澤利竟用手拽朱后衣，要她同坐飲酒。朱后大怒，欲投庭前井中自盡，左右救之得免。知縣乃勸澤利道：「北國皇帝，要他們活的去朝見，公事不小，你不可如此逼她。」澤利乃止。及至燕山，金兵兩路會齊啟行。

粘沒喝子真珠，未能得著李師師，心內十分不快，因此，見徽宗身旁的王婉容和一個帝姬生得美麗無雙，十分豔羨！因在斡離不軍中，只得暫時忍耐。現在兩軍會合，真珠便向斡離不要求，願得王婉容與帝姬作妾。

第六十七回　靖康之恥

真珠要求斡離不將徽宗身邊的王婉容和一個帝姬賜與作妾，斡離不微笑答應，令人轉告徽宗。此時徽宗連性命也在他們手裡，哪敢不應！只得割愛許給。真珠得了兩個美人，立刻擁上馬去，帶回營中受用去了。

未幾，從燕山行至金都，粘沒喝、斡離不兩人奉了金主之命，令徽、欽二宗換了素服，先進謁金太祖阿骨打廟，然後再到乾元殿去朝見金主。

中國的兩朝皇帝，只因貪生怕死，竟做了俘囚，屈膝虜廷，真把漢族的面光掃盡無餘了。

金主晟，居然下詔封徽宗為昏德公，欽宗為重昏侯，徙錮韓州，後來又徙居五國城，北宋遂亡。計自宋太祖開國傳至欽宗，共歷九主，一百六十七年。

後人有詩嘆道：

當年太祖開邦日，曾聞登樓赦敵囚；
那識汴梁王氣盡，兒孫北狩也蒙羞。

那汴京自金師將起程的時候，張邦昌率領百官，排下酒筵，替金師餞行。粘沒喝臨行，又把馮澥等四五人留下，幫助張邦昌辦事，又要留金兵保護他，虧得呂好問在旁說道：「南北風尚不同，言語不通。恐怕有了衝突，反為不美。」

粘沒喝道：「我留個貝勒在此統轄，自然無事了。」

呂好問道：「那更不好了，貝勒金枝玉葉，何等尊貴。倘若有個三長兩短，我們更加吃罪不起。」粘沒喝見他說得有理，方才沒有留下兵來。

呂好問等到金兵去遠，見張邦昌還是尸位如故，毫無動靜，忍耐不住，便去問他道：「相公真個要做皇帝麼？還是權宜行事，另圖他策呢？」

邦昌聽了愕然道：「這是何說？」

呂好問道：「相公閱歷很深，應該知道中國的人情。那時金兵在此，無可奈何，只得由他擺佈。現在虜已去了，誰人還肯擁對相公呢？為今之計，惟有即日歸政，一面迎接元祐太后進宮，一面速請康王早正大位，還可保全身家；否則到了四方兵起，就不可問了。」

張邦昌還有些捨不得富貴，狐疑不決。監察御史馬伸，亦貽書邦昌，極陳順逆利害，請速迎康王入京。邦昌方才迎元祐太后孟氏入居延福宮，稱為宋太后。

上太后的冊文，有尚念宋氏之初，首崇西宮之禮，只明明是指太祖登位，迎周太后進宮的事情，居然將太祖比自己，心跡也就可想了。

宋朝的宗室子孫，乃燕王德昭五世孫，出知准寧府，聞得二帝蒙塵，國破家亡，便約了江淮經制使翁彥國等，誓眾登壇歃血為盟，同扶王室，並移檄斥責張邦昌。邦昌接到檄文，始知人心尚向宋朝，方才遣謝克家往迎康王。

康王在京城危機時，已奉命為天下兵馬大元帥，陳遘、汪伯彥、宗澤等佐之。由相州出發，進抵大名。那時金兵沿河駐紮，均有數十個營寨。宗澤前驅，揮兵直進，攻破三十餘寨，履冰渡河。知信德府梁揚祖，以三千人來會，麾下有張浚、苗傅、楊沂中、田師中諸人，皆有勇力，兵威甚振。宗澤請即日援救京城，康王倒也應許。

恰值曹輔齎了蠟書前來說，說是金兵攻城不下，現方議和，可屯兵近畿，勿遽來京。宗澤道：「這是金人奸計，欲緩我師；況君父有難，為臣子者，應該速往救援。大

王可督兵直趨澶洲，次第進壘。敵人尚有異謀，我兵已到城下了。」

汪伯彥道：「朝旨令我們駐師勿進，如何可違？」

宗澤道：「將在外，君命有所不受。況這道詔書，安知不是受了金人的威逼才下的呢？」

康王聽從康伯彥之言，命宗澤先赴澶洲。宗澤即從大名，往開德，連戰皆捷，一面上書康王，請檄諸道，會兵京城；一面移書河東北宣撫使范訥，北道總管趙野和興仁府曾楙，會兵入援。

哪知這幾句絕無影響，宗澤率領孤軍，直趨衛南，轉戰而東。忽然金兵四集，幾乎受困，裨將王孝忠陣亡，宗澤率兵死戰，軍士皆以一當百，斬首數千級，金兵大敗而退。

到了半夜，金人往劫宗澤營寨。宗澤早已料著，將營遷移，只剩了一座空寨。金兵衝入，見是空營，驚惶而遁。宗澤渡河追擊，又獲大勝，陸續向康王報捷，催促進兵。康王那時已有眾八萬，且召集高陽關路安撫使黃潛善，總管楊維忠，移師東平，分屯濟濮諸州。嗣得金人假傳詔書，令康王即日進京，所有兵馬盡交副元帥執掌，為張俊識破狡謀，力諫而止。康王遂進至濟州，探聽京中消息。宗澤屢次催促，只是不進；後聞二帝被劫北去，急提孤軍回至大名，傳檄河北，要想邀截金兵歸路，奪回二帝。無如勤王之賓，沒有一處前來。宗澤獨力難支，不敢輕進。康王尚安居濟州，未知京中情形；直至謝克家前來，方才知道京師失守，二帝被劫的消息，欲思往救，已是無及了。謝克家便勸康王應天順人，早正大位，康王不從。

不上幾日，汴使蔣思愈又齎張邦昌書信前來，書中自為解免，請康王歸汴正位。康王復書慰勉，宗澤以張邦昌篡逆，請康王聲罪征討，恢復宗社。康王正在遲疑不決，呂好問也致書道：「大王不自立，恐有不當立的人起據神器，請速定大計為是。」張邦昌重又令謝克家與康王之舅、忠州防禦使韋淵齎了大宋受命寶，到濟州勸進。

元祐太后孟氏，也命馮澥等為奉迎使，同至濟州，康王始痛哭受寶，令謝克家還京，辦理即位儀物。那時孟太后已由張邦昌尊奉，垂殿聽政，遂命太常寺少卿汪藻，代草手書，諭告中外，其詔書道：

比以敵國興師，都城失守，祲纏宮闕，即二帝之蒙塵，禍及宗祊，謂三靈之改卜。眾恐中原之無主，姑令歸弼以臨朝，雖義形於色，而以死為辭，然事迫於危，而非權莫濟！內以拯黔首將亡之命，外以抒鄰國見逼之威，遂成九廟之安，坐免一城之酷。

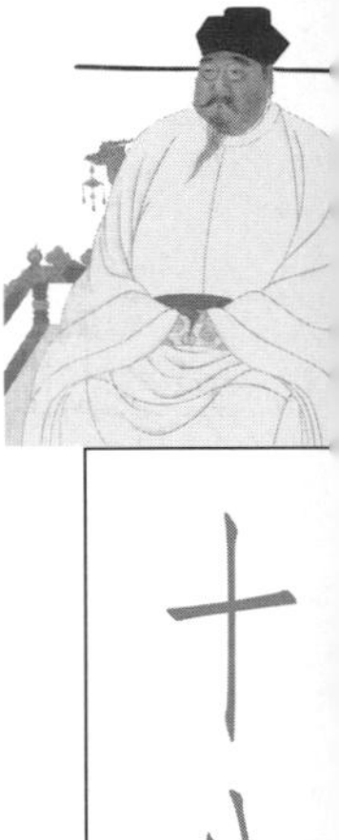

乃以衰癃之質，起於閒廢之中，迎置宮闈，進加位號，舉欽聖以還之典，成靖康欲復之心，求言運數之屯，坐視邦家之復，撫躬猶在，流涕何從！緬維藝祖之開基，實自高穹之眷命，歷年二百，人不知兵，傳序九君，世無失德。雖舉族有北轅之釁，而敷天同左袒之心，乃眷賢王，越居近服，已徇群情之請，俾膺神器之歸，繇康邸之歸藩，嗣宋朝之大統，漢家之厄十世，宜光武之中興，獻公之子九人，惟重耳之尚在。茲惟天意，夫豈人謀，尚期中外之協心，同定安危之至計，庶臻小愒，漸底丕平。用敷告於多方，其深明於吾志。

這道手詔，到了濟州，濟州父老爭赴軍前。說是濟州近日，冰泮覆凝，雲覆華蓋，城廂四壁，紅光如火，獨照空際。這明是天上瑞應，宋室中興之兆，請在濟州城內，即皇帝位。康王溫言撫慰，令他們散歸聽命。權應天府朱勝非，亦從任所晉謁，請康王至應天府，說那應天府乃藝祖龍興之地，四方所嚮，且漕運甚便，望即日啟行。宗澤也以為然，康王遂決意赴南京。

臨行時，鄜延副總管劉光世，從陝州來會，康王命為五軍都提舉。西道總管王兗，宣撫使統制官韓世忠，也相繼前來，皆隨康王往應天府，於府門左首築壇，定期於五月朔即位。張邦昌得信，先期趕來，伏地大哭，自稱不敢逃罪，特來請死。康王仍是好言撫慰。王時雍也奉了乘輿服御，從汴京趕到。

到了五月朔日，康王登壇受命，行禮已畢，遙謝二帝，北向痛哭！嗣經百官勸止，即就府治升座，受百官朝謁，改元建炎，頒詔大赦。自張邦昌以下，及供應金兵等人，均置不問，惟蔡京、童貫、朱勔、李彥、梁師成等子孫，不得再用。遙上靖康帝尊號，為孝慈淵聖皇帝，尊元祐皇后孟氏，為元祐太后，遙尊生母韋氏為宣和皇后，遙立夫人刑氏為皇后，孟太后即日在汴京撤簾，一切政治，皆歸新皇帝裁決，是為南宋高宗。

相傳徽宗是江南李後主托生。初生之時，神宗曾夢後主來謁，故其性情學術，皆與後主相似。被劫至金，金主亦仿用宋太祖見後主故事。高宗生時，徽宗、韋妃皆夢吳越王索還河山。吳越王都臨安，壽至八十一；高宗亦都臨安，壽至八十一，所以都說高宗是錢俶後身。宣和年間，徽宗與宮內賜諸王宴，高宗酒醉欲睡，退臥幄中。徽宗褰簾入視，但見金蜥丈餘，蜿蜒榻上，驚駭而退。及高宗往金營為質，斡離不疑為將家子，遣還易質。未幾，訪問得實，遣使急追。

康王方在途中，行路困乏，憩於崔府君廟，倚階砌假寐，忽聞有人喝道：「速起上

馬，追兵將至。」康王從夢中驚醒，答道：「無馬奈何？」其人道：「馬已備好，幸大王疾速加鞭。」康主豁然四顧，方知為夢，果有一馬立於其側。將身躍上馬背，一晝夜馳七百餘里，所騎之馬渡過河去，即僵立不動，亟視之，乃是崔府君廟中的泥馬。

康王遂徒步而行，至一村莊，覺得腹中饑餓，入莊略求漿飲。有老嫗出迎，延入莊中，老嫗讓坐甫畢，復行出門，久之方回，遂問姓名何方來此？康王乃假造姓名，只說經商於磁相間，因為金兵劫掠，所以至此。

老嫗道：「官人休要瞞我，你的行動舉止，豈是經商之人，必是宮中親王。前日有數騎追趕過去，適間又有四騎前來，追問康王可曾由此過去。我已對他道：『康王過去已有兩日，你們追不著了。』來騎舉鞭擊鞍道：『可惜！可惜！』相偕而去，官人且安心，容進酒飯。」

康王問老嫗姓名，老嫗答道：「妾之子李若水，官居侍郎，前日有信來家，言『虜勢猖獗，倘有疏虞，惟以一死報答朝廷。』吾兒得為忠臣，妾亦無恨了。」說罷，即進酒飯。

康王飯畢，辭謝欲行。老嫗道：「天下事尚可為，幸官人努力。」因出金數兩贈於康王，作為川資。康王受金，相向泣別而行，因得脫歸，其中殆有天意，非人力所能為。

至是即位南京，以黃潛善為中書侍郎，汪伯彥同知樞密院事。授張邦昌太保，封同安郡王，五日一赴都堂，參決大事，未幾，復加太傅。罷尚書左丞耿南仲，右丞馮澥，用呂好問為尚書右丞，召李綱為尚書右僕射，兼中書侍郎。置御營司，總齊軍政，命黃潛善為御營使，汪伯彥為副使，王淵為都統制，劉光世為提舉：韓世忠為左軍統制，張俊為前軍統制，楊維忠主管殿前公事，竄誤國罪臣李邦彥至潯州，吳敏至柳州，蔡懋至英州，李梲、宇文虛中、鄭望之、李鄴等，皆安置廣南諸州。

又以宣仁太后高氏，從前保護哲宗功在社稷，令國史館改正誣謗，播告天下。追貶蔡卞、蔡確、刑恕諸人。御史中丞張澂，疏論耿南仲主和之罪，將南仲竄死南雄州。宗澤入見，力陳興復大計。李綱亦奉詔到來，兩人涕泣而言。高宗倒也很為感動。

那黃潛善、汪伯彥卻暗忌宗澤，推說江防要隘，無過於襄陽，奏請宗澤鎮守。高宗遂命宗澤知襄陽府。李綱聞得黃、汪二人交相讒謗，力辭相位。高宗道：「卿之忠義，朕所深知，幸無固辭。」

李綱頓首泣謝道：「今日欲還二聖，撫四方，安內攘外，責在陛下與宰相。愚陋如臣，如何能負此重任，必欲臣暫執朝廷，臣願首陳十事，如蒙陛下採擇施行，臣方

敢擔任。」

高宗道：「卿有何意見？盡可直言。凡是可行的，朕無有不依之理。」

李綱遂逐條陳說，是哪十條呢？一議國是；二議巡幸；三議赦令；四議僭逆；五議偽命；六議戰；七議守；八議本政；九議久任；十議修德。

高宗聞得這十議，不加可否，但言明日當頒議施行。

李綱退出，到了次日，頒出八議，惟僭逆、偽命二事留中。

李綱又剴切上言，大略說：「張邦昌在政府十年，欽宗即位，首擢為相，宜如何以死守節，乃敢乘國勢危急，受金人冊立，晏然處於宮禁，若不加罪，何以示四方；所有邦昌時偽命臣僚，亦置而不問，何以勵天下士大夫之節。乞申睿斷，毋失民望。」

高宗見了李綱這一道奏章，還不肯加罪張邦昌，召黃潛善、汪伯彥入內計議。黃潛善素與邦昌交好，極力替他辯白。高宗又召呂好問問道：「卿在圍城，當知邦昌情形究竟如何？」

呂好問道：「邦昌僭位，人所共知，但已自歸，請陛下眷斷。」

高宗越覺疑惑不決。李綱入諫道：「張邦昌僭逆至此，仍令在朝，百姓將目為二天子，臣不願與賊臣同列，陛下欲用邦昌，請免臣職。」

高宗頗為動容。汪伯彥接口道：「李綱之直，為臣等所不及。」高宗始出李綱奏議，榜張邦昌罪於朝堂，貶為彰化軍節度副使，潭州安置。

先是張邦昌入居宮中，有華國靖恭夫人李氏，嘗以御園果實持贈。邦昌亦以厚禮答之。一夕，李氏請邦昌夜宴，故意將自己的養女陳氏裝束得如天仙一般，令她出外侍酒。那陳氏本來生得體態苗條，骨骼輕盈，再加了一身戎裝，在燈光底下瞧著，真如蓬萊仙子，漢皋神女一般。邦昌見了，不覺身體酥麻，好似融化了一樣，再加她殷勤勸酒，目挑眉語，邦昌愈加迷惑，竟假作酒醉欲睡的光景。

李氏見邦昌已醉，便同陳氏扶他進來，與她說道：「事已至此，還有什麼顧忌。」言畢，遂將赭色半臂替邦昌披在身上，擁入福寧殿，扶他小睡；且令陳氏在床前侍候，便退了出來。

邦昌本來心愛的是陳氏，見李氏已出，便從床上跳起，抱住陳氏。陳氏也半推半就的成了好事。從此陳氏輪流陪伴邦昌。

邦昌竟將陳氏封為偽妃。及邦昌還居東府，李氏還私下相送，並出怨恨高宗之語。古語說得好：「若要人不知，除非己莫為。」邦昌既已貶謫，威勢盡失，便有人將這事密白高宗。高宗不禁大怒，立命拘李氏入獄，下御使台審訊。李氏如何能夠抵賴，只得

實供了出來。

高宗命馬伸持詔赴潭，歷數邦昌罪狀，勒令自盡，並誅王時雍。李氏杖脊三百，發配軍營。呂好問曾受邦昌偽命，御使王賓，上疏彈劾，自請免職，出知宣州。宋濟愈阿附金人，首書張邦昌姓名，坐罪下獄，就戮東市。追贈李若水、劉韐、霍安國等官階。高宗方嚮用李綱，又下詔書命綱兼御營使。

李綱更加盡力圖報，又規劃九條建國方略，上疏陳奏，是哪九條呢？

一、請建河北招撫使，河東經署使，特薦張所、傅亮允任。

二、高宗登極，赦詔未及兩河，適潘賢妃生子旉，例應大赦，請便及兩河，以廣德意。

三、請調宗澤為東京留守，規復兩河。

四、請立沿河江淮師府。

五、修明軍法。

六、令諸路募兵軍馬，勸民出財，並製造戰車。

七、議車駕巡幸，首關中，次襄鄧，不當株守應天。

八、遣宣議郎傅雱使金軍，通問二聖，不言祈請。

九、請還元祐黨籍，及元符上書人官爵。

這條陳上去，高宗件件允行，真可謂言聽計從，人民也忻忻望治了。

獨自黃潛善、汪伯彥兩人深忌李綱，復倡和議。恰值婁室率兵進攻河中，權知府事郝仲連合門死難，河中遂陷。婁室又連陷解、絳、慈、隰諸州。汪黃二人，便密請高宗，巡幸河南。

第六十八回　出師未捷

金婁室率兵南來，警報到了宋廷，那黃潛善、汪伯彥，本來嘗勸高宗巡幸揚州，現在聞得金兵又來，高宗心下也甚懼怯，便決意前往揚州。李綱以為不可，竭力諫阻。黃潛善、汪伯彥暗進讒言。高宗便漸漸的疏遠李綱，雖進他為左僕射，只因欲用黃潛善為右相，方有此命的。

那黃潛善入相之後，便催促傅亮渡河。傅亮以諸事未備，請暫從緩，朝旨責他逗留，竟罷其職。傅亮為李綱所薦，因此再疏求去，遂罷為觀文殿大學士，提舉洞霄宮。李綱入相，不過七十七日，政治規模皆粗有頭緒。李綱既罷，遂盡反所為。

太學生陳東、歐陽轍，請復用李綱。黃潛善向高宗道：「陳東等糾眾伏闕，若不嚴加懲辦，恐有騷動事情，為患非細。」

高宗即交潛善辦理。潛善既退，尚書右丞許翰道：「公欲辦二人何罪？」

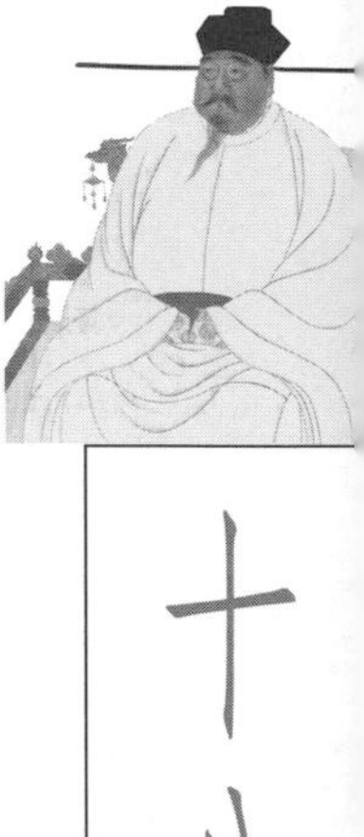

潛善道：「按法當斬。」

許翰道：「國家中興，不應杜絕言路，須下大臣會議。」潛善佯為答應，將二人處斬。

二人以忠諫獲罪，無論識與不識，莫不流涕，四明李猷，為贖屍埋葬，後來汪、黃得罪，始贈二人為承事郎，各官親屬一人，撫恤其家。許翰聞二人處斬，代著哀詞，上疏求去。高宗不允，章至八上，遂免其職。

時金兵連陷河北州郡，高宗下詔幸揚州，隆祐太后以下先期出行。那隆祐太后，便是元祐太后。高宗因元字犯太祖號，因此改為隆祐，高宗即幸揚州，這說避敵已遠，可以無患了，哪知金人卻更加看輕宋人，竟要興兵前來了。

初時金人聞得高宗即位，斡離不倒想送還二帝，粘沒喝不以為然。不到幾時，斡離不死了，粘沒喝獨掌大權，聞得高宗不向北進，反向南退，明明是個苟安沒用的人。又值高宗遣朝奉郎王倫，閤門舍人朱弁使金，請休戰議和，愈加知道高宗畏葸退縮，不是有為之君了，此時還不乘機南侵，更待何時，遂即奏聞金主，遣銀術可（尼楚赫）攻漢上，訛里朵（鄂爾多）、兀朮（烏珠）從燕山進攻山東；阿里蒲盧渾（阿里富埒渾）趨淮南，婁室與撒里喝（薩里千）、黑鋒（哈富）自同州趨陝西。

粘沒喝自率大軍下太行，由河陽渡河，直攻河南。五路金兵分道而進，粘沒喝兵至汜水關，留守孫昭遠戰死。婁室到了河中，見西岸有宋軍扼守，不敢徑渡，進取道漢城，攻陷同州、華州。安撫使鄭驤與戰不支，投井而亡。婁室乃攻入潼關，經制使王燮，棄陝州逃入蜀中，中原大震。只有兀朮，要渡河攻取汴京，宗澤已遣兵保護河梁，始暫行退去。

到了建炎二年正月，銀術可陷鄧州，知州范致虛棄城而遁，安撫使劉汲陣亡，所備巡幸糧儲皆為所劫。又分兵連下襄陽、均、房、唐、陳、汝、蔡、鄭諸州，及穎昌府。兀朮又從鄭州至白沙，離汴京已是很近。宗澤毫不為意，還是與客圍棋，談笑自如。僚屬皆入內問計。宗澤答道：「我已有準備了。」未幾，捷報到來，果然得勝。

原來，宗澤先令部將劉衍至滑州，劉達至鄭州，牽制敵兵，另選精銳數千騎，繞出敵後，邀截金兵歸路。金兵正在與劉衍力戰，不想後面又有宋兵，前後夾攻，遂致大敗而退。宗澤雖然勝了一陣，知道金人來勢方張，必不甘心退去，又令部將閻中立、郭俊民、李景良領兵赴鄭，途中遇著粘沒喝大軍，兩下交戰，閻中立敗死，李景良逃去，郭俊民投降金人。宗澤聞得敗報，立捕李景良，斬首以徇。

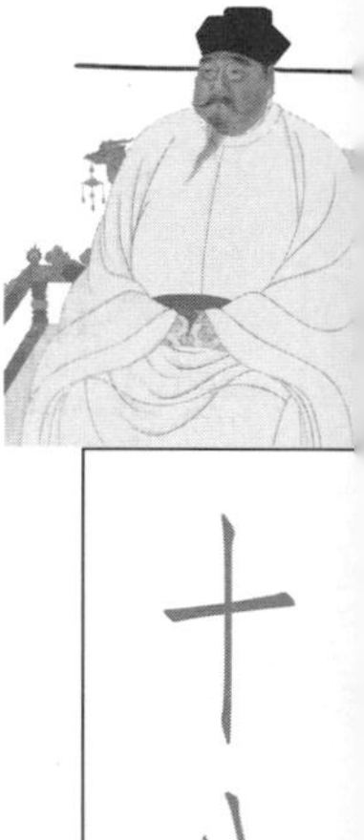

那郭俊民後又引了金使，持了粘沒喝的書信，招降宗澤。宗澤撕毀來使，喝令左右將俊民與金使一同斬首。恰值劉衍回至汴京，金人乘虛攻入滑州，宗澤部將張撝往救，撝只領一二千兵，金兵卻有萬餘，手下皆請稍避其鋒。

張撝嘆道：「避敵偷生，有何面目回見宗公。」遂力戰而死。宗澤聞知張撝危急，忙令王宣往救，已是不及。王宣率領部下力戰，竟破金兵，金兵棄了滑州遁去，遂令王宣知滑州。

時有河上屯卒獲得金將王策解來，宗澤聞知王策乃亡遼舊臣，即親解其縛，延之入坐，詢問金人虛實，實得其詳。遂召諸將涕泣宣諭道：「你們皆心存忠義，當協力殺敵，迎還二聖，共立大功。」眾將聞言，皆感泣思奮，誓以死報。

宗澤決意大舉，募兵儲糧，招撫盜魁王善等，共集城下，預備渡河。又上疏請高宗還汴，一面檄召都統制王彥，還屯滑州。

王彥性頗忠勇，常與張所、宗澤共圖恢復，宗澤嘗令岳飛往助張所，所以國士待之，後來又令隨王彥渡河。彥領了人馬，直抵新鄉，望見金兵數萬，蜂擁而來。王彥部下不過七千人，將校十一人，眾人皆有懼色，不敢進戰。岳飛獨持丈八鐵槍，衝入金兵陣中，左右馳突，無人敢當，奪得大纛一面，向空拋去。諸將見岳飛得勝，也奮勇向前，併力殺敵，立時殺退金兵，克復新鄉。

次日又戰於侯兆川，岳飛身帶十餘傷，士皆死戰，又將金人殺退，適軍中糧盡，赴王彥營乞糧，彥竟不應。岳飛自行備糧，轉戰至太行山，擒將拓跋耶烏。金帥黑風大王，素稱梟悍，恃勇來戰，未及數合，為飛刺於馬下，金兵大駭而退。

岳飛因王彥不應接糧草，未敢輕進，只得率領所部，仍歸宗澤。王彥驟失良將，無人禦敵，後為金兵圍住，潰圍出走，退保西山，暗中結納兩河豪傑，欲圖再舉。部下兵將，皆於面上刺涅成「赤心報國，誓殺金人」八個字，因此，兩河響應，眾至十萬。金將不敢近壘，至是接得宗澤之檄，遂還滑州。

宗澤連上數疏，請高宗回汴，皆不得報。宗澤氣憤已極，再後一疏，竟隱斥汪、黃，因此更為黃潛善、汪伯彥所銜恨，百端阻撓高宗，不令還汴，且諷宗澤不得輕進。宗澤憂忿成疾，疽發於背，勢甚危迫，諸將相率問疾。宗澤矍然而起，道：「我因二帝蒙塵，積憤至此。你們能夠殺敵，我死亦無恨了。」

諸將齊聲道：「敢不盡力。」及諸將退出，惟朗吟唐人詩道：「出師未捷身先死，長使英雄淚滿襟。」宗澤臨危，尚無一語及家事，惟三呼渡河而卒。

宗澤，字汝霖，義烏人氏，元祐中登進士第，屢任州縣，迭著政績。及調知磁州，

修城池，繕守備，金人不敢來犯。後佐高宗，授副元帥，連敗金兵，威聲大著。既守東京，金人屢戰屢敗，更加敬憚，呼之為宗爺爺，卒年七十，遠近悲慟，如喪考妣。訃聞於朝，贈觀文殿大學士，諫議大夫，予諡忠簡。

以杜充為東京留守。杜充酷虐苛刻，大失人心，所有將士及撫降諸盜相率散去，汴京從此不能保守了。

那時金兵所至，到處殘破。婁室攻陷永興，率眾而西，秦州師臣李績降金；又犯熙河，都監劉惟輔，領精騎二千，連夜至新店迎戰。次晨，金前軍大半黑鋒領兵到來。劉惟輔出馬迎敵，舞槊直追，黑鋒不及迎戰，一槊洞胸，墜馬而死，餘兵潰退。

粘沒喝正佔據西京，聞得黑鋒敗歿，即焚燒廬舍，去援助婁室，留下兀朮、屯駐河陽。河南統制翟進，襲入西京，引兵進擊兀朮。兀朮設伏以待，翟進中伏幾殆。適值御營統制韓世忠奉朝命往救西京，路經河陽，巧遇翟進敗兵，遂救了翟進，與兀朮相持數日。

那兀朮因聞知粘沒喝往援婁室，已經改道渡河，復還雲中。兀朮也起了歸心，便率兵自去。惟婁室兵至涇原，為制置使曲端，遣副將吳玠迎擊，戰敗於青溪嶺。石壕尉李彥仙也克復陝州，及絳解諸處。

徽宗第十八子信王榛，本隨二帝北去，行至慶源，逃匿真定境內。和州防禦使馬擴，與趙邦傑聚兵五馬山，從民間得榛，奉以為主，總制諸寨。兩河遺民聞風響應。信王遂手書奏牘，令馬擴齎赴行在。

高宗看了奏章，恰值黃潛善、汪伯彥在側，便遞與閱看，潛善不等看畢，便問高宗道：「這可是信王的親筆麼？恐未必有假。」

高宗道：「確是信王親筆，朕素來認得的。」

汪伯彥道：「陛下也須仔細。」

高宗遂召入馬擴，細問情形，已是真確無疑，當下授信王榛為河外兵馬都元帥，並令馬擴為河北應援使，還報信王。

黃潛善問馬擴道：「信王已是北去，如何還在真定。你須小心，休墜奸人計中。」馬擴竭力與辯，潛善又提出密旨來壓制他。馬擴不敢爭論，怏怏而行，在名逗留了幾日。

哪知金將訛里朵，已約粘沒喝兵亟攻五馬山諸寨，信王還領兵抵禦，後因汲道破斷，遂致失守。信王榛亡命而去，不知所終。那妻室雖為吳玠所敗，仍復東下。諸帥又不和協，潼關失守，秦隴一帶，幾無乾淨土地。

其時訛里朵已與粘沒喝會合下河南，破了徐州，直驅淮泗。警報遞到揚州，皆為汪黃二人捺住，不令上聞。高宗還只道金甌無缺，可以安享太平，且令黃潛善、汪伯彥為左右僕射。

兩人入謝，高宗還說：「得黃卿為左相，汪卿為右相，何患國家不能太平？」

兩人聽了，十分興頭，從此更加隱匿軍報，所有各處失守的消息，一些也不使高宗得知。終日裡擁了嬌妻美妾，飲酒歡笑，有了空閒，更要至寺院裡面談經說法。

直至建炎三年正月，王彥從滑州入覲，先到黃、汪二人處晉謁，見面之下，便大聲道：「寇兵一日近似一日，不聞兩位相公派兵抵禦，難道待敵自斃麼？」

黃潛善將臉一沉道：「有何大不了的事情，如此張惶。」

王彥冷笑道：「金將婁室擾秦隴，訛里朵下北京，兀朮下河南，早已有了軍報；近來粘沒喝攻下延慶府，陷了徐州。知州王復，不屈被害，全家死難。二位相公也有耳目，難道疾聾了不成。」

汪伯彥道：「敵人前來，原仗著你們退敵，怎麼專門責備宰相呢？」

王彥道：「兩河義士常延頸以望王師，我王彥日思北渡。無如各處壯士未必同心，全仗相公輔助皇上，下詔北伐，才可以作軍心、振士氣。如今二位相公偷安遷延，皇帝絲毫不聞，從此下去，恐不但中原陷沒，便是江南也難保守了。」

黃、汪二人無言可答，惟有心下暗恨王彥，當即入奏高宗，說王彥病狂，請免朝對。高宗即免王彥入覲，命充御營平寇統領，王彥長嘆了一聲，遂積病辭職而去。

不上幾天，粘沒喝將由徐州進兵，韓世忠率兵救濮。粘沒喝回兵邀截，世忠敗退鹽城，粘沒喝遂取彭城，間道赴淮，東入泗州。高宗此時才聞得軍報，忙命江淮制置使劉光世，率師守淮，敵尚未至，兵已先潰。

粘沒喝揮兵抵楚州，守將宋淋出降，遂乘勢南進，破天長軍，距揚州只得數十里了。內侍鄺詢聞知消息，連忙入宮報告道：「寇已來了。」高宗大驚失色，也不及問明情由，急急披甲騎馬，跑到瓜州。遇見一隻漁舟渡過江去，隨從的人，只有幾名護聖軍和王淵、張俊，與內侍康履。

到得鎮江，天色已暮了。黃潛善、汪伯彥還率同僚屬聽浮屠說法，回來吃飯，堂吏入報，聖駕已行。兩人始相顧倉皇不及會食，騎了馬，往南奔馳，隆祐太后與六宮嬪御，幸有護士保護，相率出奔。

城內居民各自逃生，奪門而出，自相踐踏，死者無數。司農卿黃鍔，奔至江上，軍士誤認為黃潛善，一齊戟指痛罵道：「誤國奸賊，死有餘辜。」黃鍔正要辯白，頭

已落地。

此時事起倉猝，朝廷儀物，盡皆委棄，太常少卿季陵，急急取了九廟神主，背負而出，距城未及數里，揚州城內，已是煙焰衝天。緣楊城郭，頃刻之間已為灰燼。後面的喊聲大起，季陵恐金兵追來，倉皇逃奔，遂將太祖神主遺失。

高宗到了鎮江，暫居府署，次日和隨從官員議及去留問題，吏部尚書呂頤浩，請駐蹕鎮江，為江北聲援。王淵道：「鎮江只有一面可守，倘若金人由通州渡江，佔據了姑蘇，鎮江就不可保了，不如錢塘，有重江險阻，可以無慮。」

高宗深以為然，遂決意赴杭，留中書侍郎朱勝非駐守鎮江，劉光世充行在五軍制置使，扼住了江口，當夜便從鎮江起行。

行四日，方至平江，又命朱勝非節制平江秀州軍馬，張俊為副，王淵守平江。又行兩日，已抵崇德，授呂頤浩同簽書樞密院事，兼江淮兩浙制置使，還屯京口。又命張浚領兵八千，守吳江，一直抵杭，就州治為行宮；下詔罪己，求直言，赦死罪以下，被竄諸臣，一律放還。惟李綱不赦，因為黃潛善說：「李綱主戰，倘若赦免，恐怕得罪金人，所以不赦。」

中丞張澂彈劾黃潛善、汪伯彥二十大罪，說致陛下蒙塵，天下怨恨，皆是兩人的罪惡。汪、黃二人尚具疏辯論，說是國家艱難，臣等不敢具文求退。高宗漸覺二人之奸，罷黃潛善知江寧府，江伯彥知洪州，以朱勝非為尚書左僕射兼中書侍郎，王淵司簽書樞密院事。王淵素無威望，驟膺顯秩，人皆不平。

御營統制苗傅，自以為世代將門；統制劉正彥，招降劇盜，功大賞薄，每懷怨望。見王淵入任樞府，更加懷恨，且疑王淵與內侍康履、藍圭結合，所以忽得高位，因此兩人私下計議，要先殺王淵，後殺康履、藍圭。太中大夫王世修，也恨內侍專橫，便與苗、劉二人聯為一氣，計議已定，只待機會到來，便要動手。

這天以劉光世為殿前都指揮使，百官照例應入內聽宣。苗傅、劉正彥、王世修伏兵城北橋下，等候王淵退朝走過，便將他拖下馬來，不問情由，即行殺死。

苗傅、劉正彥擁兵入城，直抵闕下，將王淵首級號令在宮門外面，並分頭搜殺內侍，擒斬了百餘人。康履聞變，飛報高宗，高宗嚇得只是發抖，毫無法想。

朱勝非正入直行宮，連忙登樓，詰問他們擅殺之罪。苗傅抗聲道：「我們當面奏皇上。」一語未畢，中軍統制吳湛，從內開門，放苗傅等入內，只聽得一片聲音，說是要求見皇上，知杭州康永之見眾人不肯退去，只得請高宗登樓慰諭。

時交正午，高宗登樓，苗傅等望見黃蓋，一齊高呼下拜。高宗略略放心，憑著欄問

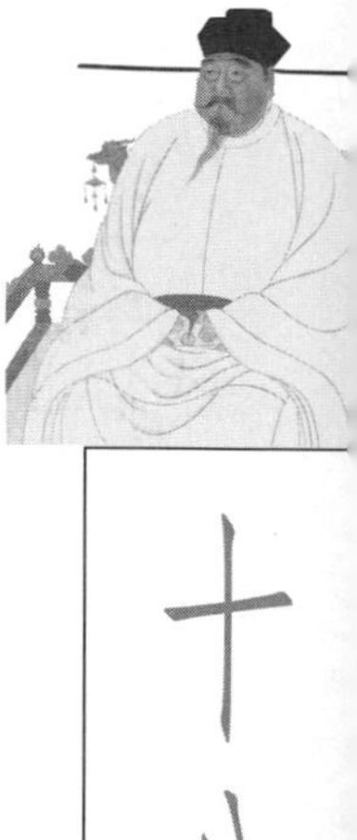

他們何故擅殺王淵？苗傅高聲答道：「陛下信用內侍，賞罰不公，有功的人不知加賞，結納內侍的人反可升官。黃潛善、汪伯彥賣國至此，尚不遠竄，王淵遇賊不戰，首先渡江，結交內侍康履，便除樞密。臣自陛下即位以來，功榮不小，反無升賞，因此共抱不平。現將王淵斬首，在外面的中官也多伏誅，惟康履等還未退去，乞縛付臣等，將他正法，以謝三軍之士。」

高宗道：「汪、黃二人已經貶官，康履等自當重懲，卿等可回營聽命。」

苗傅道：「天下生靈，無故遭此塗炭，都是內侍擅權之故。若不斬康履，臣等決不回營。」高宗沉吟不決。

過了片刻，雜訊越甚。高宗無法，只得命吳諶將康履縛送樓下。苗傅手起一刀，將康履殺死，臠屍梟首，懸於闕門。

高宗道：「卿等之氣已出，可以回營了。」

苗傅道：「陛下不應正位，試思淵聖皇帝返駕，將置之何地？」

高宗經此一詰，倒也不能回答，只得命朱勝非縋樓下去，委屈勸諭，並授苗傅為承宣御營使都統制，劉正彥為副。

苗傅道：「既如此，可請太后垂簾聽政，且遣人赴金議和。」高宗立即准如所請。

哪知，苗傅等得步進步，又抗議道：「皇太子何妨嗣立，況道君皇帝已有故事。」朱勝非無法，只得縋樓而上，奏知高宗。

高宗道：「朕當退避，但須得太后手詔方可。」乃命侍郎顏岐入宮，請太后御樓。太后即至，高宗起立楹側。從官請高宗還坐，高宗嗚咽道：「朕恐已無坐處了。」

太后見事已危急萬分，只得棄了肩輿，親自下樓去慰諭他們。

第六十九回　巾幗英雄

太后見事已危急，棄了肩輿，下樓面諭道：「自從道君皇帝，誤信奸臣之言，更改祖宗成法，致釀金人之入寇的大禍，與今上皇帝並無關係。況今上皇帝亦無甚失德，不過為黃潛善、汪伯彥所誤。現已貶逐出外，你們那還沒有知道麼？」

苗傅等齊聲答道：「臣等必欲太后聽政，奉太子為帝。」

太后道：「現在強敵當前，我一個婦人，抱三歲小兒臨朝，更為金人所輕了。」

苗傅等不以為然。

太后對朱勝非道：「今日之事，正要大臣決斷。相公因何默無一言呢？」

朱勝非方才退回樓上，密奏高宗道：「苗傅等有個心腹，叫做工鈞甫，暗中告臣道：『苗、劉二將忠心有餘，學問不足。』現在只得暫從所請，徐作後圖。」

高宗聞言，即提筆寫了禪位詔書，傳位於皇太子、魏國公旉，請太后訓政。朱勝非

捧了詔書，到外面宣讀了，苗傅等方率眾退去。

皇太子旉嗣位，孟太后垂簾聽政，尊高宗為睿聖仁孝皇帝，以顯仁寺為睿聖皇帝行宮，頒詔大赦天下，改元明受。加苗傅為武當軍節度使，劉正彥為武成軍節度使。竄藍圭、曾澤等於嶺南諸州。苗傅仍遣人追還，一概殺死，又欲挾太后幼主，轉赴徽越。幸虧朱勝非委婉勸諭，方才罷議。

改元詔書到了平江，留守張俊料知必有別故，秘不宣布。過了兩天，又接到苗傅等檄文，即召守臣湯東野，提刑趙哲，同議討賊。張俊也引所部來會張浚。浚言及朝事，涕泣交下。

張俊道：「現有朝旨，命俊將部眾分屬他將，只准帶三百人前赴秦鳳，這必是逆賊忌俊，偽傳此詔，故特到此與公一決。」

張浚道：「誠如君言，我等亦擬興師問罪了。」

張俊泣拜道：「這是目前最要之著，惟公須濟以權變，免驚眾輿。」

張浚連連點頭。兩人正在計議，忽江寧有信到來，乃是呂頤浩所發。信中說：禪位一事，必有逆臣脅迫，應共圖入討。這封信正與張浚意見相同，當即回信約頤浩起兵討逆，並傳書劉光世，請他師率來會。呂頤浩見眾人一心，事屬可行，便上書奏請復辟，誓眾渡江。張浚聞頤浩兵已出發，遂令張俊扼住吳江上流，也上書奏請復辟。

適值韓世忠自鹽城出海道，欲赴行在，即抵常熟。張浚聞知，人喜道：「世忠到來，大事成功了。」當下轉告張俊，函召世忠。

世忠得信，以酒酹地道：「誓不與二賊共戴天。」遂馳至平江，入見張浚，流涕說道：「今日之事，世忠願與張俊同當此任，公請無慮。」

張浚亦泣道：「得兩君力任艱難，自可無患了。」遂大犒張俊、韓世忠兩軍，曉諭大義，眾皆感奮。

世忠立即辭了張浚，領兵赴闕。張浚又戒世忠道：「投鼠忌器，此事萬不可過急，急則反恐生變。應先趨秀州，據住糧道，靜候各軍偕行。」

世忠奉命而去，行抵秀州，稱疾不進，暗中大修戰備。苗傅等聞得世忠到來，深為疑懼，意欲拘他妻子為質。

朱勝非忙道：「世忠逗留秀州，不即前來，還是首鼠兩端；若拘他妻子，反恐激變，不如命他妻前往迎接，勸其前來。世忠能為公用，平江諸人，不足懼了。」

苗傅喜道：「相公所言甚是。」遂即入奏太后，封世忠妻梁氏為安國夫人，令她前往迎接。

那韓世忠的妻子，自然就是中國歷史上大名鼎鼎的巾幗英雄梁紅玉了。紅玉本為京口營伎，不僅精通翰墨，且生有神力，能挽強弓注射，發必中的。平素見少年子弟，類白以眼相加，絕無娼家氣習。會世忠自延安入伍，童貫奉旨征討方臘，調取鄜延兵馬。世忠方為小校，隨軍進征，獨立擒獲方臘，為辛興宗奪去，以為己功。世忠不敢多言，仍舊埋沒在軍伍裡面。童貫班師回來，行至京口，召營伎侑酒。梁紅玉與諸伎入侍。

酒筵將散，紅玉先出，行至營門，見對面樹下，有一白額猛虎踞伏不動，紅玉大驚！急彎弓注矢，一箭射去，忽見那隻猛虎前爪一伸，接住紅玉之箭，紅玉更是吃驚！留心細看，哪裡有什麼猛虎，卻是個營伍裝束的魁偉丈夫。紅玉知道此人必有來歷，邀往家中，殷勤看待，詢問姓名，原來就是韓世忠。

他因有志未遂，聽得那些大將在營內大吹大擂的歡呼暢飲，心中悶悶不樂，獨自一人走出營門，在樹下假寐，忽然紅玉一箭射來，便施展手段，一把接住，此時由紅玉邀了回來，兩人各通殷勤，談論了一番兵書戰策，十分入港。

正是美人英雄，互相憐惜。紅玉即以終身相託，世忠也喜出望外，即與聯姻，伉儷和諧，自不消說了。不上兩年，紅玉便生下一子，取名彥直。高宗在應天府即位，召世忠為左軍統制。世忠就帶了妻子，入備宿衛；後又奉命出外禦寇，妻子留居南京。高宗幸揚州，奔杭州，梁夫人也跟隨同行。只是受了安國夫人的誥命，命往迎接世忠，真是出於意外。

梁夫人何等機智，還恐苗傅等生變，在宮中辭了太后，絕不逗留，回家抱了兒子，跨上馬背，疾驅出城，一晝夜便到了秀州。世忠接著大喜道：「妻子能夠無恙來此，我更好安心討逆了。」旋即有詔到來，促其入朝，寫著明受的年號，世忠撕毀詔書道：「我知有建炎，不知有明受。」立斬來使，通報張浚，克日進兵。

張浚只貽書苗、劉二人，申訴罪狀。苗傅得書，既懼且怒，急令其弟苗翊與馬柔吉，率領重兵，守住臨平，又請太后下詔，授張俊、韓世忠為節度使，謫張浚為黃州團練副使，安置郴州。張浚等不受詔命，移檄討賊，傳達遠近。劉光世、呂頤浩兵亦來會，遂以韓世忠為前軍，張俊副之，劉光世為游擊。張浚、呂頤浩自統中軍，從平江啟行，直奔臨安。

途中又接到太后手詔，命睿聖皇帝處分軍馬重事，張浚同知樞密院事，李邴、鄭瑴同簽書樞密院事。各軍得了這道詔旨，愈加踴躍，相繼南下。苗傅等知事不妙，慌了手腳，忙與朱勝非熟商。朱勝非道：「為今之計，惟有二公自行反正，否則各軍到來，同

請反正，公等更無容身之地了。」

苗、劉兩人想了半日，果然無法，只得依從勝非之言，草成百官章奏。太后詔書，預備請睿聖皇帝復位，朱勝非還恐兩人中變，請太后允賜苗、劉免死鐵券，以安其心。苗傅、劉正彥始率領百官，往朝睿聖宮，迎請復位。高宗仍以好言撫慰。苗、劉二人喜出望外，皆以手加額道：「聖天子度量，真不可及。」

次日，太后下詔歸政。朱勝非率百官，迎高宗回行宮，御前殿朝見文武各官，太后尚垂簾殿內而坐，有詔復建炎年號，冊魏國公旉為皇太子，以苗傅為淮西制置使，劉正彥為副，進張浚知樞密院事。

張浚、呂頤浩已到秀州，聞得高宗已經反正，頤浩仍主進兵，對諸將道：「朝廷雖已復位，苗、劉二賊尚在內掌握兵柄。倘一不慎，我等反被惡名。漢之翟義，唐之徐敬業，便是前車之鑑，諸公須要小心。」

諸將齊聲道：「公言極是，我們非入清君側，誓不還師。」遂揮軍直進，到了臨平。苗翊、馬柔吉沿河扼守，紮下許多營寨，河中皆密佈鹿角，舟不得進。韓世忠首先捨舟登陸，跨馬急馳；張俊、劉光世相繼並進，奮力殺將上去。

苗翊揮兵迎敵，世忠又棄馬誓師道：「今日我們應效死報國，將士有不用命者，立即斬首。」因此，人人奮勇上前，絕無反顧，衝向敵陣。

苗翊見來勢甚猛，用神臂射來。世忠瞋目大呼，萬人辟易，哪裡還來得及放箭，頃刻之間，敵陣紊亂，相率奔竄。苗翊、馬柔吉支持不住，只得退走。勤王兵乘勝從北關而進。苗傅、劉正彥，得了信息，忙趨入都堂，攫了鐵券，開了勇金門，領兩千人馬逃去。王世修正奔出城，被韓世忠一把擒住，即行下獄。那苗、劉二賊，直向甌閩逃去，後韓世忠迫至魚梁驛擒回斬首。

張浚、呂頤浩，並馬入城，晉謁高宗，伏地請罪。高宗再三慰勞，並對張浚道：「朕居睿聖宮，與太后隔絕，正在啜羹，聞卿被謫，不禁覆手，默念卿若被謫，何人能當此任。」遂解所佩玉帶，賜於張浚。張浚再拜謝賜。

韓世忠剿滅了逆黨，亦即進見。高宗不待行禮，便下座持世忠之手道：「中軍統制吳湛，首先開門，放逆賊入內，現猶在朕肘腋間。卿能為朕拘捕麼？」

世忠口稱遵旨。高宗釋手，便趨出行宮，去找吳湛。恰巧吳湛行過闕下，世忠佯與相見，趁勢擒住，與王世彥一同斬首。遂黨王元佐、馬瑗、范仲容、時希孟等皆加貶謫。

朱勝非入見高宗道：「變起之日臣當死義，委屈偷生，正為今日，幸而聖駕已安，

臣願避位。」

高宗道：「朕知卿心，可無庸辭。」

勝非再三懇請，高宗道：「卿既堅執欲去，何人可代？」

勝非道：「呂頤浩、張浚皆可勝任。」

高宗又問二人優劣，勝非道：「頤浩諫事而暴，張浚喜事而疏。」

高宗道：「張浚年紀太輕。」

勝非道：「陛下莫謂張浚年輕，臣昔被召，一切軍旅錢穀皆託付於他；就是今日勤王，也是浚首倡的呢。」

高宗點頭，遂下詔免朱勝非職，以呂頤浩為尚書右僕射，李邴為尚書右丞，鄭玨簽書樞密院事，韓世忠、張俊並為御前都統制，劉光世為御營副使，勤王諸將佐及僚屬，皆賞賚有差，並禁內官干預外政，重正三省官名，左右僕射，並同中書門下平章事，改中書侍郎為參知政事，省去尚書左右丞。張浚等請高宗還蹕江寧，乃自杭州啟行，向江寧進發。臨行時，以韓世忠為浙江制置使。

高宗方抵建康，皇太子旉忽然抱病夭逝。原來太子旉，年方三歲，尚在保抱，從幸建康途中受了風寒，遂致患病，醫治未癒，適遇宮人走過，誤蹴地上金爐，鏗然發聲。

太子受驚，頓時驚搐不止，過宿而夭。高宗悲傷不已！賜謚元懿太子，命將誤蹴金爐的宮人杖斃，連保姆也一同處死。葬於鐵塔之下，以宮女、保姆為殉。

高宗自退避揚州，誤信黃潛善、汪伯彥之言，苟安江都，以為無患。金人南下，高宗正在臨幸妃嬪，忽得驚報，說是寇騎已至揚州，矍然一驚，遂即披甲出奔，逃往鎮江，因此竟成陽萎之病，所以皇子旉歿後，後宮永遠絕孕。高宗深以為慮！嘗值張浚晏見，向他問道：「卿子想已長成？」

張浚頓首道：「臣子載，年已十四，脫然可語聖人之道。」

高宗道：「卿可謂有後了。」說罷，念及元懿太子，不覺黯然泣下。

後人作南宋雜事詩，曾有一首詠此事道：

蹴得金爐動地驚，旋看鐵塔蹴佳城；
九重相遇殷勤問，想道卿兒已長成？

御前都指揮使范瓊，自高宗即位，命懲僭偽張邦昌等，皆已伏誅，惟他持有部眾，出駐洪州。高宗恐生他變，未敢輕發。

此時范瓊自洪州來朝，恰巧韓世忠、劉光世擒了苗傅等押解行在。范瓊竟為苗傅請求，乞貸其死，高宗不許，將苗傅正法。范瓊遂入詰高宗，聲色俱厲，高宗心下很是懼怯，只得暫時忍耐，授范瓊為御營司提舉，暗中卻命張浚設計除他。

張浚遂與樞密檢詳文字劉子羽，商了一條密計，暗令張俊領千人渡江，佯稱備禦盜賊，執械前來。張浚始入白高宗，請了降罪范瓊的敕書，攜帶而出；然後再由高宗降詔，召范瓊、張俊、劉光世等，同赴都堂議事。

到了次日午前，劉子羽先至，張俊亦到，百官畢集。范瓊慢騰騰的直至過午方到，都堂中已備了午飯，大家會食已畢。一齊入座，待議政務。

劉子羽手持黃紙，走近范瓊面前道：「有敕，令將軍至大理寺置對。」

范瓊不覺愕然道：「你說的是什麼話？」語音未畢，張俊已召了衛士將范瓊擁出都堂，送入獄中。

劉光世連忙出外，撫慰范瓊部下道：「范瓊從前在汴京破城之時，私通金人，劫二帝北狩，並逼皇后、太子出宮，罪通於天。現在奉旨，只誅范瓊一人，其餘皆無干涉。你們同受國家俸祿，並非范瓊豢養，應知效忠朝廷，可各回營聽命。」眾人聽了齊聲答應，放下兵器，各自退去。

范瓊即日賜死，子弟竄流嶺南。所有部眾，分隸御營各軍。

張浚除了范瓊，進陳中興要策：「當先收復關陝。關陝既失，江南也不能保，臣願前驅，肅清關陝，請陛下與呂頤浩同至武昌，相機趨陝。」

高宗深然其言，命張浚為川、陝、京、湖宣撫置使，得便宜行事。張浚受命，即與呂頤浩接洽，克日啟程而去。

不料，邊報到來，金兀朮舉兵南下，連破磁、單、密諸州，已攻入興仁府了。高宗不勝驚惶，連遣二使往金，一為徽猷閣待制洪皓，一為工部尚書崔縱。

洪皓臨行之時，高宗致書粘沒喝，願去尊號用金正朔，比於藩服。洪皓與粘沒喝見面，粘沒喝便要逼他投降。洪皓不屈，遂流於冷山。崔縱至金議和，且通問二帝，金人不以禮待，縱責以大義，並欲迎請二帝回國。金人大怒，將崔縱放居窮荒，後來崔縱以病歿。

洪皓直至紹興十二年方得回國，這是後話，暫按不表。

且說呂頤浩自張浚行後，原欲奉高宗駕幸武昌，忽聞金兵南下，即變更前議，請留都東南。滕康、張守亦言武昌萬不可往。高宗決計仍都杭州，下詔升杭州為臨安府，授李邴、滕康權知三省樞密院事，先奉隆祐太后往洪州，再命修武郎宋汝為京東轉運

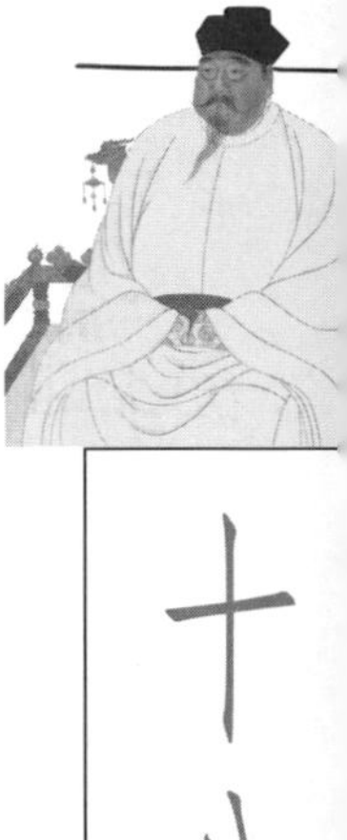

判官，杜時亮同往金都，申請緩兵。並貽粘沒喝書，書中盡是哀求之語。內中有一段言語，令人看了幾欲作嘔。現在錄了出來，看了可以知道高宗的沒有志氣。其書道：

> 古之有國家而迫於危亡者，不過守與奔而已，今以守則無人，以奔則無地，所以鰓鰓然惟冀閣下之見哀而已，故前者連奉書，願削去舊號，是天地之間，皆大金之國，而尊無二上，亦何必勞師遠涉而後快哉？

這樣搖尾乞憐的書信，要想金人見哀，不動兵馬。哪裡知道，你愈畏怯，他愈恫嚇；你愈哀求，他愈厲害。知道江南君臣都是無能之輩，那金兵更加放心大膽，南下得快了。起居郎胡寅，見高宗這樣畏葸怯懦，實在忍不住了，便臚陳七策，疏請施行，是什麼七策呢？一、罷議和而修戰策。二、置行台以處別緩急之務。三、務實效，去虛文。四、大起天下之兵，以圖自強。五、都荊襄以定根本。六、選宗室賢才以備任使。七、存紀綱以立國體。

這篇奏章，洋洋灑灑，多至數千言，真是慷慨激昂，淋漓盡致。高宗瞧了，很不以為然。呂頤浩也恨他切直，遂將胡寅貶謫出外。

其時寇氛益逼，竟致一夕數驚。高宗弄得不知什麼地方才可以避免寇患，只得召群臣共議駐蹕之所。張俊、辛企宗請自鄂岳幸長沙。

韓世忠道：「河北、山東已是失去，非復國家所有，今日再拋棄江淮，還有什麼地方可以駐蹕呢？」

呂頤浩道：「金人近來的謀劃，專視皇上到哪裡，就趕往哪裡。為今之計，只有且戰且避，保護陛下得至萬全之地。那常、潤二處，臣願效死力守。」

高宗道：「朕左右豈可無相，呂卿如何可以不隨朕同行呢？」遂議定以杜充兼江淮宣撫使，留守建康；王燮為副，韓世宗為浙西制置使，守鎮江。劉光世為江東宣撫使，守太平池州。高宗竟自啟程，避兵而去。

第七十回　分身法術

高宗因避金兵，啟蹕而行，退往臨安，方才七日，兀朮已分兩路入寇。一路自滁和入江東，一路自蘄黃入江西。高宗恐隆祐太后在洪州受驚，又命劉光世移屯江州，作為屏蔽，自己卻與呂頤浩渡了錢塘江，逃往越州。

那兀朮探得高宗越遠，一時追趕不及，不如到江西去，逼迫太后，遂取壽春，下光州，陷黃州，長驅過江，直薄江州。劉光世自移鎮江州，每日置酒高會，絕不處置兵事；等到金兵已臨城下，方才知道，哪裡還能守禦，連忙逃往南康。

金人入城，劫掠一空，遂由大冶進取洪州。滕康、劉鈺聞得金兵已到，連忙奉了太后出城。江西制置使王子猷亦棄城遁去，洪、撫、袁三州，相繼失守。

太后行抵吉州，聞得金兵追來，急雇船夜行。次晨至太和縣，船家景信見太后帶了許多金帛珍寶，不覺眼紅起來，便將所有財物盡行奪去。總算還有良心，沒有十分驚擾太后。那護衛都指揮使楊維忠的部兵，也潰散了，宮女們逃奔的，被劫的，失去了二百名。

滕康、劉玨二人也逃得無影無蹤。太后身邊還有數十個衛兵都很有忠心，仗著他們，保了太后和元懿的生母藩貴妃，從萬安登陸，行至虔州。哪知土豪陳新又將城圍了，太后又驚惶不小，幸虧楊維忠的部將胡友前來救援，殺退了陳新，太后方才得安。

金人未得太后，又從楚州改道，掠真州，破溧水縣，再從馬家渡過江，攻下太平。杜充守著江淮，任憑金兵來去，絕不發兵救援。統制岳飛，涕泣入諫，他也不理。到了太平失守，距建康不遠，方令副使王燮，都統制陳淬，與岳飛等，邀截金兵，才經交綏，王燮的兵已經逃去。陳淬、岳飛相繼突入金兵陣內，陳淬竟至戰死。獨有岳飛一條槍，一騎馬，往來衝突，金人不敢近前，只好讓他獨逞威風。

無如各軍潰退，岳飛恐眾寡不敵，只得領了部眾，殺將出來，擇險立營，為自保計。杜充得了敗報，即棄了建康，逃至真州，諸將怨恨杜充暴虐，要想將他殺死。杜充聞知，不敢回營，寄居長蘆寺內；忽然接到兀朮的書信，勸他投降，當封以中原，如張邦昌故事。杜充大喜過望，潛還建康。恰值兀朮也到城下，便與守臣陳邦光，戶部尚書李梲開城迎接。

兀朮入城，全城官員盡皆降順，獨有通判楊邦乂，囓血大書十字於衣襟，道：「寧作趙氏鬼，不作他邦臣。」

金兵牽了來見兀朮。兀朮敬他忠義，勸他投降。楊邦乂大罵不已，方才將他殺死。

那高宗往來杭州、越州之間，聞得杜充降金，嚇得魂飛天外，魄散九霄，連忙召呂頤浩計議道：「建康已失，如何是好？」

頤浩道：「萬一危急，莫如航海；敵善乘馬，不善乘舟。等他去後，再返兩浙，他入我出，他出我入，也算是兵家的奇計呢。」

高宗從之，立刻東奔明州。

兀朮長驅入獨松關，見關內外並無一兵，不禁笑道：「南朝若用羸卒數百把守此關，我們哪裡能渡過呢？」當下徑抵臨安，守臣允充之逃去，錢塘縣令朱蹕自盡。兀朮入城，亟令阿里蒲盧渾領兵渡浙，去追高宗。

高宗聞得金兵追來，忙乘樓船，航海而逃。留參知政事范宗尹、御史中丞趙鼎守明州。恰巧張俊從越州到來，也奉詔留守明州，且親付手詔，有捍敵成功，當加王爵之

語。呂頤浩奏請從官以下，行止聽便。

高宗道：「士大夫當知義理，豈可不隨朕同行。否則朕所到之處，將與盜賊一般了。」於是郎官以下，多半隨從。還有嬪御吳氏，也改換戎裝，扈從而行。

那吳氏世居開封，其父吳近，嘗夢至一亭，匾額上有「侍康」二字。亭之兩旁，遍植芍藥，只放一花，鮮艷異常，醒來不知主何祥兆。至吳氏既生，年方十四，已是秀外慧中知書識字，且能發弩箭，百不失一。高宗在康邸時，選充下陳，甚獲寵幸，吳近也得官武翼郎，方才明白侍康夢兆。至高宗奔波渡江，惟吳氏不離左右；及高宗航海，吳氏本來懂得武藝，便改了戎裝，保衛御駕。

樓船行過定海縣，至昌國縣，忽有白魚躍入御舟。吳氏即稱賀道：「此乃周武王白魚入舟的祥瑞，皇上終當克復中原。臨御萬方，妾敢預賀。」高宗大悅！面封吳氏為和義郡夫人。

未幾，越州被陷。警報到來，高宗愈加不敢登陸。此時已是殘臘，只得悶坐在船中過年。吳氏見高宗在船內鬱鬱不樂，惟恐有傷聖躬，知道高宗最喜題詩寫字，便每日裡吟詩覓句，為高宗消釋愁懷。在船內作的詩倒也不少，只因倉猝奔避，都已遺失，只有吳氏尚有兩首，為內侍所藏，所以傳流下來。一首是題徐熙所畫牡丹的，其詩道：

吉祥亭下萬千枝，看盡將開欲落時；
卻是雙紅深有意，故留春色緩人思。
農李夭桃掃地無，眼明驚見玉盤盂；
揚州省識春風面，看盡群花總不如。

但就這兩首詩而論，女子之中有此才華，也就不可多得了，無怪高宗深加寵愛，流離顛沛之中也帶在身旁，頃刻不離了。

其時，高宗的御舟移在溫、臺，過了年，還不敢登陸。直至建炎四年正月，得到張浚的捷報，才敢移舟近岸，泊在台州境內的章安鎮。

過不到十餘日，又聞明州被陷，急得高宗驚惶異常，連忙命水手啟椗，速向煙波深處躲避。哪裡知道，高宗避得快，金人也追得快，御舟方才開行，已有一員金將帶了數百名兵卒，乘著快船順流而下，來追高宗了。

高宗見是敵船，嚇得戰戰兢兢，連說：「快走！船快走。」那船上的衛士，更是泥塑木雕一般，動也不敢動。舟子慌了手腳，連船也搖不來了。那金兵的快船，卻如駿馬

一般，飛向前來，直撲御舟。

此時高宗真是身臨絕地，性命只在呼吸之間了。

卻見那吳氏不慌不忙，等得敵船將近的當兒，取過了雕弧，搭上了箭，覷定船頭立著的金將，一箭射去。那金將一心追趕御舟，擒拿高宗，未曾防備，一箭射中咽喉，倒在船上。金兵忙著救護主將，不能追趕，高宗的御舟方得乘勢逃去。

倘若沒有吳氏這一箭射中金將，高宗也幾與二帝一般，要被劫而去了。後人有詩詠吳氏的能詩善射道：

不裹寇巾女聖人，雕弧那羨十流銀；
更饒豔思輕紅句，粉涴香梳十指春。

高宗此次得脫金人之難，幸虧吳氏的力量，便向她再三慰勞。吳氏謝道：「保護聖駕，乃是臣妾的本分，何須陛下獎慰。只是方才看那金人的駕駛船隻，勢如奔馬，可見敵善乘馬，不慣乘船的話也是假的。恐怕聖駕能到的地方，他亦能到，如此畏避，終非長策。妾想，金人孤軍深入，心內亦必畏怯。陛下若能振作精神，親自視師，再命各路將帥四面邀擊，金兵必不敢再駐於此了。」

高宗內心甚是畏懼，如何肯從其言。吳氏見高宗這般怯懦，竟至畏敵如虎，不禁嬌聲嘆道：「可惜臣妾不是男子，倘裹尺五皂紗，定當誓師兩浙，與金人見個高低了。」高宗聽得這話也不覺面現慚色，卻深服吳氏的膽識，從此有意立她為中宮了。

且說金將阿里蒲盧渾，帶領精騎，追趕高宗，直至越州，宣撫使郭仲荀，逃奔溫州，知府李鄴出降。蒲盧渾留偏將琶八守城，率兵徑趨明州。

那琶八同了降臣李鄴，送過了蒲盧渾，便與李鄴並馬入城。忽有一大石，直向琶八頭上飛來。琶八急忙躲閃，那大石只離頭顱尺許，飛了過去，心內大怒，立命軍士，搜拿刺客。

軍士方才奉令，早已有人大聲喝問：「我乃大宋衛士唐琦是也，恨不得擊破爾首，死亦當食爾之肉，寢爾之皮，方得甘心。」

琶八不禁嘆道：「使宋朝皆如此人，我兵焉得至此。」遂向唐琦問道：「李鄴是個帥臣，尚且降順。你是何人？乃敢如此？」

唐琦厲聲道：「李鄴為臣不忠，應碎屍萬段。」說至此，便用手指定李鄴道：「我月受石米，尚不肯背主求榮。你受國厚恩，甘心降賊，還可算得人麼？」琶八即命牽出

斬首，至死罵不絕口。

那阿里蒲盧渾，離了越州，渡過曹娥江，直薄明州西門。

張俊令統制劉保出戰，敗了回來；又令統制楊沂中，知州劉洪道，水陸兩軍，一同進攻，殺死金兵數千名。這日正當除夕，楊沂中等殺敗敵兵，回城會飲，犒賞士卒。次日元旦，西風大起，金人又來攻城，張俊督兵守禦，金兵反受創而退。到了次晨，金人又添兵攻城，張俊、劉洪道一面守城，一面遣兵掩截。

金兵殺傷大半，餘眾竄退餘姚，遣人向兀朮乞援。兀朮親自率兵前來，仍由阿里蒲盧渾前驅進攻，聲勢甚盛，打聽得高宗在章安鎮，遣快船連夜往追，舟師繼進，行了三百餘里，未高宗蹤跡，先行的快船退了回來，方知裨將中箭而亡，高宗遁去。

兀朮遙望大洋，見對面隱隱一座高山，未知何處，即問海師，此是何山？海師答稱陽山。兀朮嘆道：「吾得至此，足矣。」下令回舟。

是日，高宗御駕，正如館頭，阻風不能行。兀朮倘再前進，便危殆了。其中蓋有天意，宋室理應中興，所以兀朮竟至回兵。

後人有詩一首，詠此事道：

飲馬歌殘絡馬銜，浮屠軍已越重岩；
中興若不由天意，早向陽山進一帆。

兀朮下令回兵，舟師方欲掉轉船頭，一齊退歸。忽然來了數艘大舶，乘著順風，槍炮矢石，直向金兵擊來。金兵舟小力弱，不能抵敵，連忙逃回，已傷了好些兵卒。那大舶乃是提領舟張公裕，奉了詔命，哨探金人消息，恰巧遇著，奮力而上，殺退兀朮。回報高宗，高宗方敢回泊溫州。

翰林學士汪藻，以諸將無功，請先斬王燮，以作士氣，其餘酌量加貶，令他們將功贖罪，高宗不從。兀朮欲壑亦已盈滿，引兵回到臨安，縱火焚掠，將所有金銀財帛，運載了數百車，取道秀州，經平江。留守周望逃入太湖，知府湯東野亦奔走而去。兀朮乃以舟師經過常州、徑趨鎮江。

其時浙西制置使韓世忠，卻料定兀朮兵回，必要經過鎮江，遂帶了兵船，在鎮江守候，專截金人的歸路。果然不出所料，被韓世忠候個正著。兀朮舟師到了鎮江，見江上佈置了戰船，旌旆飛揚，鼓角齊鳴，軍伍嚴肅，士氣勇壯，與別的將帥大不相同，知道是個勁敵；遙遙的望見坐船上面豎的纛，繡著一個斗大的「韓」字，不免打了個寒噤，

對部下說道：「原來是韓世忠，所以有這樣的兵力。我素聞得他智勇足備！今日被他截住了去路，料想不能直渡過去，少不得要跟他分個高下，戰敗了他，方能回去哩。」說罷，便命草了戰書，約韓世忠決戰。

韓世忠坐在船上，接到了戰書，立刻批准，越期開戰。批准之後，梁夫人從船後出來道：「將軍約他開仗，我兵只得八千，兀朮那邊不下十萬人馬。倘若與他奮力戰鬥，就是以一當百，尚難獲勝。妾身卻有一計在此，未知將軍以為如何？」

韓世忠道：「我亦正慮寡不敵眾，夫人既有良謀，那是最好的了！何不請道其詳呢？」

梁夫人道：「明日交戰，將軍可分兵為前後二隊，四面截殺敵人。中軍由妾暫時管令，專事守備，並發號令。倘若金人殺入，只用槍炮矢石射住了他，不使前進。兀朮見中軍無懈可擊，必定領了舟師，向左右衝突，要想脫身而去。將軍所領之前後二隊，只看中軍的旗鼓為號。妾坐於船樓上面，擊鼓揮旗。將軍聞鼓進兵，視其旗截敵；旗往東，即往東殺去，旗往西，即向西殺去。妾料兀朮雖勇，也難出此重圍。若得僥天之幸，一鼓殲渠，也可除卻後患，免得他再來侵擾江南。」

韓世忠大喜道：「夫人此計甚妙！但我也有一計在此，此間形勢，無過於金山龍王廟的。我料兀朮必然登山探視我軍的虛實。我今命將前往埋伏，待他到來便可擒住。倘若兀朮乖覺，不來中計，便以夫人的謀劃，與他開仗，也不愁他不敢。」

梁夫人點頭稱善，韓世忠便拔取令箭，命偏將蘇德，引兵二百，以百人埋伏廟內，百人埋伏廟外下岸的側首；聽得江中鼓起，廟外的兵殺向廟內，廟內的兵向廟外殺出，見敵即擒，不得有誤。蘇德奉令，挑了二百名勁卒，自去埋伏。

到了次日，韓世忠親自坐於船樓上面，將鼓擺在身旁，兩眼不瞬的望定山上。不上片刻，果有五騎馬上山，行入龍王廟內。韓世忠哪肯怠慢，把鼓擊得震天價響起來。廟內伏兵先出，敵騎連忙逃走。廟外伏兵略略遲延，未能攔頭截住，忙與廟內之兵奮力追趕，僅能擒獲兩騎，餘三騎飛馬而逃。

內有一騎，身穿紅袍，腰圍玉帶，馬失前蹄，跌將下來，又復躍上馬背，逃脫而去。世忠望得清楚，料知必是兀朮，不禁長嘆道：「可惜！可惜。」及至蘇德將擒住的兩騎，押上坐船。世忠加以詢問，那墜馬人，果是兀朮。世忠雖然惋惜，但亦無法，不過略責蘇德幾句，也就罷了。當下便依照梁夫人的計策，分派人馬，整理戰具，預備廝殺。

次日清晨，梁夫人早已裝束停妥，只見她戴著雉尾八寶嵌珠金鳳冠，身穿一領鎖子黃金甲，圍著盤龍百玉帶，腳上著了一雙小蠻靴，真個是神似秋水，容如春月，好比當初出塞從軍的花木蘭，端然正坐在樓船上面，管領了中軍旗鼓。

兀朮領兵衝殺過來，並不見宋軍吶喊對敵。心中有些疑惑，便舉目看望，遙見宋軍船上，旌旗密佈，樓船之中，端坐著一位女將軍，兩旁排列著疏疏的幾個兵，並不像廝殺的模樣，心下更覺驚疑，但也顧不得好歹，只有揮軍衝上去，專向中軍攻擊。

哪知剛才殺到分際，只聽得一陣梆子響，萬弩齊發，直向金軍注射，又夾雜著火炮轟轟的擊來，數十百斤的大石如冰雹一般打下。碰著人，筋斷骨折。遇著船，舷碎櫓斷。再加了神臂弓，颼颼的橫穿直注，射在身上，透甲穿胸；著在面上，貫腦洞目，任憑金兵如何奮勇，如何強悍，究竟不是銅澆鐵鑄的，怎麼能夠抵擋呢？頃刻間已是傷亡了不少的兵卒。

兀朮見了這樣情形，料知衝突不去，不過徒傷自己的兵馬，再也不能過去。急忙傳令，掉轉船頭，斜刺裡向東殺去。只聽得鼓聲大起，一排戰船，密麻也似的攔住去路，當先船上，立定了一員大將，頭戴黃金盔，身穿亮銀甲，面如滿月，目似流星，五綹長鬚，飄拂胸前。兀朮瞧著，不是別人，正是威風凜凜的韓世忠——韓元帥。

兀朮忙令偏將迎戰，自己回船向西而行。哪知，剛到西邊，又有一員大將，領著戰船，擋頭截阻。兀朮一瞧，仍是韓世忠。

兀朮吃了一驚道：「他難道有分身的法術麼？那邊已經派了兵將和他交戰，如何這裡又遇見了他呢？我今天敢是著了鬼迷了。」正在驚詫，身旁一員大將，竟大呼衝殺過去。

兀朮一見，連忙攔阻，哪裡攔得住？

第七十一回　滿江紅

那員大將躍向宋軍船上去交戰。兀朮一瞧，正是自己的女婿——龍虎大王。連忙攔阻他，哪裡還來得及。

龍虎大王自恃勇猛，跳到宋軍船上，要和韓世忠廝殺，早有左右部將長矛齊施，連戮帶鉤，如雨點一般飛向前來。龍虎大王還沒有施展手腳，已經落下水去。這兀朮叫得苦也，慌忙命水手泅水往救，已為宋軍卒擒上船去了。

兀朮還想拼命衝突，怎經得宋軍那邊一齊都用長矛刺擊，又兼矢石如雨，金兵紛紛落水，死者無數。兀朮知道難以渡過，沒命的往後退去，韓世忠揮軍追殺，約有數里之遙；聽得中軍鼓聲已止，即行收軍，回到坐船。

梁夫人恰從樓船下來，世忠上前執手道：「勞苦夫人了。」

梁夫人道：「為國效力，理應忘身，如何可說勞苦，但不知有無敵將擒獲前來？」

世忠道：「擒得一員。」

梁夫人道：「將軍速去發落，妾身略略休息。想那兀朮豈肯束手待斃，必然鼓勵士卒，再來衝突，以圖脫身。」說罷了，自往後船而去。

世忠升帳，押上龍虎大王。問明是兀朮的愛婿，立即斬首號令，又復檢點軍士，僅有數十名受傷，並無死亡。世忠令傷兵退往後面安心調治。忽報兀朮遣使下書，世忠命入，拆書觀看，乃是情願盡歸所俘，懇請借路渡江。世忠不允。來使又請添送名馬。世忠仍是不許，斥退來使，來使只得抱頭鼠竄而回。

兀朮見世忠不允借道，便由鎮江溯流而上。世忠亦即開船追趕。金兵沿南岸而行，宋軍便沿北岸而進，夾江對峙，絕不鬆懈。

到了夜間，擊析之聲也互相應和，行至黎明，金兵徑向黃天蕩內而去。

這黃天蕩，看去雖甚開闊，卻是一條斷港，有路可進，無路可出。金人不識路徑，誤走入內。等到兀朮捉了兩三個漁人問明原由，方知是個斷港，前面並無出路，不覺叫起苦來！思量了半日，沒有別法，只得懸出賞格，徵求計畫。

當下便有土人貪著千金重賞，往告兀朮道：「從此北去，不過十餘里之遙，有一條河道，名為老鸛河，因日久淤塞，不能通行，若能發兵開掘，就可直達秦淮了。」兀朮聞計大喜！立刻賞以千金。

土人領賜退去。即令兵士發掘老鸛河的故道。金兵都要逃命，發聲喊，一齊動手，不過一夜工夫，便開成了三十餘里的長渠，遂移船出去，向建康而行。

天將傍晚，行抵牛頭山，忽聽得鼓角齊起，一彪軍馬攔在前面。兀朮還道是自己的人馬前來接應，拍馬當先，向前探視，遙見那邊的人馬全是黑衣，又在天色昏暗之際，分不清是金軍，是宋軍。正在疑望，忽有一將，金盔銀甲，挺矛殺來。

兀朮見是宋將，慌忙揮兵迎敵，有眼快的小軍，認得那員宋將，不禁連聲叫道：「岳爺爺來了，大家須行小心。」喊聲未畢，岳飛已帶領百騎，如旋風一般，衝進敵陣。

金兵連忙持械迎戰，怎當得岳飛那條槍，盤旋飛舞，神出鬼沒，碰著的，不死也要帶傷，金兵殺死無數。又因已在黑夜，金兵瞧不清楚，竟自相攻擊，死亡不可勝計。兀朮連忙拍馬奔逃，直抵新城，方才轉了一口氣，反顧後面，見來逃的都是自己人馬，宋軍並未追趕，略略放懷，道：「岳飛這廝，果然名不虛傳，好生厲害。」當下只得收拾殘兵，紮下營寨，在新城過夜。吩咐兵卒，小心巡邏。

兀朮自己也不敢解甲安睡。等到了更深夜闌，正在朦朧欲睡，忽聞兵卒大喊道：

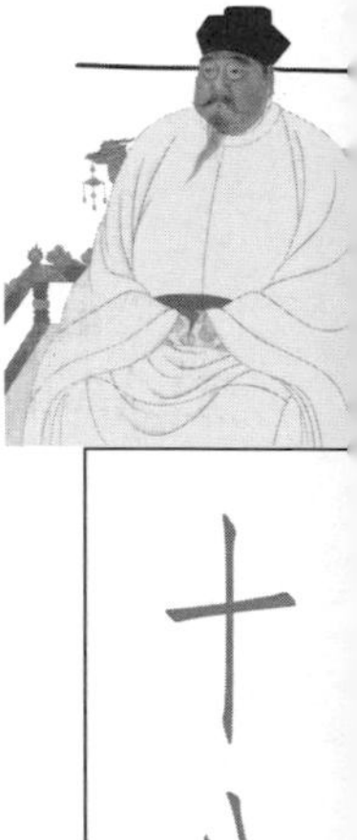

「岳家軍又殺來了。」

兀朮從睡夢中驚醒，幸虧沒有解甲，提了兵器，翻身上馬，棄營而奔。金兵也跟隨潰走。無誇岳家軍力追不捨，一直趕至龍灣，岳飛方才收兵。

兀朮見岳家軍已退，回馬檢點士卒，已經喪去一半，器械馬匹更不必說了。兀朮禁不住嘆道：「我從建康起身，往浙東的時候，原防著這個岳飛截我後路，故令偏將王權駐兵廣德作為後應。現在只見岳飛，不見王權，那支兵想必又葬送了。如今這條路被岳飛截住，我們萬難過去，進退無門，如何是好？」

部下將士齊聲說道：「我們何不仍回黃天蕩，再由原路渡江呢？料想韓世忠疑心我們已去，必不在那裡守候了。」

兀朮沉吟了半晌道：「果然除了此路，更無別路可以回去。」只得從龍灣乘船，再往黃天蕩行進。

那岳飛怎麼會在牛頭山截殺兀朮呢？原來金兵南下，岳飛帶領部兵在後追躡，行至廣德，便與王權相遇。兩下交鋒，不上數合，已將王權擒住，並獲裨將四十餘名。岳飛把來一齊斬首，放火燒了金營，本要南下勤王，只因軍中無糧，不能前進，料定兀朮孤軍深入，不能持久，滿掠一番，必由原路退歸，所以移兵在牛頭山，專等兀朮回來，殺他一個暢快；及至把兀朮逼還了黃天蕩，知道江中有韓世宗守住，不愁金兵逃去。自己部下盡是陸軍，不利水戰，不如回攻建康，把建康收復了，再邀截兀朮，也還不遲。因此逕自引兵，向建康而去。

且說兀朮，重回黃天蕩，只指望韓世忠已經不守在那裡，就可以渡江北歸了。吩咐眾兵出力搖船，駛出蕩口。哪知將到蕩口，只見無數海船，如一字橫列在口外，旗纛上面，都寫著斗大的「韓」字，迎風飄揚，十分威武。兀朮見了，不禁叫起連珠箭的苦來！

眾將士卻切齒痛恨道：「殿下休要憂慮。我們只要並膽同心，捨命殺出，總可保護殿下渡過江去。」

原來，兀朮是金太祖第四個兒子，所以眾將皆稱為殿下。

兀朮道：「現在已臨絕地，除了死戰之外，也無別法了。」當下傳令休息一夜，養足精神，明日拼命衝突。這夜，兩軍都相持不動。

到了次日黎明，金兵飽餐酒飯，一齊摩拳擦掌，捨死忘身，大聲鼓噪，衝殺出來。韓世忠的戰船經了這一陣衝殺，果然兩下分開。兀朮大喜，連忙乘勢駛去。哪知駛將前去，各戰船忽然一艘一艘自己沉下江去。

兀朮見前面的船自行沉沒，料知有異，連忙傳令退回，方將後面的保護住了。但已沉沒了好幾十艘，兀朮與諸將面面相覷，不知韓世宗用的是什麼法兒。

韓世忠並無異術，如何能使敵舟自沉呢？原來世忠知道兀朮此番前來，必定死命奪路，便預先備下鐵綆，貫以大鉤，將綆之兩端，分授於舟中的壯士，等到敵船駛過，即用鐵鉤搭住，每一牽動，舟便沉下。金人不知此計，都疑世忠另有異術，更加驚慌！

兀朮也不勝焦灼，只得令人請韓元帥答話。世忠便登樓相見，兀朮哀求道：「但得元帥，借條道路放我回去，從此永不再犯江南。」

世忠抗聲答道：「你要借道回去，極為容易，只要還我二帝，復我疆土，我決不為已甚。」兀朮無言可答。

此時撻懶已令金將孛堇太一（譯貝勒搭葉）領兵駐紮江岸北首，救應兀朮，兀朮見了自己的旗幟，膽便大了許多。遂即說道：「韓將軍，你不要太逼迫我。我總要設謀渡江，他日整軍再來，必將江南踏為平地，殺得草木不留。」

韓世忠也不答話，一翻身拈弓搭箭，向兀朮射來。兀朮連忙返棹，箭已中了船蓬上面。兀朮仍復退回黃天蕩，與諸將計議道：「敵人不允借道，如何是好？」眾將道：

「前日掘通老鸛河，是懸賞求策的，現在何不用此法呢？」兀朮稱善，便又懸賞，徵求破韓世忠的計策。

有個閩人王姓，來向金兵說道：「可於舟中鋪土，蓋以平板，等到風息出外，有風萬不可出，因為海船無風就不能動了，再用火箭射他的篛篷，就可不攻自破。」兀朮大喜，依計而行。

韓世忠哪裡知道，這夜還與梁夫人坐在船上賞月，把酒談心。

兩人對飲了幾杯。梁夫人忽然蹙額嘆道：「將軍不可因一時小勝，便忘了大敵。兀朮狡猾異常，倘為逃去，必然整軍前來報仇。那時將軍不但無克敵之功，反有縱敵之罪了。」

世忠笑道：「夫人太過慮了！兀朮已成籠中之鳥，還愁他飛去麼？我只守著要口，不使他出外，待到糧草已盡，不為我擒，也要活活餓死。」

梁夫人道：「南北兩岸皆是金兵，將軍總以小心為上。」

世忠道：「北岸金兵乃是陸軍，不能入江，可以無慮。」說罷，乘著酒興，拔劍起舞了一番，又隨口吟《滿江紅》詞一闋道：

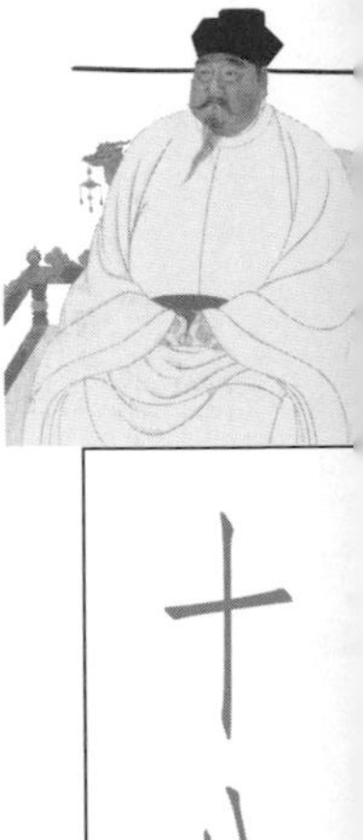

萬里長江，淘不勁壯懷秋色。漫說秦宮漢帳，瑤臺銀闕。長劍倚天氛霧外，寶光掛日煙塵側，向星辰拍袖整乾坤，消息歇。

龍虎嘯，風雲泣。千古恨，憑誰說。對山河狄狄，淚沾襟血。汴水夜吹羌管笛，鑾輿步老遼陽幄。把唾壺擊碎，問蟾蜍，圓何缺？

方才吟罷，梁夫人見他酒已過量，便扶他歸寢，然後再到外面，傳諭諸將道：「今夜月明如晝，金兵將必不敢來犯，但總以小心為是。你們可備小舟，徹夜巡查，不得有誤。」諸將遵令，梁夫人方才歸寢。

哪裡知道，兀朮已懸賞了計策，刑牲祭天。乘著星月橫斜，風平浪靜，率了各船，奮勇殺出。世忠與梁夫人聞得鼓譟之聲，連忙起身，戎裝披掛，上前迎敵，仍飭令將士照舊截殺。哪知一聲胡哨，敵船裡面，弓弩齊施，要想用盾遮蔽，無如射來的盡是火箭，篷帆一被射中，便延燒起來；更兼微風不生，海船都不能移動，坐視著煙焰蔽天，無路可逃。

幸虧巡查的小船四面攏來，梁夫人忙道：「將軍快些逃生要緊。」

世忠無法，只得跳上小船，梁夫人也將纖腰一扭，金蓮一頓，躥上小船，令親兵划槳鼓棹，逃往鎮江而去。其餘的兵將，燒死溺斃不計其數，只有一小半，駕著小船，逃了性命。兀朮得勝以後，遂即渡江而去。

這一次，韓世忠以八千兵，與兀朮相持四十八日之久。若無奸人獻計，兀朮萬難脫逃，雖然終究敗衄，但聲威遠振。金兵個個懼怯！不敢再侵江南，所以，雖然戰敗，也很有光榮的！

世忠到了鎮江，等到敗兵退歸，親加檢點，卻戰死了兩員副將，一為孫世詢；一為嚴允，兵士損折大半，受傷的不可勝計。世忠懊恨欲絕，終日裡短嘆長吁，悶悶不樂，梁夫人婉言勸道：「事已如此，悔亦無及。」

韓世忠道：「連日接得朝廷詔書，倍極獎勉。如今一敗塗地，叫我如何覆奏呢？」

梁夫人道：「前日苗、劉之亂，妾身受封安國，入謝太后，見太后極為仁慈，且對待妾身頗加寵眷。後來平了亂事，妾隨將軍回至建康，屢次晉謁，很蒙太后褒寵。現聞皇上已返越州，且向虔州迎接太后回鑾。妾當密上一奏，表面是彈劾將軍，暗中卻為將軍求免。太后見表，必然顧念前功，轉告皇上，不加罪責了。」

世忠道：「此言甚是有理，且我敗兵縱敵，也應上章自劾，方合道理。」當下修了兩道表章，遣使去了。

不上幾日，便有朝命下降，說韓世忠以八千人馬拒金兵十萬，相持至四十八日，屢勝一敗，不足為罪，特授檢校少保，兼武成感德軍節度使，以示鼓勵。世忠拜受了詔命，夫婦二人甚是欣慰！

且說兀朮逃出了黃天蕩，渡江北去，還道建康未失，直向那邊而行。及至到了靜安鎮，忽見旌旗飄揚，上面大書「岳」字，不覺吃驚道：「岳飛在此，難道建康已失麼？」忙令退兵。

哪知後面一聲炮響，岳飛已領大隊殺到，嚇得兀朮盡棄輜重，拍馬飛奔，一直逃過宣化鎮。到了六合縣，收集殘兵，已是失去無數兵馬。

兀朮頓足嘆道：「前日遇見岳飛，被他殺敗，今日遇見了他，又折了許多兵馬輜重，此仇必要報的。」

正在說著，忽得撻懶軍報道：「建康已為岳飛奪去，幸得孛堇太一，已將所有守兵盡行救回，現在我軍正攻楚州，請速來夾擊。」

兀朮看了軍報，便問來人：「楚州容易攻取麼？」

來人道：「楚州城池並不堅固，只因守將趙立，很是了得，所以攻打不下。」

兀朮道：「我意欲北歸，運還輜重，且向楚州借道。倘若趙立許我，便不去攻他；

否則我去夾擊便了。」遂寫起假道的書信，差人齎往楚州，去了數日，並無回音。還是得了撻懶的報告，方知差人已為趙立斬首號令。

兀朮大怒道：「什麼趙立！敢斬我使，此仇如何不報？」即對撻懶來使說道：「要破楚州，先要截他糧道，我願擔當此任。城內沒了糧草，自然不攻而破了。你回去可把我的言語告知主帥。」來人領命而去。

兀朮率領人馬，專截楚州糧道。楚州果然不能支持了。趙立見勢已危急萬分，只得向行在告急。

其時御史中丞趙鼎，正在參劾呂頤浩，說他專權自恣。呂頤浩亦劾趙鼎，阻撓國政。高宗改任趙鼎為翰林學士，趙鼎不拜；又改為吏部尚書。趙鼎又不受，更上章論呂頤浩過失，多至數千言。呂頤浩遂求去，有詔罷呂頤浩為鎮南軍節度使，兼醴泉觀使，仍以趙鼎為御史中丞。未幾，即令簽書樞密院事，趙鼎得了楚州急報，命張俊往援。

張俊素為呂頤浩友善，不願受趙鼎的派遣，固辭不去，乃改令劉光世往援。那劉光世，本是碌碌無能，因人成事的儒夫。奉到詔命，如何敢去？他只是逍遙江西，逗留不進，朝廷屢次催促，還是遷延拖宕，始終未往。

趙立困守楚州，雖然危急萬分，卻是到底不懈，見撻懶猛力來攻，即撤去城內沿牆

房屋，掘一深坑、燃旺了火，城上用許多壯士，持了長矛，見金人緣梯登城，用矛立鉤，投入火炕裡面，燒死了不知多少。撻懶又令死士爬城，也被捉住，一一斬首。撻懶不覺大怒起來，立誓不破楚州，決不退兵。遂運了火炮，向城猛擊。

趙立隨轟隨補，仍是攻打不下。如此相持了多日，趙立聞得城東炮聲不絕，急忙上城防守。恰巧巨石飛來，擊中趙立頭顱，血流滿面，尚是站在那裡。左右忙去救他，趙立慨然嘆道：「我傷甚重，不能為國滅賊，死亦不瞑目了。」言畢而死，身體仍舊立著，並不倒下，左右扶他下城，與他殯殮。

金兵疑趙立詐死，不敢登城。守陴兵丁也感趙立忠義，依然盡力守禦，又相持了十日，糧盡援絕，城始被陷。

趙立乃徐州人氏，忠義出自天性，恨金人入骨，捉到了金人，立刻處死，並不獻首計功。高宗聞趙立死難，追贈奉國節度使，賜謚忠烈。

岳飛引兵往救，行抵泰州，聞得楚州已失，不得已率軍而回。兀朮見楚州攻下，北路已通，正要束裝北返，忽然接到金主手札，命他入陝，援助婁室。兀朮便從六合西行，到得陝西，與婁室相見。婁室說及攻下各處州縣，皆被張浚奪了回去，因此奏聞主上，邀助一臂之力。兀朮不覺驚詫道：「張浚也這樣厲害麼？待我與他決戰一場，再作區處。」

原來張浚自從建康啟行，直抵興元，正值婁室攻下鄜延，及永興軍，關隴大震。張浚乃招延豪傑，修繕城地，以劉子羽為參議，趙開為隨軍轉運使，曲端為都統制，吳璘、吳玠為副將，整頓軍馬，防備敵人，兵氣漸振。婁室進攻陝州，知州李彥仙，向張浚求救。張浚令曲端往救，曲端竟不奉命。陝州因援兵不至，城遂被陷，李彥仙自殺。婁室入關，攻取環慶。

吳玠迎戰獲勝，約端前往援應。端又不往。吳玠再戰而敗，退歸興元，極言曲端之失。張浚本意要倚曲端自重，至此乃疑曲端不忠。後來聞得兀朮入寇江淮，張浚要引軍入衛。曲端又從中作梗，百端阻擋，推說西北士卒，不習水戰，不便前往。張浚因疑而怒，罷曲端兵柄，貶為海州團練副使，安置萬安軍；親自督兵至房州，克日南下入衛。

第七十二回　劉豫投金

張浚親自引兵至房州，克日南下，先令趙哲克復鄜州，吳玠收復永興軍，又移檄被陷各州縣，令其自拔來歸。各州縣果然反正，盡為宋有。後來聞得兀朮已經北歸，張浚已亦退回關陝，調取五路大軍，分道出同州鄜延，東拒婁室，南截兀朮。

及兀朮至陝，會婁室之軍西進。張浚遂召熙河經略劉錫，秦鳳經略孫偓，涇原經略劉錡，環慶經略趙哲，與統制吳玠，會合五路大軍，四十萬人，馬七萬匹，要與金兵決一勝負。當命劉錫為統帥，先行出發，自率諸軍為後應。統制王彥進諫道：「陝西將帥，素不和協，未可合兵齊出。倘有一路稍挫，各路悉皆奔潰。不如令其各守要隘，待金兵入境，再令來援，萬一不捷，還可不致大有挫衄。」

張浚不然其言，劉子羽亦力言不可。張浚慨然嘆道：「我非不知此理，但東南勢甚危急，不得不大舉攻敵。倘能擊敗金兵，便無西顧之憂，可以專力東南，防禦敵人

了。」吳玠、郭浩又進見諫阻，張浚只是不從。大軍遂即啟行。前鋒行至富平，劉錫會集諸將，計議出戰之策。吳玠道：「出兵宜求勝利，此處一帶平原，絕無險要，易為敵兵所乘；當先據高阜，依險立營，方保萬全。」

諸將道：「我軍人馬眾多，比較金兵，何止一倍，怕他甚的。況此處前有葦塘，便使用鐵騎衝突，也不能奔馳如意，何必移住高阜呢？」劉錫因眾議不同，也不能決斷。

那婁室卻引兵前來，部下的人馬早已預備了柴薪，運著土袋，把葦塘頃刻填滿。金兵縱馬而過，進逼宋營。兀朮也引人馬到來，與婁室分為左右兩翼，列陣待戰。劉錫見敵兵逼近，遂傳令出營出戰。吳玠、劉錡等敵左，孫偓、趙哲等敵右。左為兀朮之軍，上前接仗，吳玠、劉錡身先士卒，奮勇衝突。兀朮的部兵竟自抵擋不住，漸往後退。

婁室領了兵在右邊與孫偓、趙哲決戰。孫偓倒也親自指揮，盡力上前。那趙哲卻躲在旗門影裡，不敢前進，早被婁室看出破綻，指揮鐵騎，徑從趙哲一軍殺來。趙哲如何敢出陣迎敵？帶轉馬頭，往後邊跑，部下兵士見主帥已走，自然跟隨奔跑。孫偓之軍竟為牽動，不能支持，也就潰退。吳玠、劉錡的兩路人馬見右軍已敗，兀是驚心，再加婁室戰敗了孫偓、趙哲之軍，也來幫助兀朮，兩下夾攻，吳玠、劉錡也就招架不住，只得敗退下來。統帥劉錫見四路兵敗，哪裡還敢戀戰，也便退走。

張浚駐紮邠州，正在盼望捷音，忽見敗兵陸續退回，知道邠州亦難保守，只得退至秦州。等得劉錫到來，責其敗北之罪。劉錫歸罪於趙哲。張浚即將趙哲斬首，劉錫安置合州，命劉錡等各歸本鎮，並上疏自劾，後得高宗手詔，非但不加責罰，反多慰勉之語。張浚奉詔，感激涕零，力圖報效，無如各軍新敗，金兵勢焰，日盛一日，涇原諸州軍，皆為兀朮所攻破；又有叛將慕洧，引導金人，入環慶路，破德順軍。

張浚自己部下只得親兵一二千人，如何還能再戰，就是秦州也保守不住，只得又退往興州。有人說：「興州也很危險，不如徑行入蜀，駐節夔州，就可憑險而守，永保無虞了。」

張浚聽了這話，心內躊躇不決，即請劉子羽商議。劉子羽不待張浚說畢，已變色道：「誰人首倡此議，罪應斬首。四川向稱富饒，甲於全國，金人唾涎已久。不過地勢險阻，山嶺崎嶇，不容易進去，且因我們的人馬駐紮在此，不能飛越過去。如今棄了陝西，退入蜀中，引敵深入。我卻退避夔峽，與關中不通聲氣，必致進退兩難了。如今敵人方才恣意劫掠，尚未逼近。宣撫使應當留駐興州，以為關中人望，內安全蜀人心；速

遣官屬出關，召集諸將，收拾散亡，分扼險要，堅壁以待，俟釁乘隙，待時而動，尚可挽救前次之失，以圖將來之效。」

張浚聞言，肅然起立道：「參軍所言，甚合機要！我當立刻施行。」當下召集諸參佐，欲令出關，慰諭諸將。眾人皆有難色，劉子羽道：「某不才，願當此任。」張浚大喜道：「得君前往，尚有何言。」遂令從速前行。

子羽奉令，單騎赴秦州，檄召散亡將士，諸將因富平之散，懼獲罪譴，各自逸去，幾不知張浚身在何處。此時見了檄文，一概赦罪，仍復原職，大家欣喜！接踵而來。未及數日，已收集了十餘萬人，軍勢復振。劉子羽回到興州，報告張浚，即令吳玠往鳳翔，扼守大散關以東的和尚原。

關師古等聚熙河兵，扼守岷州的大譚縣。孫偓、賈世芳等，集涇原、鳳翔之兵，扼守階、成、鳳三州。三路分屯，遏住敵兵進取之路。金兵得了消息，方才不敢輕易到來。未幾，婁室病死，兀朮自覺勢力孤單，暫時且圖自保，待養足了氣力，再設法進取。

且說撻懶攻下了楚州，又分兵陷了汴京。汴京乃北宋都城，稱為東京，河南府為西京，大名府為北京，應天府為南京，此時盡為金人所有。金主晟本來無意中原，便將河南、燕北州郡，立劉豫為帝。

那劉豫，號彥游，景州阜城人氏，初為河北提刑，金人入寇，棄官而去。後由張慤保薦，起復為濟南府。劉豫因山東盜賊橫行，不願前往，請在東南效用，宋廷不許。劉豫怏怏而去。

未及兩年，金將撻懶略地山東，來攻濟南。豫令勇將關勝，及其子劉麟，率兵抵禦。關勝奮勇殺敵，連次獲勝，撻懶心中疑懼，令人入城勸劉豫降金，永保富貴功名。豫本來怨望朝廷，遂將關勝殺死，開城投降。城內人民不肯從金，豫乃縋城而出投往金營，從此，隨了撻懶，參贊軍事，撻懶倒也很器重他。

後來聞得兀朮攻下建康，高宗避往東南，西北地方遼闊，金主恐照顧不到，要依照張邦昌的故事，重建藩封。但漢人中只有折可求、劉豫二人才具相當。劉豫聞得這個消息，連忙大施運動，以重金饋獻撻懶，求為薦舉。撻懶倒也樂從，便轉告粘沒喝，請立劉豫為藩王。粘沒喝不答，撻懶又致書於高慶裔，囑為吹噓。

高慶裔受金命為大同尹，與雲中相近，即往謁見粘沒喝道：「我朝屢次舉兵，不過為的兩河，因此，得了汴京，遂立張邦昌為帝；現在河南州郡，皆歸我有，官制還是依照南朝，不是又要依照張邦昌的故事麼？元帥不早建議，乃令恩出他人。竊為元帥不

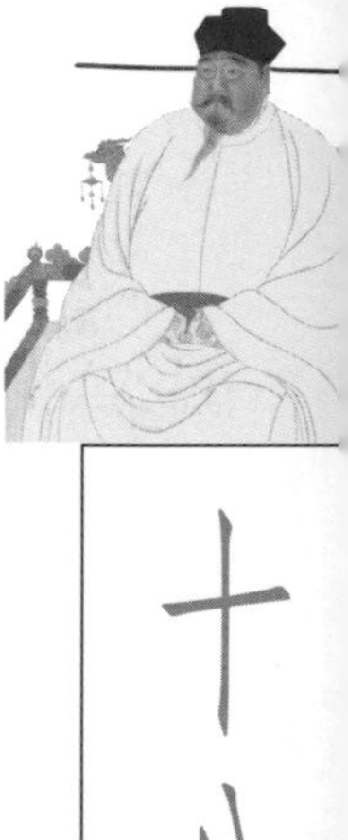

取。」粘沒喝聽了此言，連連點頭，遂即奏聞金主。

金主即命使至劉豫部下，諮問軍民應立何人為帝？劉豫鄉人張浹，首請立豫，眾亦隨聲附和，就此議定。撻懶轉奏金主。金主遂命大同尹高慶裔，知制誥韓昉為冊封使，於高宗建炎四年九月，即金主晟天會八年，冊立劉豫為齊帝。劉豫乃上金哲表，世修子禮，奉金正朔。後因金主許其改元，始改次年為阜昌元年，升東平府為東京，改東京為汴京，降南京為歸德府，惟大名府仍稱北京。撻懶即立劉豫為齊帝，又因宋廷近年來，有岳飛、韓世忠等為將，用兵未必勝利；若要自己毫無損失，坐收其利，惟有講和一法便，想了一個計策，將秦檜夫婦放回中國，使他做個奸細，主持和議。

此時秦檜在撻懶營內做了參謀，兼轉運糧台，頗得信用。撻懶將他召來，把主意說明，秦檜連聲答應，對天盟誓，永不負金。撻懶遂將秦檜及其妻王氏暗中放歸。秦檜攜妻航海而行，到了越州，只言自己殺了監守的人，奪舟回來的。廷臣多半疑惑，盡說秦檜自北至南，迢迢數千里，途中豈無稽察，就使從軍撻懶縱令歸來，亦必拘其妻子，如何得與王氏同行呢？

惟參知政事范宗尹，同知樞密院事李回，素與秦檜友善，力為辯白，且薦他忠誠可用。高宗乃召他入對，秦檜見了高宗，即出所草與撻懶求和書，且勸高宗屈從和議，為迎回二帝，休養萬民之計。高宗聞言甚喜！對輔臣道：「秦檜樸忠過人，朕得檜，甚是欣慰！即得二帝母后消息，又得一佳士，豈非是幸事麼？」遂除檜為禮部尚書。

建炎四年冬季，下詔改元，以建炎五年，改為紹興元年。又因秦檜南還，得知二帝消息。遂於元月清晨，率百官遙拜二帝，免朝賀禮。

自金人南侵，騷擾中原，人民困苦，多流為盜。江淮湖湘之間，如孔彥舟據武陵；張用據襄陽；李成據江淮，部下皆擁勢數萬，結連十餘州郡，大有席捲東南之勢，又妄作訐符，捏造妖言，搖惑人心，煽動中外。

就中惟李成，勢更強橫，出沒於江淮湖湘一帶，人民遭其蹂躪，苦不堪言。高宗特命呂頤浩為江東安撫制置使，往討李成，反為李成部將馬進所敗，且將江州奪去。適值王彥破了桑仲，岳飛破了戚方。戚方至張俊處請降。張俊上表奏聞，高宗乃授張俊為江淮招討史。張俊請與岳飛同行，遂命岳飛為副。

張俊方才啟程，忽得探馬急報，江州為馬進所陷，現又往攻筠州。張俊乃下令向豫章進發，入城之後，大喜道：「此地夾於江、筠之間，勢所必爭。今為我有，賊人不足平了。」果然不到幾日，馬進也趕了回來，連營西山，聲勢頗為浩大。張俊按兵不出，相持了十餘日。馬進致書約戰，書中字跡寫得很大，張俊卻用端楷答覆，亦未言及何日

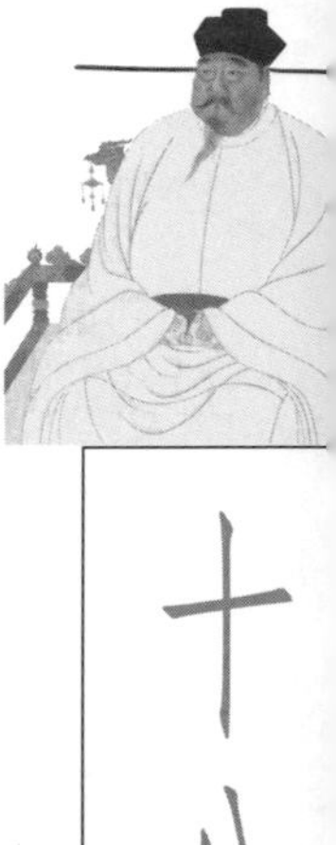

開仗。馬進以為張俊畏怯，毫不設備。

恰值岳飛引兵到來，入城見了張俊，問及戰守事宜，張俊大略與言。岳飛道：「馬進知進而不知退，乃匹夫之勇；若遣兵至生米渡，截其歸路，必敗無疑。某願為先鋒，立此首功。」張俊大喜，即令楊沂中率兵入生米渡，岳飛前驅迎敵。

岳飛奉命，回至營中，穿了兩重鎖子甲，騎上健馬，偃旗息鼓，從賊營右邊殺入，所部人馬皆隨後跟進。逢人便殺，遇馬即砍。馬進不防軍官掩至，人不及甲，馬不及鞍，奔潰而走，逃往筠州。

岳飛追至東城，將兵馬埋伏城外，只領二百人，打著紅緞大旗，中間繡個「岳」字，直薄城下。馬進引兵出城，見官軍人少，揮兵上前。岳飛且戰且退。走到分際，伏兵齊起，兩面夾攻，馬進大敗。岳飛部下將士大聲喊道：「你們有不願從賊的，從速坐下，元帥決不加罪。」賊兵聞言，棄械而坐的，共有八萬人。

張俊、楊沂中也隨後趕到，前後圍攻，賊人奔潰得愈加厲害。馬進攜了死黨，逃往南唐而去。岳飛追至朱家山，又將馬進副將趙萬殺死。李成親自帶了悍賊十餘萬來援，行抵樓子莊，遇見岳飛、張俊兩軍對壘。賊又大敗，官軍克復筠州。

此時李成餘眾尚有十萬，與官軍夾河下寨。張俊定計，當晚前去劫營，令楊沂中由西面渡河，自己由東面渡河，銜枚摘鈴，毫無聲息，渡過河去，吶喊一聲，兩路殺入。賊兵從夢中驚醒，自相踐踏，死者不計其數。張俊乘勝追至江州，賊兵皆呼道：「張鐵山來了。」原來，張俊面目黧黑，賊兵皆呼之為鐵山。

李成窮迫已極，只得往投劉豫。於是，興國軍等處，一律克復，賊已肅清。張俊報捷行在，奏稱岳飛為首功。高宗乃授為右軍都統制，屯兵洪州，彈壓盜賊。

再說金將兀朮，屯兵陝西，養足氣力，連破鞏、河、樂、蘭、郭、積石、西寧諸州，進陷福津，入區興州。宣撫使張浚，退保閬州，令張深為四川制置使，劉子羽同赴益昌，王庶為利夔制置使，節制陝西諸路，兼知興元府。吳玠為陝西都統制，召曲端至閬州，仍將重用。

吳玠、王庶皆與曲端有隙，相繼入告張浚道：「曲端若再起用，必將不利於公。」王庶且言曲端嘗題詩，有「不向關中爭事業，卻來江上汎漁舟」之句，指為暗斥乘輿。張浚乃下曲端恭州獄。提刑康健，曾因事為曲端鞭背，便令獄吏將曲端縶住，用紙糊口，以火炙之。曲端口渴求飲，與以燒血，遂七孔流血而死。

其時關隴六路盡為兀朮所破，只餘階、成、岷、鳳、洮五州，及鳳翔境內的尚原，隴州山內的方山原了。吳玠扼守和尚原，聚糧草，繕甲兵，築成木柵，誓以死

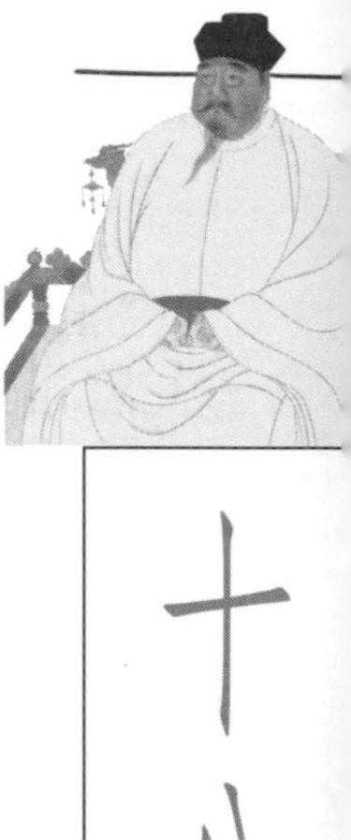

守。兀朮遣部將沒立（默呼），自鳳翔出兵，烏勒折合（額勒濟格）自大散關出兵，會攻和尚原。烏勒折合先至在北山挑戰，吳玠令諸將列成陣勢，以逸待勞，分班輪替，各自休息。金兵不能支，大敗而退。沒立攻取箭筈關，吳玠亦遣勇將把他戰退，兩軍始終未能會合。

金人自起兵入陝，從未遇見敵手，今遭此敗，如何便肯甘休。兀朮異常憤怒！會集諸將，率兵十餘萬親自前來，跨渭水建浮橋，自寶雞結寨，連營數十里不斷，營牆以外皆壘石為城，誓必攻破了和尚原，方肯罷手。

吳玠見將士皆為驚愕之色，遂召集部下，曉以忠義，並囓臂血，與眾設誓，眾皆感泣。吳玠弟吳璘亦在軍中。吳玠對他說道：「今日是我兄弟報國之日，萬一失敗，寧我兄弟先死，決不使將士先亡。」

吳璘奮聲答應，諸將也齊聲道：「主將兄弟報國，我等亦願報主將。」吳玠大喜！遂與吳璘在軍中挑選勁弩，命善射的兵卒，編為隊伍，曰「勁弩隊」；遣諸將輪流帶領，勢如雨注，向敵營射去，無論兵將如何驍勇，遇著此箭，也不能前進，金人稍怯；又用奇兵分兩路攻擊，殺得金兵叫苦不迭。

更從間道截斷糧草，絕其汲道，料定兀朮必要退走，遂命吳璘率弓弩手三千，埋伏神岔溝，截他歸路。吳玠親自督兵，乘夜劫營，連破金人營寨十餘座。兀朮倉皇敗走，奔至神岔溝，一聲炮響，箭如飛蝗，兀朮抱頭鼠竄，身中兩箭而逃，耳中只聽喊道：「兀朮休走。」此時天尚未明，兀朮恐為人識破，忙忙的將鬚髯割去，飛馬奔走。後來知道陝西地方不容易攻取，便把所得州郡盡歸列豫統轄，因此，劉豫盡有中原之地。遂於紹興二年，遷都汴京，為尊祖考為帝，就宋太廟內，供奉神主。忽然暴風大起，屋瓦皆震，祭品盡行捲入空中。劉豫所立大齊旗幟也吹得不知去向，旗竿亦被狂飆折斷，人民大懼，劉豫亦未免掃興。

其時襄陽盜魁桑仲，已經受撫。高宗命桑仲為襄陽鎮撫使。桑仲卻想報效朝廷，上疏行在，請合諸路兵，恢復中原。呂頤浩也敗賊於饒州，授少保，入為尚書左僕射。見了桑仲的奏疏，便請高宗准奏，下詔命桑仲節制軍馬，恢復劉豫所置州郡；並令翟興、解潛、王彥、陳規，孔彥舟、王亭等諸鎮撫使，互相援應。桑仲奉了詔命，往郢州調兵。

知郢州霍明，疑心桑仲謀逆，誘他入城，擊碎其首。桑仲部將李橫，方為襄鄧統制，聞得主將被害，起兵攻擊霍明。霍明敗走，李橫入郢州。河南鎮撫使翟興，又為裨將楊偉所殺，攜首往投劉豫。李橫本要繼續桑仲之志，恢復中原，得了這個報告，即進

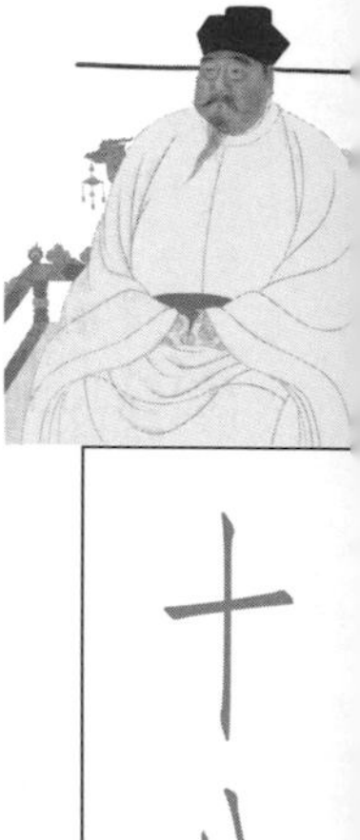

兵石陽，破劉豫兵，乘勝破汝州，下潁順軍，攻入潁昌府。

劉豫得了警報，令降賊李成，率眾二萬往救，又向金求助。金調兀朮往援，與劉豫軍同抵牟駝岡，夾攻李橫。橫不能敵，引兵退走，潁昌復失。吳玠聞得兀朮往助劉豫，遂留弟吳璘守和尚原，自率兵進駐河池，檄熙河總管關師古，收復熙鞏諸州。金將撒離喝大怒，令降將李彥琪駐秦州。鎮撫使王彥迎戰大敗，退保石泉。撒離喝乘勝直入，徑至洋漢。

時劉子羽正知興無府，聞得王彥敗退，亟令田晟守饒鳳關，遣人馳報吳玠，請其來援。吳玠從河池馳救，一日夜行三百里，到了饒鳳關，遣人以黃柑遺金人道：「大軍遠來，聊用解渴。」撒離喝大驚！

第七十三回　岳家軍

吳玠馳至饒鳳關，遣人以黃柑赴金營，遺撒離喝。

撒離喝大驚，以杖擊地道：「爾來何速？真令人不解了。」遂督軍進攻。一人先登，二人擁後，前仆後繼，更番迭上。

吳玠命眾軍弓弩齊施，又運大石推壓，相持六晝夜，屍積如山，關城矗立，分毫無損。撒離喝乃潛募死士，間道出祖溪關，繞至後面，登高啖饒鳳關，力加攻打。諸軍腹背受敵，不能招架，只得潰退。金兵遂入洋州。

劉子羽約吳玠守定軍山，吳玠以為難守，退保西縣。劉子羽也只得盡焚興元積儲，退屯三泉。撒離喝馳入興元，進至金牛鎮，四川大震。劉子羽從兵不滿三百，糧食又盡，與士卒取草芽木甲裹腹，一面致書吳玠，誓死訣別。吳玠已往仙人關，得子羽的書信，尚無救援之意。愛將楊政大聲道：「節使不可負劉待制，否則政等亦捨卻節使，自

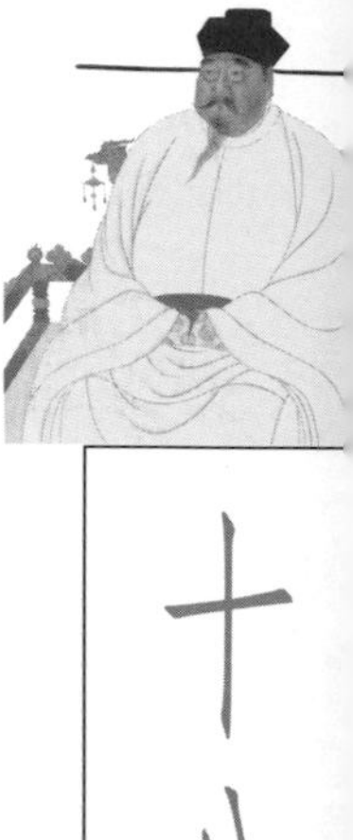

去逃生了。」

吳玠方從間道去會劉子羽，子羽留吳玠同守三泉。

吳玠答道：「關外乃西蜀門戶，不可輕棄，留兵千人，助守三泉，仍去扼守仙人關。」

子羽自吳玠行後，巡閱形勢，劃策保守。附近有譚毒山，峭壁陡絕，險峻異常，山上卻寬平有水，遂督兵建立營壘。

壘剛築就，金兵大隊已來，相距僅隔數里。劉子羽反不慌不忙，將胡床移對壘口，親自坐在那裡，端然不動。諸將皆泣請道：「此非待制坐處。」

子羽道：「死生有命，我應死於此地，雖走無益，你們休要驚慌！要死大家同死，恐怕倒未必死哩。」語還未畢，金兵蜂屯蟻聚而來，仰頭瞧見子羽，全冠戎裝，從容不迫，端然正坐。金兵不解其故，報知主帥。撒離喝親來視也，疑心是誘敵之計，又四下瞭望。見山勢高入天際，四面生成的峭壁，猿猱也難上下，就使用箭仰面射去，也覺吃力萬分，況且未必命中，當即揮兵退去。

子羽見金兵退盡，方才回營。諸將見他有此膽識，愈加敬服。

撒離喝退歸鳳翔，遣使人十輩，往招子羽來降。子羽斬其九人，留下一人放令回去，當面對他說道：「回去告知主帥，要來便來，我願與他決一死戰，豈肯投降。」那個來使嚇得心驚膽裂，抱著頭逃了回去，把子羽的話告知撒離喝。撒離喝疑他有備，不敢輕進，又值糧運不濟，殺馬而食。吳玠與劉子羽又派遣遊騎四出，擾其營寨，把個撒離喝鬧得寢食不安，只得收兵回去。劉子羽聞得金兵將退，約了吳玠，出兵追擊。

金兵一齊起了歸心，誰肯捨了性命前來抵敵，遂將所有輜重盡行棄去，四散奔回，墜澗墜溪而死的，不可勝計。王彥乘勢恢復了金、均、房三州。

到了次年，金人對於陝西心還不死，兀朮、撒離喝與劉豫部將劉夔，三路連合，攻破了和尚原，進取仙人關。吳玠已先令其弟吳璘，設寨於關右，號稱殺金平。金兵鑿崖開道，沿嶺東下，誓必破關。吳玠守第一隘，吳璘守第二隘。金兵用雲梯，用撓鉤，用火箭，想盡了攻關之法，終究不能攻下，反死了無數士卒。

吳玠兄弟帶領諸將，以旗紫白為號，殺入金營，金陣大亂。金將被箭刺傷一目，金兵乃乘夜遁去。吳玠又令王浚等，埋伏河池，扼敵歸路，又得勝仗。那兀朮等人都垂頭喪氣，逃回鳳翔。從此，吳玠兄弟名揚隴蜀。金齊諸將不敢再犯。

捷報到了行在，有詔授吳玠為川陝宣撫副使，吳璘為定國軍承宣使。

且說呂頤浩入相以後，與張浚雖然沒有什麼嫌隙，卻也沒甚感情。秦檜此時又參知政事，暗中力主和議，很與張浚反對，再加張浚鎮守陝西三年，功勞皆出自吳玠兄弟，更令秦檜有話可說，因此張浚很為高宗所不悅。

那秦檜外面很覺忠誠，內裡卻藏著一團奸詐，時常大言道：「我有二策，可使天下太平。」一同僚問他是何妙策，他又說未登相位，言亦無益。高宗也道他果有奇謀，即授為尚書右僕射。秦檜入陳妙策，乃是「南人自南，北人自北」的兩句言語，便算是妙策了。高宗不禁問道：「你言『南人歸南，北人歸北』。朕是北人，卻歸何處呢？」

秦檜經此一問，方才無言可答。

自秦檜與呂頤浩並相，檜因不能獨攬大權，欲令頤浩外出，遂授意言官，對高宗說道：「昔周宣王內修外攘，以致中興。今二相一同在內，如何對外？」

高宗乃命頤浩治外，秦檜治內，嘗臨朝對群臣道：「頤浩治軍旅，秦檜理庶務，兩人各擅其長。正在臥薪嚐膽的時候，須學文種、范蠡才好。」頤浩乃請高宗，移至臨安，自至鎮江開府，都督江淮荊浙諸軍。高宗准奏，駐蹕臨安。

秦檜獨相了一年，毫無建白。起居郎王居正，參他言行不符，素餐尸位。呂頤浩也令御史黃龜年，參他專主和議，阻擋國家恢復大計，且植黨營私，招權攬勢，當即免秦檜職，且將奏章榜於朝堂，以示永不復用之意，以朱勝非為右僕射兼知樞密院事。朱勝非與張浚宿有嫌隙，日言浚短。高宗乃命王似為川陝宣撫處置副使。張浚意不自安，上疏辭職。遂召浚至臨安，浚奉命南旋。中丞辛炳、侍御史常同等，劾浚喪師失地，跋扈不臣請罪，遂罷浚職，居住福州。劉子羽亦安置白州。

未幾，呂頤浩亦為辛炳、常同所劾，罷為鎮南節度使，提舉洞霄宮；以趙鼎參知政事；劉光世為江東淮西宣撫使，屯兵池州；韓世忠為淮南東路宣撫使，屯兵鎮江；王燮為荊湖制置使，屯兵鄂州；岳飛為江西南路制置使，屯兵江州。

是時劉豫聯絡洞庭湖賊楊么，與李成合軍，從江西趨浙。岳飛聞報，即奏請收復襄陽六郡，先逐李成，次平楊么，然後進取中原。朱勝非亦謂襄陽乃江浙上流，不可不取。

趙鼎道：「知上流利害的，無過於岳飛。當令岳飛專任此事。」乃命岳飛兼荊南制置使。岳飛奉命，即日渡江，對幕僚們說道：「此行不能擒賊，誓不再渡此江。」不日到了郢州，已有劉豫部將京超拒守。京超有萬夫不擋之勇，聽說宋兵到來，披掛登城，佈置守禦。

岳飛揮兵登城，牛皋首先躍上，大喝一聲，京超出其不意，從城上倒撞下來，跌成

肉餅。宋軍得了郢州，進攻襄陽。李成出兵迎敵，於湘江邊上，列成陣勢。岳飛登高瞭望，微笑說道：「步兵利於險阻，騎兵利於曠野，現在他將馬隊排於江岸，步兵排於平地，不是自相背謬麼？雖有十萬之眾，我豈懼他。」遂從馬上舉鞭，指示王貴道：「你可領長槍步卒，擋他的馬隊。」又指牛皋道：「你可率騎兵，擋他的步卒。」二將奉令，分頭而進。

王貴殺入敵陣，專用長槍，刺他的馬腹。馬中槍即倒。騎賊紛紛落地，殺死無數，餘賊逼入江內，也多半溺斃。牛皋殺入步兵隊裡，怒馬馳騁，銳不可當，步兵不為刀槍殺死，也為馬足踏死，又傷亡了無數。李成見不是勢了，逃命要緊，哪裡還顧得部下，獨自一人飛馬而遁。宋軍又克復了襄陽。

劉豫又添了兵來，連合李成餘眾，屯守新野，岳飛親率偏將王萬出戰。賊兵早知岳家軍的厲害，見了岳字旗幟，便紛紛逃散。岳飛與王萬痛殺一陣，直殺得屍橫遍野，血流成渠；又遣王貴、張憲收復了唐州、鄧州及信陽軍；牛皋克復了隨州，襄陽一律平定，移屯德字，軍威大振。

捷報到了臨安，高宗喜道：「朕只聞得岳飛治軍有法，不料他遽能破敵，成此大功。」

消息傳到汴京，劉豫不勝驚慌，忙遣人向金求救。金遣訛里朵、撻懶兩人，調渤海漢軍五萬，往助劉豫，又因兀朮深知中國地理，令為先鋒。劉豫亦令子劉麟、侄劉猊率領人馬，會同進兵，馬隊由泗攻滁，步兵由楚州入承州。警報到了臨安，朝中又不免驚慌起來！趙鼎新授了都督川陝之命，入朝陛辭。

高宗道：「今昔情形不同，卿不可離朕遠行。」遂拜趙鼎為尚書右僕射，兼知樞密院事，沈與術參知政事。趙鼎乃勸高宗特頒手詔，促韓世忠進屯揚州。

世忠此時，征剿江湖劇盜，降曹成，斬劉忠，進爵太尉，功高望重，勛名赫弈。奉了高宗手詔，自鎮江濟師，進屯揚州；使統制解元，守承州，禦金步兵；親提騎兵，駐大儀，抵禦敵騎。並下令伐木為柵，自斷歸路，誓與金齊決一死戰。

恰值吏部員外郎魏良臣，奉命使金，途中與世忠相遇。世忠知良臣是主和派，心生一計，先命營中撤去炊爨，再與良臣相見，詐言已奉詔命，回屯平江。良臣點首，馳馬徑去。世忠待良臣去後，即奮身上馬，下令軍中道：「視吾手中鞭，鞭指何方，即向何方進行，不得遲延。」將士奉令，跟著世忠出發。世忠相度形勢，隨處設伏，少約百人，多至千人，計自大儀以此。設伏二十餘處，自置營五座，令各伏兵，聞營中鼓起，一齊出擊，違令者斬。佈置既定，專候金兵前來。

金前鋒將軍聶兒孛堇（聶呼貝勒）正要派偵騎窺探宋軍虛實。巧值魏良臣到來，向他詢問宋軍情形。良臣備述所見，孛堇大喜！即引兵至江口，距大儀不及數里，別將撻不野（托卜嘉）擁著鐵騎，馳馬向前，經過世忠五營東首。世忠傳令起鼓，鼓聲既作，伏兵齊起，奮勇突入金陣。撻不野雖然驍悍善戰，一人不敵四手，顧此失彼，東防西潰，一刹那頃，四下裡都是宋軍旗幟，弄得目眩神迷，無從指揮。

忽然一隊健卒，橫貫陣中，每人持一長斧，上揕人胸，下砍馬足，眼見得陣勢大亂，人馬齊仆。撻不野招架不住，只得策馬逃生，匆忙之中，慌不擇路，陷入泥淖裡面，也就只好任憑圍將攏來，束手受擒了。

世忠擒了撻不野，揮軍進攻金兵，一面又遣成閔率騎兵數千，往承州援助解元。解元到了承州，也各處布了伏兵，又決河水以阻金兵。金兵涉水而過，將攻北門。解元施放號炮，伏兵一齊殺出，金兵膽怯而退。未幾又來，再戰再怯，怯而又進，一日至十三次。

解元也很覺得疲乏，勉力相持。忽聽東北角上，鼓聲大震，一彪人馬殺來。解元疑是金人添兵前來，心下兀是驚惶！恰見金兵陣腳已動，以有慌張之狀。解元連忙登高瞭望，見是韓字旗幟，便大呼道：「韓元帥到了。」部將聽得「韓元帥」三個字，頓時精神百倍，鼓勇殺出。

金兵腹背受敵，如何還能支持，一哄逃走。解元揮兵追將過去，正與救援之兵相逢，見統將乃是成閔，便問元帥還未到麼？成閔道：「元帥已親自追殺兵去了。」解元方知成閔是故意打著韓字旗幟，前來救應的，遂與他合兵追殺，直至三十里外，俘獲馬匹器械，不計其數，方才收軍而回。

成閔自行返報世忠。世忠已抵淮上，大敗聶兒孛堇。金兵渡淮遁去。世忠獲勝回營，成閔進謁，方知承州也得勝仗，遂報捷臨安，群臣相率稱賀！

高宗道：「世忠忠勇！朕知其必成大功。」沈與術道：「自建炎以來，我朝將士，未嘗與金人迎敵。今日世忠之捷，可謂中興第一功了。」高宗道：「朕當格外優獎，以示鼓勵。」於是賜世忠得絹帛馬匹，部將解元、成閔俱加官秩。

趙鼎又勸高宗親征，高宗也覺膽大起來，居然下詔親征，命孟矼為行宮留守，克日督兵臨江。趙鼎退值，僚屬喻樗問道：「六龍臨江，兵氣百倍。但公自料此舉，果保萬全麼？」

趙鼎慨然道：「中國累年退避，士氣沮喪，敵氣益驕，義不可以再屈。因此勸駕親

征，至若成敗，只可聽之天命，哪裡能夠預料呢？」

喻樗道：「既然如此，公應先籌歸路。張德遠素有重望，若令宣撫江淮荊浙福建，募諸道兵赴闕，他的來路就是朝廷的歸路了。」

原來，德遠是張浚的表字，現居住福州，所以喻樗提起他來。趙鼎也深以為然，入見高宗，請用張浚。乃召浚為資政殿學士，張浚入朝，高宗言及親征一事。張浚竭蚱贊成，遂下手詔，為浚辨誣，復命知樞密院事。

張浚退朝，往見趙鼎道：「此行舉措，頗和人心。」趙鼎笑道：「這乃喻子才的功勞，他尚思推賢任能，鼎敢蒙蔽麼？」張浚謙謝！

趙鼎道：「公既復任，理應執殳赴敵，為王前驅了。」張浚道：「浚受國厚恩，焉敢偷安。明日即為陛辭，出赴江上。」趙鼎大喜，拊浚背道：「如此方可杜人口實呢。」張浚遂即告別，即入辭高宗，赴江上視師。

高宗也啟蹕臨安，劉錫、楊沂中，率禁兵護駕，途中飭劉光世移軍太平州，為韓世忠聲援。光世與世忠有宿嫌，不願移兵，遣人諷趙鼎道：「相公奉命入蜀，何事為他人任患。」世忠也寄語道：「趙丞相真是敢為。」趙鼎請高宗遣使功慰勉韓、劉，且面奏道：「陛下養兵千日，用在一朝。若稍加退縮，人心立渙，長江雖險，不足恃了。」

高宗即命御史魏矼往諭韓、劉。劉光世始移軍太平州，高宗亦至平江，下詔暴劉豫罪，整飭六軍，欲渡江決戰。

趙鼎恐勝負難必，入諫道：「敵眾遠來，利在速戰，驟與爭鋒，恐屬非計，且逆豫尚遣其子，豈可以至尊親自出馬。」高宗方止。

金齊又合兵攻廬州。令岳飛往援。飛命牛皋為先鋒，徐慶為副。牛皋到了城下，見偽齊兵圍住城北，金兵還陸續前來。牛皋便一馬當先，遙呼金將道：「敵將聽著，我乃岳元帥部下先鋒，牛皋是也。能戰即來，可與我鬥三百合。」

金將大吃一驚，回首顧視，果見岳字旗幟飛揚城南，乃不戰而退。偽齊兵見金人退去，也就潰走。

岳飛到來，向牛皋道：「快快追去，我若不追，就此退去，他又來了。」牛皋遂追殺三十餘里。金、齊兩軍還疑岳飛親來，沒命的退潰，自相踐踏，死者不可勝計。

金兵回屯泗州竹墩鎮，撻懶領泗州軍，兀朮領竹墩鎮軍，為韓世忠所扼，貽書幣約戰期。世忠令麾下王愈，及兩個伶人，報以橘茗，且傳言張樞密已在鎮江，須下文書，命決戰期。兀朮道：「聞得張樞密已貶嶺南，何從來此，你不要欺我。」

王愈即出張浚移文與看，兀朮顏色大變，半晌方才說道：「你國遣使議和，魏良臣

剛從北返，我朝正議冊封你國為藩屬，如何又要與我爭戰呢？」

王愈道：「我國本願與貴國和好，所以屢遣使命，一再謀和。無如貴國逼人太甚，劫我二帝，奪我兩河三鎮，心還不足，尚欲逞兵江淮，冊立逆臣為帝。試問，如此行為還能和好麼？從古以來，得國雖由天定，也有一半出於人謀，人定未必不能勝天。且與貴國決一勝負，未必貴國總是贏，我國總是輸的。」

兀朮被他說得無詞可對，便道：「要戰就戰，我朝怕你們不成。」說罷，遂令王愈退歸。

韓世忠還整備軍兵，要與金人決戰。

誰料到了次日，探卒來報，金、齊人馬，一齊乘夜遁去。世忠令兵亟追，收穫偽齊所棄許多輜重，那人馬已經去遠，追趕不上，也就收兵回營。

你道金人為何夜遁？原來這時是紹興四年，暮冬的時候，天氣嚴寒，雨雪甚大，金人餉道不通，殺馬代糧，士卒皆出怨言。

兀朮見部眾已無鬥志，且聞得張浚復任樞密，宋軍又復守禦得法，不能深入。況且金主晟，病已危篤，恐生內變，因此亟亟回去。

金兵既去，劉麟、劉預如何還敢停留，連重輜也不及攜帶，拋棄逃走。報到平江，高宗對趙鼎道：「此次將士用命，各路守將皆肯效力，卿之功也。」

趙鼎道：「此皆斷自宸衷，臣何力之有。但敵兵雖去，他日未必不來，還須博採群言，為善後的計才好。」高宗點首稱是，即命回蹕臨安，並下詔在臨安建築太廟，方有中興的氣象。後人有詩詠這次的戰事道：

將相齊驅卻敵回，中興氣象已崔巍，
當年不用秦丞相，拭目中原大業恢。

第七十四回　盡忠報國

高宗在臨安建立太廟，命廷臣會議攻戰備禦之法。侍御史魏矼，奏請罷「和議」兩字。乃命韓世忠屯鎮江；劉光世屯太平；張浚屯建康；以趙鼎、張浚為左右僕射，並同平章事，兼知樞密院事。趙、張二相，左提右攜，諸將效命，乃搜兵閱乘，協力備禦，南宋始有中興氣象。未幾，金主晟殂，金人稱之為太宗，粘沒喝、兀朮等，擁立金太祖阿骨打之孫合剌（赫拉）為主，改名亶。宋廷得了消息，以為金主初立，或肯許和，又議命使通聞，乃遣忠訓郎何蘚使金。

時洞庭劇盜楊么，勢甚猖獗。張浚以洞庭據長江上游，不可不急行討平，自請視師江上。高宗准奏，張浚先至潭州，次至澧陵，沿路稽查獄囚，多為楊么所遣探卒。浚一一縶出，用好言撫慰，各與文牘，令他們回去，招降諸寨，賊皆歡呼而去。

自此諸寨相繼來降，惟楊么仍然恃險抗命，不肯歸附。高宗命都統制王燮，會兵

往討。王燮如何是楊么對手？被楊么揮軍出攻，大敗而逃，反失了鼎州杜木寨，守將許筌戰歿，敗報達臨安。高宗乃封岳飛為武昌郡開國侯，並清遠軍節度使，代王燮收捕楊么。

岳飛部下，皆西北人，不習水戰，飛奉命即行，反向部下說道：「楊么據住了洞庭湖，出沒煙波之中，人家都說他厲害，不易征剿，其實用兵討賊，何分水陸，只要將帥得人，陸戰既然可勝，水戰也一定可勝的。我自有妙策，破滅水寇，諸將不必擔憂！只要依我號令，齊心戮力，那楊么能逃到哪裡去呢？」

眾將相隨岳飛多年，皆知他智勇足備，一齊唯唯受命，絕無畏怯。岳飛先令人招撫楊么羽黨，有黃佐願降。岳飛喜道：「黃佐乃楊么謀士，今他來降，大事可成了。」即欲親往撫慰。

牛皋、張憲齊聲諫道：「賊黨來降，深恐其中有詐，不可不防。」

岳飛笑道：「不入虎穴，焉得虎子。我要破楊么，完全在黃佐一人身上。」當下命來使在前引導，單騎出營，去見黃佐。

到了黃佐寨前，便命來使去對黃佐說：「岳制使到來。」黃佐問道：「多少人同來？」使人答道：「只有岳制使一人騎馬而來。」黃佐即召部下面諭道：「岳制使號令如山萬不能敵，所以我要往降。如今岳制使單騎而來，誠信可知，必不薄待我們，。我們開寨迎接便了。」部下盡皆答應，遂開門迎接，執禮甚恭。

岳飛下馬慰諭，以手拊黃佐之背道：「你能知順逆，深為可嘉！此後若能立功，封侯也很容易。」黃佐連連叩謝道：「此皆制使的裁成。」遂引導至寨，令頭目一一晉謁。岳飛好言慰撫，眾皆悅服！

岳飛又對黃佐道：「彼此皆係中國人民，並非金虜可比，我想令你往湖中代達我意，可勸則勸，令他同來；真有才能的，定當保薦。不可以勸的，你就設法捕獲。我回營後，立即上奏朝廷，加以獎賞，藉示鼓勵。」黃佐感激涕零，誓以死報。

岳飛乃與執手而別，到了營中，立即保黃佐為武義大夫，令人報知，自己卻按兵不動，靜待黃佐的消息。張浚到了潭州，參謀席益，疑岳飛玩寇，請張浚上疏劾奏。張浚搖頭道：「岳侯忠孝兼全，豈可妄動。你疑他玩寇，何至如此。兵有深機，你怎麼能知道呢？」席益懷慚而退。

過了兩日，岳飛往見張浚，談及戰事。岳飛道：「黃佐已擊破周倫寨，將周倫擊死，並擒偽統制陳貴等。現擬上表奏功，遷黃佐為武功大夫。」

張浚道：「智勇如公，何憂水寇。」

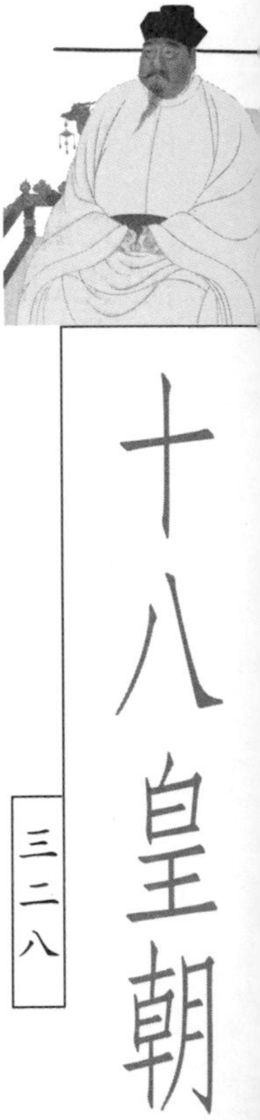

岳飛又道：「前統制任士安，不服王燮命令，因此致敗。如欲申明軍法，不能不加罪責。」

張浚點首許可，岳飛又附張浚之耳，密談數語。張浚大喜！飛即告別回營，立傳任士安入帳，詰責罪事，加鞭三百，且指著士安道：「限你三日，便要平賊；倘若違限，立斬不貸。」士安唯唯而出，自引部下入湖，揚言岳家軍二萬，朝夕便來。

楊么自恃山寨險固，時常說道：「官軍從陸路來，我可以入湖；從水路來，我可以登岸。若要破我，除是飛來。」因此並不加意。部下忽報岳家軍進攻，立即調了戰艦，出來迎敵，卻巧碰著任士安，只得幾千兵卒，便一擁齊上，圍住了士安的戰船，盡力攻擊。士安恐敗退受誅，只得率眾死戰。正在酣鬥，忽東西兩面，鼓聲大震，岳家軍一齊殺到，賊舟大亂。士安乘勢殺出，與援兵會合力戰，擊沉了好幾艘賊船。賊人大敗而退。任士安等回營報捷。

岳飛正要親搗賊巢，忽接張浚手札，謂奉詔防秋，即日便要入覲。討湖寇事，至來年再議。岳飛連忙請見張浚道：「使相且少留，待飛八日，決可破敵。」

張浚微笑道：「恐不如此容易。」

岳飛亟取一小圖，指示張浚道：「此乃黃佐獻來洞庭湖全圖。楊么平素守備之法，盡在上面。按圖進攻，不出十日，就可掃蕩賊巢了。」

張浚還以水戰不易為疑。岳飛道：「王四廂以官軍攻水寇，所以難勝；現在飛以寇攻水寇，所以容易。八日內定俘諸囚，獻於帳下，請使相勿疑。」

張浚道：「既是如此，我暫留八日，八日後恕不相待了。」岳飛應諾而出，即督兵往鼎州。

恰值黃佐求見，稟道：「現有楊欽願降，佐已與偕來。」

岳飛喜道：「楊欽素稱驍悍，今亦效順，大事成了。」即命引入。

黃佐領楊欽至案前拜道：「欽慕元帥威名，久欲拜謁。只因族元倡逆，恐罪及同族，不敢輕投。今承黃佐相引，所以登門請降，還乞元帥寬其以往之罪。」

岳飛親自將楊欽扶起道：「朝廷定例，自首免罪。你能振拔來歸，非特赦免前罪，為使還要保舉你為武義大夫。你可再往湖中，招撫同儕。我當按功加賞。」楊欽喜躍而出。過了兩日，楊欽引余端、劉洗來降。哪知見了岳飛，不由分說，便斥責他道：「我叫你盡招諸酋來降。你為何只招兩三人就來見我，左右快拖下杖責五十。」

楊欽還要分辯，已為帳下健卒拖了下去，杖責了五十。

岳飛又傳出號令，命將士百人押著楊欽入湖，再往招撫。楊欽暗想：「岳飛如此糊

塗，我上了黃佐的當了。今既命將士押我前去，我便誘他深入，殺個精光，以出胸中惡氣。」遂也不說什麼，竟與將士同行。時已天晚，湖上一帶，煙波縹渺，暝色蒼茫，前後莫辨。

岳飛待楊欽出營，早已令牛臯、王貴領了數千兵，隨定楊欽而行。楊欽哪裡知道，曲曲折折的引入裡面，到了一座絕大的水寨，便傳了個口號，即有巡賊前來迎接。楊欽引了同來的將士，正要入寨，忽聽後面鼓角齊鳴，戰船蝟集，不覺吃了一驚！牛臯、王貴已從船頭躍上水寨。楊欽料知勢不能敵，只得招呼牛臯、王貴一同入寨。

牛臯、王貴已受了岳飛的密囑，不肯造次入內，向楊欽問道：「寨內人士都願降麼？如不願降，我們就要殺進去了。」

楊欽無奈，只得大聲喊道：「全寨兄弟們聽著，今有岳元帥數萬人馬到了此地，問你們可願降順。願降大宋，請即迎謁；不願降時，即速出戰。」那寨內毫無預備，哪個還敢出戰？只得齊聲願降。牛臯、王貴命他們全數繳械，引兵入寨，一面報告岳飛，岳飛親自航湖而來，見這座水寨，正在君山之麓，勢甚險峻，登山四望，見湖右尚有賊船，船下有輪，鼓輪激水，行動如飛，兩旁還有撞竿，所當輒碎。

岳飛嘆道：「賊船如此，無怪官軍之船常為撞沉了。」遂令軍士，速伐君山的大木編成巨筏，將所有汊港一齊堵塞；又用許多腐草爛木從上流浮下。在水淺之地方，命軍士駕了小舟，引敵前來，且行且罵。

賊人果然憤怒，鼓掉追來。哪知行近前來，都被腐草爛木壅了船輪，攔住去路，任你鼓輪撐竿，使盡氣力，休想動得分毫。官軍這邊，卻由岳飛親自督率大隊戰船，一齊殺來。賊眾心膽俱裂，又不能倒退出去，只得向港內汐逃命，及至到了港口，又復連聲叫苦！原來有無數巨筏塞住，筏上盡載官軍，一齊躍上賊船，奮力砍殺。港外又有官軍，一直殺將進來，賊人四面被逼，墜船落水的不計其數。

那楊么督率後隊前來，聽說前隊已是危急，忙來救應。港中的官軍便去抵擋楊么，官軍一齊張了牛皮，矢石皆不能傷，各人都拿著巨木，向前直撞。楊么的坐船恰恰到來，碰在上面，已撞了幾個大窟洞，湖水汩汩而入。楊么見勢不妙，慌忙竄入湖內，意欲泅水逃走。早被官軍船上的牛皋看見，也跟著跳下，一把擒住，送往岳元帥船上。

盜酋既擒，餘黨喪膽。岳飛已令官軍高喊「降者免死」。賊眾齊聲願降。岳飛乃命牛皋等收撫降眾，自率張憲等突入賊巢。巢中尚有餘賊把守，聞得楊么已擒，官軍殺至，如何還敢拒抗，遂即開寨迎降。岳飛又親行諸寨，諭以忠義，令老弱歸田，壯者入伍；惟將楊么斬首示眾，其餘一律赦免。

當遣部將黃誠，齎了楊么首級，到張浚處報捷。屈指計算，恰合八日的期限。張浚大為嘆服道：「岳侯神算，真不可及。」即令黃誠返報，請岳飛屯兵荊襄，北圖中原。

浚即啟行，從鄂嶽轉至淮東，入覲高宗，進陳中興備覽四十一篇。高宗頗為嘉納，特令置於座右。張浚又薦李綱忠誠，可以大用。高宗乃命李綱為江西安撫制置大使。李綱奉命入覲，面陳金、齊兩寇屢擾淮泗，非出奇無以制勝，應遣驍將，從淮南進兵，與岳飛為犄角，方可成功。高宗頗為嘉許，乃令岳飛屯襄陽，進圖中原。

岳飛自從平了洞庭湖水寇，還軍襄陽，每日枕戈待旦，誓必恢復中原。未幾，朝命下來，改授武定國軍節度使兼宣撫副使，置司襄陽，且往武昌調軍。岳飛奉令，即日便往武昌；正在募集師旅，忽得襄陽家報，其母姚氏病卒。岳飛閱了家報，暈絕地上，左右忙扶掖住了，呼喚醒來，頓足號慟道：「上未能報國全忠，下未能事親盡孝。忠孝兩虧，如何為臣，如何為子。」後經左右竭力勸解，星夜奔喪，馳為襄陽。

岳飛自幼失怙，全賴其母撫養教誨，方得成人。姚氏性極嚴肅，訓誨岳飛，嘗以忠義為前提，曾於飛背上，刺成「盡忠報國」四個大字，用醋墨塗在字上，深入肌理，永遠不變。岳飛漸長，事母至孝；母有所命，未嘗敢違。其後出外投軍，留妻養母。河北

淪陷，全家人失散。岳飛訪求數年未能尋獲。後有人從姚氏處來，傳語於飛，但說為語五郎，勉事聖天子無以老嫗為念。岳飛遣人迎歸奉養，至是病歿。岳飛與子雲跣足扶櫬至廬州守制，一面上報丁憂，且乞終喪。

高宗下詔令飛墨絰從戎，起復為京湖宣撫使。飛再三懇辭，未蒙俞允，不得已起而就職。朝廷又命他宣撫河東，節制河北諸路。岳飛乃遣牛皋復鎮汝軍，楊再興復河南長水縣，自率軍攻克蔡州、王貴、郝政、董先等復虢州及盧氏縣，獲糧十五萬石，降敵眾數萬，再進軍唐州，毀去劉豫兵營。

此時，趙鼎與張浚不洽，力請罷職，遂罷為觀文殿大學士，知紹興府。未幾，忠訓郎何蘚自金回，報告道：「道君皇帝及鄭太后相繼崩駕。」

高宗不覺大慟道：「隆祐太后不幸前已崩逝，所望的是太上帝后得迎奉還朝，稍盡於職，哪知又崩逝異域，抱恨終天。」遂命持服守制。百官接連上表，請以日易月，高宗乃勉從眾請，宮中仍服喪三年。

原來，那隆祐太后崩於紹興元年四月，享年五十九，喪祭均用母后臨朝禮，所以追上尊謚，亦用四字，稱為昭慈獻烈皇太后，後又改「獻烈」為「聖獻」。道君皇帝之死，實在紹興五年四月，鄭太后去世，與道君只隔四月，兩人俱歿於五國城。高宗服孟

后喪，是臨時即服的，服生父嫡母喪，直待何蘚自金南歸，方才得知，所以距離喪期已是兩年了。當下追尊太上道君皇帝尊號曰徽宗；鄭太后尊諡曰顯肅；高宗生母韋賢妃也從徽宗北去。建炎初年，遙尊為宣和皇后，至是因鄭太后已崩，又遙尊為皇太后。

高宗常對左右道：「宣和太后春秋已高，朕日夜記念，不遑居處，屢欲屈己議和，以便迎養，無如金人不許，令朕無法。現在上皇太后梓宮未返，不得不遣使奉迎，金人若肯歸我梓宮並宣和太后，朕亦何妨稍屈呢？」

遂召王倫入朝，命為奉迎梓宮使，臨行時面諭道：「現聞金邦執政，由撻懶專權。卿可轉告撻懶，還我梓宮，歸我母后。朕當不惜屈己修和，且河南一帶與其付於劉豫；不若仍舊還我，卿其善言，無廢朕命。」王倫奉命而去。

張浚聞得又要議和，入朝諫阻，且請命諸大將，率領三軍，發哀成服，北向復仇。高宗哪裡肯聽，且動了議和的念頭，又復思起秦檜，仍舊起用。適值岳飛自鄂入覲，高宗從容問道：「卿得良馬否？」

岳飛答道：「臣本有二馬，材足致遠，不幸相繼已死。今所乘馬，日行不過百里，已力竭汗喘，實屬駑鈍無用，可見良材是不易得的。」

高宗點首稱善。面除飛為太尉，繼授宣撫使，命王德、酈瓊兩軍受飛節制，且諭德、瓊兩人道：「聽飛號令，如朕親行。」

岳飛又疏陳規復大略，高宗覽奏時批答道：「卿能如此，朕復何憂！一切進止，朕不遙制。」未幾，又召岳飛至寢閣，殷殷面諭道：「中興事一以委卿。」飛感謝而出，欲圖大舉。那秦檜見岳飛如此信任，自己的和議萬難成功，便在暗中掣肘，百端饞間。

張浚又欲令王德、酈瓊往撫淮西，節制從前劉光世軍隊。高宗自覺為難，命岳飛往都督府議事。岳飛奉命，往見張浚。浚向岳飛道：「王德為淮西軍所服，今欲任之為都統，再命呂祉以都督府參謀，助德管轄。太尉以為何如？」

岳飛道：「德與酈瓊，素不相下。一旦德出瓊上，必致相爭。呂參謀未習軍旅，恐難服眾。」

張浚又道：「張俊何如？」

岳飛覆道：「張宣撫為飛舊帥，飛本不敢多言。但為國家計，恐張宣撫暴急寡謀，尤為瓊所不服。」

張浚面色稍變，徐徐答道：「楊沂中當高出二人了。」

岳飛又道：「沂中雖勇，與王德相等，怎能控馭此軍。」

張浚禁不住冷笑道：「我固知非太尉不可。」

岳飛正色道：「都督以正道問飛，不敢不直陳所見。飛何嘗欲得此軍呢？」

張浚心中不悅，岳飛立刻辭出，上章告假，乞請終喪，令張憲暫揖軍事，竟歸廬山，在母墓旁築廬守制。

張浚聞岳飛已去，愈加憤怒，即命張宗元權宣撫判官，監制岳軍，一面令王德為淮西都統；酈瓊為副；呂祉為淮西軍統制。哪知王德等到了淮西，果然不出岳飛所料，互相齟齬。酈瓊等竟縛了呂祉，往投劉豫去了。張浚聞得此報，方悔不信岳飛之言，致有此變，遂引咎自劾，力求去位。

高宗問道：「卿去後，秦檜可繼任麼？」

張浚道：「臣前日嘗以檜為才，近與共事，始知檜實暗昧。」

高宗道：「既如此，不若再任趙鼎。」

張浚頓首道：「陛下得人了。」即下詔，命趙鼎為尚書左僕射兼樞密使，罷張浚為觀文殿學士，提舉江州太平吳國宮，並撤除都督府。

秦檜本望入相，又為張浚所沮，心內十分憤恨，遂唆令言官劾論張浚，高宗又為所惑，擬加貶謫。值趙鼎請降詔安撫淮西，高宗道：「待謫了張浚，朕當下詔罪己。」

趙鼎道：「張浚母老，且有勤王功。」高宗不待說畢，即道：「功罪自不相掩。朕惟知有功當賞，有罪當罰罷了。」趙鼎退後，竟由內旨批出，謫張浚於嶺南。

趙鼎持批不下，並約同僚奏解，次日入朝，代張浚辯白。

高宗怒尚未息。趙鼎頓首道：「張浚之罪，不過失策，人之謀慮，總思萬全，若一挫失，即致諸死地，他人皆視為畏途，雖有奇謀秘計，亦不敢言了。此事關係大局，臣非獨為張浚。願陛下察之。」張守亦為乞免，乃降張浚為秘書少監，分司西京，居住永州。

張浚去位，高宗愈加思念岳飛，促召還期。岳飛力辭。不許，只得趨朝待罪。高宗慰諭有加，命出駐江州，授應淮浙。

岳飛抵任，便想出一條妙計，使金人廢去劉豫。

第七十五回　死中求活

岳飛到了任所，一心要除去劉豫。恰巧軍中獲得金人間諜，岳飛假作酒醉，誤認為劉豫使人，佯斥道：「汝主劉豫，曾有書約我，誘殺金邦四太子，如何到現在還沒有消息？今且貸汝一死，可為我帶一信去告知汝主，不可再遲了。」

金使要保住自己性命，見岳飛認錯了人，便將錯就錯的連聲答應。岳飛寫了蠟書，令其歸報劉豫，還再三囑咐他，不可洩漏。金使得了此書，匆匆逃回，報告兀朮，並將蠟書陳上。兀朮看了書，拍案大怒！立刻入奏金主，請廢劉豫。

那兀朮也是慣用兵的大將，生性異常狡猾。岳飛的行為，明明是個反間計，如何兀朮竟不識得，中了此計，請廢劉豫呢？

原來金人從前立劉豫為齊帝，本是撻懶受著劉豫的重賄，替他運動粘沒喝，方得成事。粘沒喝本來久駐雲中，到得金主亶即位，召入為相，高慶裔也隨他入朝，授為尚書

左丞相。獨薄盧虎與二人不合，屢在暗中謀害。高慶裔識破機謀，即勸粘沒喝乘勢篡位，好將蒲盧虎除去。粘沒喝憚不敢發。

未幾，高慶裔犯贓下獄，粘沒喝乞金主貸他一死，金主不許。及至臨刑，粘沒喝親往法場和他訣別，高慶裔哭道：「公若早聽我言，豈有今日恥。」沒喝恚恨已極，遂絕食縱飲而死。

劉豫失了奧援，又因屢請金人援助，屢次敗歸。兀朮等一班人，都說劉豫無用，久存廢立之意，所以此次得了岳飛的蠟書，也不細加參詳，立即入白金主，請廢劉豫。

事有湊巧，恰值劉豫遣使前來，請立劉麟為太子，並乞師南侵。金主便與兀朮商議，假作起兵南下，直到汴京，先召劉麟議事。劉麟至軍，兀朮便將他拿下，自引輕騎入城。劉豫尚習射講武殿，兀朮從東華門下馬，呼劉豫出外，劉豫下殿相見。

兀朮把他扯至宣德門，喝令左右押去，囚在金明池。次日召集百官，宣召廢了劉豫，改置行台尚書省，命張孝純權行台左丞相，胡沙虎為汴京留守，李儔為副，諸軍盡令歸農，聽宮人出嫁，且用鐵騎數千，圍了偽宮，抄掠一空。

撻懶也引兵到此，劉豫又向他乞憐。撻懶責備他道：「從前趙氏少帝出宮，百姓燃頂煉臂，號泣盈途；如今你廢為庶人，並無一個人哀憐！你自己試想，可以做汴京之主麼？」劉豫無言可答，惟有俯首涕泣。兀朮又逼劉豫的家屬，徙臨臨潢。

岳飛聞得金人中計，廢了劉豫，又約同韓世忠上疏，請乘勢北征。高宗此時已著了秦檜的迷，一心主和，哪裡還肯北伐。

適值王倫南還，入見高宗，說是金人許歸梓宮及韋太后，且允歸河南地。高宗大喜道：「若金人能從朕所求，此外都不用計較了。」因遣王倫再往金，奉迎梓宮，又議還宮臨安，遂自建康啟蹕，還至臨安。

首相趙鼎也受了秦檜的籠絡，力薦他可以大用，遂任秦檜為尚書右僕射，兼知樞院事。吏部侍郎晏敦復嘆道：「奸人入相，恢復無望了。」同僚尚多不信，都謂敦復失言。哪知秦檜入相，果然老老實實的提出和議，事反與趙鼎對也。趙鼎至此方知其奸。

未幾，王倫同了金使，前來入見高宗，備言金願修好，歸還河南、陝西。高宗大悅！慰勞甚殷，待到金使退去，對群臣道：「先帝梓宮有了還期，稍遲還屬無妨。母后春秋已高，朕急欲迎歸侍奉，因此不惜屈己修和。」廷臣聞言，多以和議非計，高宗不覺動怒！

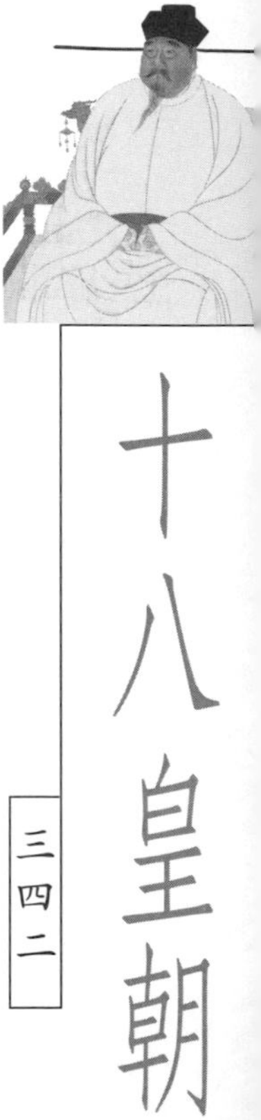

趙鼎從容奏道：「陛下與其不共戴天之仇，如今屈己議和，無非為梓宮及迎還太后起見，但以此意慰諭群臣，自可少息眾議了。」高宗從之，剴切下諭，廷議始息。惟趙鼎本意不欲議和，參知政事劉大中，也與趙鼎同一意見。秦檜深惡二人，特薦蕭振為侍御史，令劾劉大中，竟至免職。

趙鼎對同僚道：「蕭振之意，並不在大中，不過藉大中開手罷了。」

蕭振聽見了，也對人說道：「趙丞相可謂知機，不待論劾，便能自審去就，豈非智士麼？」

未幾，殿中侍御史張戒，劾責給事中勾濤。勾濤上疏自辯，且言「張戒劾臣，係趙鼎主使」，又言趙鼎內結臺諫，外連諸將，意不可測。趙鼎乃引疾求罷，高宗命為忠武軍節度使，出知紹興府。秦檜率僚屬餞行。

趙鼎一幾與去。秦檜更加懷恨，力反趙鼎所為，決計主和。每逢入朝，百僚俱退，秦檜必留身置對，說是諸臣首鼠兩端，不可與議。陛下若欲主和，請專與臣議，勿使諸臣與聞。高宗道：「朕獨委卿主持便了。」

秦檜道：「臣恐不便，還請陛下三思。」過了二三日，秦檜又留身獨對。高宗仍為前言，秦檜還請高宗再思；又過了二三日，高宗始終不改前言，方出文字，請決計議和。

中書舍人勾龍如淵對秦檜道：「相公主和，乃是天下大計。中外不能明瞭，多生異議。為相公計，何不擇人為臺諫，盡去異黨。眾論自然一致，和議就可成了。」

秦檜大喜，即薦勾龍如淵為中丞，遇有異議，立上彈章。又引孫近為參知政事，孫近事事皆順著檜的意旨，便是孝子順孫，也不過如此。

其時，金主遣張通古、蕭哲為江南招諭使與王倫偕來，願歸河南、陝西的侵地；到了泗州，要所過州縣，用臣禮相見，平江知府向子諲，不肯下拜，辭官而去。到了臨安，又要高宗用客禮相待。秦檜疑國書中有冊封之語，勸高宗屈己聽受。

高宗道：「朕受太祖、太宗基業，豈可受金人冊封。」秦檜無言可對，當下由勾龍如淵思了一個法子，命王倫到館中說道：「中國古禮，皇帝居喪，須三年不言，不能見客，國書可交冢宰帶回。」金使總算答應，由秦檜暫攝大冢宰受了國書，方才糊糊塗塗的混了過去。

秦檜又令禮部侍郎兼直學士院曾開，草答國書，體制與藩屬相似。曾開不肯起草，秦檜道：「皇上虛執政待君，君盡可擬草。」

曾開道：「開知有義，不知有利。敢問我朝對待金人，果用何禮？」

秦檜道：「如高麗待遇本朝。」

曾開正色道：「皇上以盛德當大位，公應強兵備國，尊主保民，奈何忍恥若此？」

秦檜勃然怒道：「聖意已決，還有何奏，公自取盛名而去。檜但欲保境安民，他非所計。」

曾開始終不肯草詔，自請罷職，且與張燾、晏敦復、魏矼、李彌遜、尹焞、梁汝嘉、樓炤、蘇符等二十人，聯名具疏，極言不可和。又有樞密院編修胡銓，請斬王倫、秦檜、孫近三人。語尤激烈，當時稱為名言，連金人也出千金買稿，真可稱是當時的大文章了。

秦檜見了這個奏疏，不覺觸目驚心，恨上加恨，遂彈劾胡銓，狂妄凶悖，鼓眾劫持應置重典。高宗乃命除胡銓名，編管昭州。臺諫屢次上奏論救，秦檜也迫於公論，改監廣州監倉。

統制王庶言金不可和，迭上七疏，面陳六次，且與秦檜辯論，笑說道：「公不記東都抗節，力拒異姓的時候麼？」秦檜自慚，王庶遂累疏求去，出知潭州。

李綱在福州，張浚在永州，皆疏請拒絕和議，均不報。岳飛已奉詔還鄂，上言：「金人不足信，和議不足恃。相臣謀國不臧，恐貽譏後世。」這明明指斥秦檜，秦檜十分懷恨！

史館校勘范如圭，因金人已歸河南地，請速派謁陵使，上慰祖靈。高宗乃命判大宗正事士裹，兵部侍郎張燾，赴河南修奉陵寢。又命王倫為東京留守，周聿為陝西宣諭使，方庭實為三京宣諭使。王倫到了汴京，接收了河南、陝西地方。庭實至西京，見祖宗陵寢皆被發掘，哲宗陵寢且至暴露。方庭實解衣覆蓋，回奏高宗。

秦檜又惡他切直，另派路元迪為南京留守，孟庾兼東京留守，李利用權留守西京。權吏部尚書晏敦復與秦檜反對，檜餌以利祿，晏敦復道：「性同姜桂，到老愈辣，請勿再言。」秦檜遂奏知高宗，將他出知衢州。

宗室士裹與張燾往謁陵寢，道出蔡、穎，河南百姓夾道歡迎，都喜極泣下道：「久隔王化，不圖今日又為宋民。」士裹沿路撫慰，到了柏城，披荊原莽，隨處修葺，向諸陵一一祭謁，禮畢而回。張燾亦相，偕同歸入朝覆命。

張燾奏道：「金人入寇，禍及山陵，即使他日滅金，亦不足雪此恥辱。陛下無恃和議，遂忘國仇。」

高宗垂問諸陵有無損壞之處，張燾不答，但叩首道：「萬世不可忘此仇。」

高宗默然無語。秦檜又恨他語言激烈，出知成都府。

未幾，吳玠卒於蜀。吳玠疾革時，受命為四川宣撫使，扶病接詔，至是去世。蜀人感念吳玠保境之功，立祠祭享，永遠不絕。李綱亦卒於福州，綱忠義之名，聞於遐邇。金人亦知其名，每遇宋使，必問李綱安否？始終不見用於朝，齎恨而歿。

高宗也常稱他有大臣風度，聞其卒，與吳玠並贈少師。金人自歸三京，要索日甚。議久未決，又命王倫赴金議事。那王倫到了金都，恰值金蒲盧虎謀叛。這蒲盧虎，自恃為太宗長子，跋扈異常，竟與撻懶密謀篡弒。事機洩漏，金主誅蒲盧虎，因撻懶是尊親，又曾建立大功，特赦不問，令為行台左丞相，杜充為行台右丞相。

撻懶大怒道：「我是開國元勳，如何與降臣同列？」又復謀反。金主遂下詔捕誅撻懶。撻懶逃走南下，被追兵殺死。先是許宋議和，還河南、陝西侵地，都是撻懶、蒲盧虎的主張。金主因此疑他暗結宋朝，故有此議。

適遇王倫又來，遂命執住王倫，命宣勘官耶律紹文訊問私通情事。王倫答稱並無私通的事情。耶律紹文道：「你今來此，又有何事？」

王倫道：「貴國使臣蕭哲，曾以國書南去，允還梓宮及河南地，天下皆知。故來通好申議，並無別情。」

耶律紹文道：「你但知有元帥，可知有上國麼？」即將王拘於河間，令副使藍公佐還議歲貢。正朔，誓書諸事。

其時，高宗刑皇后亦病歿於五國城，金人秘不使聞。藍公佐回南，高宗從秦檜議，又擢秦檜私黨莫將為工部侍郎，充迎護梓宮及奉迎兩宮使。莫將方才啟行，哪裡知道金兀朮、撒離喝，已經分道入寇。

兀朮由黎陽下河南，勢如破竹，連陷各州縣。東京留守孟庾，南京留守路允迪，不戰而降。權西京留守李利用棄城逃回，河南又歸金人。撒離喝由河中赴陝西，入同州，降永興軍，陝西州縣亦繼續陷沒。金兵進據鳳翔。驚報迭傳，遠邇震恐，宋廷方命吳世將為四川宣撫使，繼吳玠之任；行至河池，聞得金人已陷鳳翔，亟召諸將會議。吳璘、孫偓、田晟、楊政陸續到齊。孫偓首言河池不可守，楊政、田晟亦請退守險要之地。

吳璘抗聲道：「為此語者，罪應斬首。璘願誓死破敵。」吳世將亦自座起立，以手指帳下道：「世將亦願誓死守此。」遂命諸將分屯渭南，憑險扼守。

不到幾日，又有詔下，命吳世將移屯蜀口，以吳璘同節制陝西諸路兵馬。吳璘既得節制全權，即令統制姚仲籌，進兵石壁寨，與金兵相遇。姚仲揮軍猛進，將士拼命直前，遂將金兵殺退。撒離喝令鶻眼郎君，引精騎三千，從間道繞來，攻擊吳璘之軍。吳

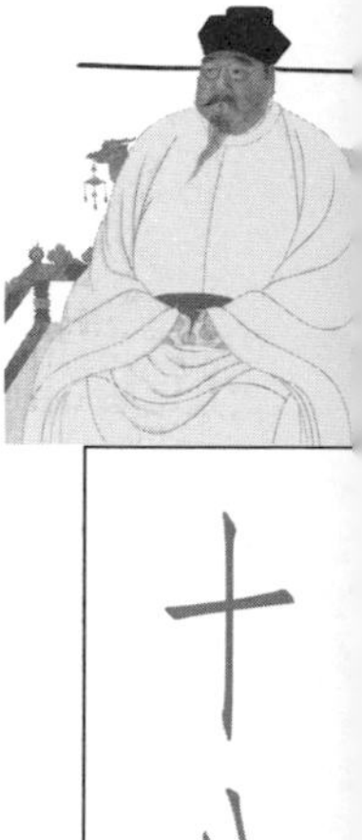

璘早已準備，命統制李師顏，在半途埋伏，等得鶻眼郎君兵到，突然衝出。鶻眼郎君沒有防備，為李師顏衝進陣內，左右馳騁，將隊伍分為數段。

鶻眼郎君不能抵擋，且戰且逃，拋棄了許多軍械旗幟而去。撒離喝連得兩處敗耗，不禁大怒起來，親自率兵到百通坊，與姚仲等接仗，未能獲勝，只得退了回來。撒離喝先在扶風築了城池，派兵扼守，又為吳璘攻破，擒了三員守將，賊目百餘人。撒離喝方知厲害，仍舊退回鳳翔，不敢再來窺伺了。

那兀朮一邊，已經到了東京，派兵南下。恰遇劉錡授任東京副留守，行抵角口，正在會食；忽然西北上捲起了一陣狂風，將帳篷兜了去，軍士將佐一齊驚詫。

劉錡道：「此風主有暴兵，乃是賊寇將要到來的預兆。我們只要上前抵禦就是了。」立即下令，兼程前進。

到了順昌城下，知府事陳規出接，並言金兵將至，得太尉來，可以救這一城的生靈了。劉錡亟問：「城內有糧草麼？」

陳規答稱，有米數萬斛。劉錡大喜道：「有米可食，就可以戰守了。」立刻同陳規入城，檢點城中守備，一無可恃。部下將士多覺畏怯，盡請劉錡遷移老稚，退保江南。

獨部將許智，綽號夜叉，挺身言道：「太尉奉命副守汴京，軍士都攜帶老幼而來。

倘若退避，拋棄了父母妻子走呢？還是攜帶了走？如果攜帶了眷屬，必定敵兵追及；若不攜帶了同行，心裡又如何忍得！我看，不如決一死戰，還可於死中求活。」

劉錡大喜道：「此言正合我意，有敢言退者斬。」

原來，劉錡曾經受爵太尉，所以陳規及部下都稱之為太尉。所領的盡是王彥的八字軍，因奉命往東京留守，因此一齊帶了家眷同行，連劉錡的家屬也在軍中。當下既已決計守城，下令將原來各船都沉於江內，示無退走之意。且將家眷寄居寺內，用柴薪堆積門前，命人守道道：「若有不測，立即舉火，無使我妻子落於賊手。」因此，一軍皆勇，男子備戰守，婦女司炊爨，各個踴躍爭先道：「人家都說我們八字軍沒用，今番卻好看我們殺敵了。」

劉錡又覓得劉豫當日所造的戰車，把輪轅埋在城上，撤取居民們的門扉，作為遮蔽。縱火燒去了城外的廬舍數千家，免得敵人藏匿於內，整備了六天工夫，方才停妥。

恰好金兵已經蜂擁而來。劉錡預先派部將伏在要道，擒了兩個敵人，加以訊問，一個人不肯說。劉錡把來殺了，再問那個人；剩下的一個，叫喚阿黑（阿哈），見同黨已經送了性命，血淋淋的首級擺在自己面前，早已嚇得門牙對戰，冷汁披身，哪裡還敢隱瞞？只得說道：「韓將軍駐軍白沙窩，離城還有三十里路。」

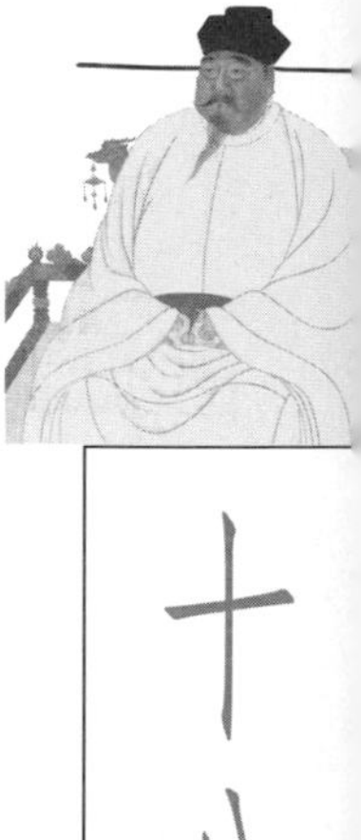

你道這韓將軍是哪個？便是金將韓常，兀朮命他來掠順昌的。劉錡立刻命銳卒千人，乘夜去劫敵營。韓常哪裡把宋人放在心上，營中毫無防備，被宋軍搗入，慌忙迎戰，又在黑夜，反而自相攻擊起來，殺了一陣，退營數里。劉錡的一千銳卒，卻一個人也沒有受傷，全師而歸。

次日，金三路都統葛王烏祿與龍虎大王，領兵三萬，前來攻城。劉錡吩咐大開城門，好似迎接他們一般。烏祿見了，不解其意，倒反不敢上前。正在躊躇的時候，忽然一聲梆子響，城上萬弩齊發，金兵皆中箭落馬，陣勢漸亂。劉錡親率步兵，從城中殺出。金兵不及抵擋，落荒逃走，被劉錡的人馬逼將過去，墜入河內，溺斃無數。劉錡取兵回城，休息了兩日，聞得金兵又進駐東村，距城不滿二十里，又令部將閻充，率敢死士五百名，夜襲敵營。

這日天剛下雨，電光四射，閻充領了敢死士突入營內，從電光之下看見有辮髮的兵，即行殺死。金兵又驚駭而退。劉錡聞閻充得勝，又募得壯士百人，每人各帶一器，形如小兒吹著玩的叫子，作為口號，囑咐他們，見有電光即便起擊，電光一止，便伏著不動。那一百名壯士受了計策而去。

金兵正被閻充擊退了十五里，要想安營立寨，忽聞器聲齊起，四面都有此聲，不知

多少兵馬前來，很是慌亂。那電光又忽明忽滅，但見電光一亮，刀光也就隨著到來，颼颼的幾聲響亮，就是幾個頭落下地來，電光一滅，刀光也就沒有了。

金兵不禁疑心是什麼神鬼前來作祟，並不是宋軍到來截擊。起初還不敢亂動，後來隊中有許多兵士做了無頭之鬼，方明白又是宋人的鬼計，這當兒宋軍已殺到隊裡了，連忙動手迎敵，亂殺了一陣，等得喊說明白，方知還是自己人和自己人廝殺，並無宋軍在內。統將便命趕速點起火炬，不料大風亂吹，火炬隨點隨熄。那四下的器聲又起，刀光又霍霍的飛來，將金兵弄得忙亂無主。

請續看《新大宋十八皇朝》（四）千秋遺恨

新大宋十八皇朝（三）大顯神通

作者：許慕羲
發行人：陳曉林
出版所：風雲時代出版股份有限公司
地址：10576台北市民生東路五段178號7樓之3
電話：(02) 2756-0949
傳真：(02) 2765-3799
執行主編：朱墨菲
美術設計：吳宗潔
業務總監：張瑋鳳

出版日期：2024年4月
ISBN：978-626-7369-62-3

風雲書網：http://www.eastbooks.com.tw
官方部落格：http://eastbooks.pixnet.net/blog
Facebook：http://www.facebook.com/h7560949
E-mail：h7560949@ms15.hinet.net
劃撥帳號：12043291
戶名：風雲時代出版股份有限公司

風雲發行所：33373桃園市龜山區公西村2鄰復興街304巷96號
電話：(03) 318-1378
傳真：(03) 318-1378
法律顧問：永然法律事務所 李永然律師
北辰著作權事務所 蕭雄淋律師

行政院新聞局局版台業字第3595號 營利事業統一編號22759935

定價：380元

國家圖書館出版品預行編目資料

新大宋十八皇朝 / 許慕羲著. -- 初版. -- 臺北市：風雲時代出版股份有限公司, 2024.02- 冊； 公分

ISBN 978-626-7369-62-3 (第3冊：平裝). --

857.455 112021758